河南省"十四五"普通高等教育规划教材

小 学 全 科 教 师 培 养 系 列 教 材

总主编 陈冬花 李跃进 刘会强 李社亮

课本剧创编

主　编　王　娜
副主编　牛立军　于　利　刘霄霄
参　编　李玉婕　闫　飞

南京大学出版社

图书在版编目(CIP)数据

课本剧创编 / 王娜主编. —— 南京：南京大学出版社，2020.12
ISBN 978-7-305-23611-2

Ⅰ. ①课… Ⅱ. ①王… Ⅲ. ①儿童剧—编剧 Ⅳ. ①I053

中国版本图书馆 CIP 数据核字(2020)第 131855 号

出版发行	南京大学出版社
社　　址	南京市汉口路 22 号　　邮　编　210093
出 版 人	金鑫荣

书　　名　**课本剧创编**
主　　编　王　娜
责任编辑　曹　森　　　　　　编辑热线　025-83592123

照　　排　南京南琳图文制作有限公司
印　　刷　江苏凤凰通达印刷有限公司
开　　本　787×1092　1/16　印张 11.75　字数 279 千
版　　次　2020 年 12 月第 1 版　2020 年 12 月第 1 次印刷
ISBN 978-7-305-23611-2
定　　价　36.00 元

网址：http://www.njupco.com
官方微博：http://weibo.com/njupco
微信服务号：NJUyuexue
销售咨询热线：(025) 83594756

* 版权所有，侵权必究
* 凡购买南大版图书，如有印装质量问题，请与所购
　图书销售部门联系调换

编 委 会

编委会主任 刘济良（郑州师范学院）

总 主 编 陈冬花（郑州师范学院） 李跃进（郑州师范学院）

刘会强（河南财政金融学院） 李社亮（河南师范大学）

副总主编 段宝霞（河南师范大学） 李文田（信阳师范学院）

晋银峰（洛阳师范学院） 郭翠菊（安阳师范学院）

井祥贵（商丘师范学院） 丁新胜（南阳师范学院）

田学岭（周口师范学院） 侯宏业（郑州师范学院）

聂慧丽（焦作师范高等专科学校）

编 委（以姓氏笔画为序）：

王 立	王 娜	王铭礼	王德才	冯建瑞
冯瑞娜	朱海林	苏 济	李醒东	肖国刚
吴 宏	宋光辉	张杨阳	张厚萍	张浩正
张海芹	张鸿军	张慧玉	陈军宏	房艳梅
孟宪乐	赵丹妮	赵国龙	赵虹元	荆怀福
茹国军	徐艳伟	郭 玲	黄宝权	黄思记
董建春				

前　言

古希腊著名哲学家亚里士多德指出："（教授）目的在养成他们对于物体和形象的审美观念和鉴别能力,事事务求实用是不合于豁达的胸襟和自由的精神的。"审美是教育的旨归之一,人类通过对美的鉴赏和观照,以实现心灵的升华、灵魂的净化,审美的艺术教育正是实现全人发展和自由的必由之路。艺术教育从审美角度引导学生形成正确的人生观和价值观,塑造学生的人格;为学生提供多样化的情感体验,丰富其心灵,陶冶其情操;培养学生的多元智能,尤其是联想和想象能力,有利于发展学生的创造性思维;提高学生的协调沟通和交往能力,使学生的管理才能等得到很大发展。总之,艺术教育教授学生对美的强烈的爱好以及充分地发现美、欣赏美的方法。

戏剧是综合艺术,更具有综合性和多元功能。戏剧艺术无论在感情强度还是理性深度上,都能更有力地作用于人的精神世界和人格发展。课本剧从严格意义上来说是从戏剧发展而来,作为一种独特的艺术教育形式,能以直观有效的方式,使观、演双方产生感同身受的直接体验,对学生产生道德的、审美的等多方面影响,同时也对学生的个性气质、自我认知和自我控制能力的发展产生有效的促进作用。小学课本剧教学作为一种新颖的教学方式,既符合小学生的身心年龄特点,又打破了传统的"灌输式"的教学模式,注重学生的语言思维能力、感受表达能力、想象创造能力、交流交际能力、角色意识、团队意识及实践能力的培养,加深学生对基础知识的理解的同时,促进学生多方面的能力以及综合素质的发展,是实施人文素质教育的重要载体。小学阶段开展课本剧艺术教育,还可以丰富、活跃校园文化,提升学校教育的内涵,培养学生健全的人格,提高学生艺术素养,它完全符合21世纪培养人的综合素质、注重人的全面发展的教育理念。在我国基础教育改革的背景下,课本剧这种艺术教育的综合化趋势,更是体现了一种崭新的现代教育观念,为艺术教育增添了新的生机与活力。

课本剧创编是教育戏剧理念在小学教学中的一次有意义和实效的实践。它能提升学生的综合语言运用能力,让学生在课本剧创编的体验、交流、合作和实践中过程中形成主动思维、勇于创新、大胆实践、自主学习的能力和合作精神。在创编课文的过程中能促使学生积极主动地思考,激发他们的创新型思维,维持其学习相关学科的动力,进而提升语言和人文素养。教师在课本剧创编教学中,不断地积累经验,形成完整的教学模式和技巧,发挥课本剧活动在教学中的作用,让教学变得有趣和高效,促进学生能力的发展,提高小学教育教学的质量。通过对小学课本剧相关的研究与实践,可以看出课本剧创编能够充分体现以学生为中心、关注学生终生发展的教育理念,是教学模式的一种新尝试。

　　本书内容分为八个章节来对课本剧创编进行叙述。其中,第一章为教育戏剧的相关概述,主要包括戏剧引入教育、教育戏剧的定义及其发展情况等内容;第二章为课本剧和教学,主要包括课本剧的定义、课本剧的理论基础、课本剧的形式和类型、课本剧在教学之中的意义等内容;第三章为小学课本剧的创编,主要包括小学课本剧创编的理论学习、规范小学课本剧创编原则、小学课本剧创编的过程、小学课本剧创编的方式等内容;第四章为小学课本剧的排演,主要包括教师前期引导、学生创编剧本、学生排演的过程、关于课本剧的评价等内容;第五章为当前小学课本剧存在的问题分析,主要包括当前小学课本剧的现状及存在的问题、关于问题的分析等内容;第六章为小学课本剧优化的措施,主要包括丰富课本剧内容、以学生为本、强化小学课本剧的教学功能、优化小学课本剧的教学评价等内容;第七章为课本剧与言语塑形,主要包括言语塑形的定位、言语塑形的发声实训等内容;第八章为相关案例参考,主要包括历史剧、生活剧、童话剧、科普寓言剧等具体案例,并且在案例分析的基础上指出小学课本剧创编和排演的注意事项。在融合出版理念的引导下,本书在第七、八章提供了两个二维码,读者可以通过扫一扫获取相应的音视频资源,以便于辅助学生学习,拓宽读者的视野。

　　在此,特别感谢我的老师于利,对本书的完成给予了重要指导。本书的撰写分工如下:王娜负责全书的构思与撰写的组织工作,并负责前言及第一、七章;牛立军负责全书统稿工作及第三、四、五章;于利负责全书音频、视频资源整合;李玉婕负责第六、七章;闫飞负责第二、八章的部分内容;刘霄霄负责第八章的部分内容。

　　编写过程中,本书参考了许多戏剧、儿童剧的著作相关内容,吸收了许多研究的新成果,在此,对相关作者深表谢意。因一切都还在学习、实践与探索之中,更由于水平有限,本书不当之处在所难免,恳望各位专家与广大读者批评指正。

编　者
2020 年 11 月

目　录

第一章　教育戏剧的相关概述 ... 1
第一节　戏剧引入教育 ... 1
第二节　教育戏剧的定义以及其发展情况 ... 7

第二章　课本剧和教学 ... 30
第一节　课本剧的理论基础 ... 30
第二节　课本剧的形式和类型 ... 33
第三节　课本剧在教学中的意义 ... 36

第三章　小学课本剧的创编 ... 57
第一节　小学课本剧创编的前期准备与创编原则 ... 57
第二节　小学课本剧创编的过程 ... 60
第三节　小学课本剧创编的方式 ... 64

第四章　小学课本剧的排演 ... 69
第一节　教师前期引导 ... 69
第二节　学生创编剧本 ... 70
第三节　学生排演的过程 ... 72
第四节　关于课本剧的评价 ... 75

第五章　当前小学课本剧存在的问题分析 ... 78
第一节　当前小学课本剧的现状及存在的问题 ... 78
第二节　关于问题的分析 ... 85

第六章　小学课本剧优化的措施 ... 89
第一节　丰富课本剧内容 ... 89
第二节　以学生为本 ... 97
第三节　强化小学课本剧的教学功能 ... 103
第四节　优化小学课本剧的教学评价 ... 105

第七章　课本剧与言语塑形··116
第一节　言语塑形的定位··116
第二节　言语塑形的发声实训··118

第八章　课本剧相关案例参考··135
第一节　历史剧··135
第二节　生活剧··149
第三节　童话剧··161
第四节　科普寓言剧··166
第五节　小学课本剧创编和排演的注意事项······························177

参考文献··179

第一章
教育戏剧的相关概述

第一节 戏剧引入教育

作为一名教育人,我们不仅要思索教育宏观理论,还得关注教育微观技巧。为了同时关注这两方面的问题,我们将目光投向戏剧,戏剧可以将这些教育之大理论与小技巧有机融合。谈起戏剧还得回到古希腊——戏剧的发源地。史书上记载第一个演员忒斯庇斯仅仅是把自己一个人从歌队中分了出来,还没有真正创造出戏剧,是希腊悲剧之父——埃斯库罗斯在忒斯庇斯的基础上再加上一个演员,这时有了两个演员,这才有了目前公认的戏剧。关于戏剧,著名导演彼得·布鲁克认为"戏剧通过惊讶、通过刺激、通过游戏、通过好玩,来把我们导向真理。它把过去和将来都变成现在的一部分,它帮我们从身陷其中的地方超脱出来,又把我们和本来距离遥远的人和事连到一起。"波兰著名戏剧家、质朴戏剧的创立者耶日·格洛托夫斯基也曾说:"戏剧只有一种意义,在任何时候都是使我们超越老一套的看法,超越我们老一套的感情和习惯,超越我们判断事物的标准——不是为这样做而这样做,而是使我们可以体验到什么是真实,而且在已经放弃了日常避免为人所发现的和虚伪做作之后,在完全不加防御的情况下揭露自己,献出自己和展示自己。用这样的方式——通过冲击,通过促使我们扔下我们日常的伪装和矫揉造作的习气的冲击——我们就可以毫无隐讳地委身于我们无以名之、但情爱与博爱寓于其中的东西。"

由此可见,戏剧就是让人看见自我、表达自我、超越自我和成就自我。因此,戏剧与现代教育(主要指学校教育)有着天然的联系,因为教育也是"让人看见自我、表达自我、超越自我和成就自我",为人的终身发展奠基。教育最本真的出发点就是把学生导向真善美,并且将人类的过去、现在已经创造和正在创造的文明一并呈现给学生。当然,并不是赤裸裸地呈现,而是引导人去体验、去思考、去超越。将戏剧元素引入教育中,可上溯至苏格拉底,他为了向曼诺阐释他的"回忆说",特地请来他的仆人扮演"学生",而他扮演"教师",戏剧在此给学生提供一个得天独厚的模拟的环境,让学生"假"中见真,"虚"中见实,直观地体会到生存、生活和生命。因为"戏剧是一种诗的艺术,它创造了一切诗所具有的基本幻想——虚幻的历史。戏剧实质上是人类生活——目的、手段、得失、浮沉以至死亡——的映像。"我们借这种"虚幻的映象"来观照人和培育人。可以说,戏剧和教育的最本质、最相通的一点就在于两者都是"育人"。因为发展戏剧比发展人

容易,我们却往往忽略了用戏剧去培育人。当然,用戏剧育人,重点不在培养专业演员,而是把人引向独立、自主、理性。

一、戏剧解放生命

爱因斯坦曾言:一个人的真正价值首先取决于他在什么程度和意义上从自我中解放出来。其实一个人不仅要从自我中解放出来,还要从所有的"他者"中解放出来。因此教育如果想要为育人做出它真正的贡献,需要"它能够是,而且必须是一种解放"。同时,我们更应该"从生命的层次,用动态生成的观念,重新全面地认识课堂教学,构建新的课堂教学观,让课堂焕发出生命的活力"。戏剧应该是一个良方,因为,在所有的艺术门类里,戏剧是离人最近的艺术。戏剧是以"人"为表现内容同时又以"人"为表现形式的艺术,为其"进入教育、观照生命"提供了得天独厚的条件。将戏剧元素引入教育,无论是对教育、对戏剧、还是对学生,都是一种新视角、新阐释和新发展。

(一) 身体上的解放

身体是我们身份认同的重要且根本的维度。身体形成了我们感知这个世界的最初视角,或者说,它形成了我们与这个世界融合的模式。而传统教育过于看重对已有知识的接受和传授,极为重视书面训练和书面考试,忽略了口语的表达、自发精神和创造性的研究。从2001年新课改开始,虽然各种国外先进的教育理念和课程理论陆续被介绍到国内,但是由于目前国内的教育评价体制依然是以应试教育为主,考试分数依然是衡量教师业绩和学生成绩的最重要指标,于是教师和学生都为了提高分数而不得不把全部精力放在了书本知识中。学生因此不得不每天被捆绑在课桌前,与课桌日夜相伴、分秒不离。长久下去,知识在学生大脑中是越储越多了,而学生的心灵却是越来越麻木了;学生的分数是越来越高了,可学生的身体越来越差了;学生与课桌是愈来愈亲密了,可与生活越来越远了。这种以知识灌输为目的的教育,就是杜威所批判的现代教育——"现代教育把学校当作一个传授某些知识,学习某些课业或者养成某些习惯的场所",而"忽视了把学校作为社会生活的一种形式这个基本原则"。这种以知识接收、储存为主的教育被保罗·弗莱雷称为"灌输式"的教育。在此种灌输式教育中,"知识是那些自以为知识渊博的人对在他们看来一无所知的人的一种恩赐。把他人想象成绝对的无知者,这是压迫意识的一个特征,它否认了教育与知识是探究的过程"。在这种教育中,学生不可避免地沦落为身与心双重的"被压迫者"。而戏剧主要依靠身体动作放飞想象、表达情绪,学生进行各类戏剧活动的时候,身体自然就会得到舒展,从而把身体从课桌前解放出来。正如英国当代著名戏剧理论家、戏剧评论家、导演和翻译家马丁·艾思琳(1918—2002)指出:"希腊语中戏剧一词,只是动作的意思,戏剧就是摹拟的动作,效仿的动作,或人的行为的再现。"因此,学生在戏剧的"动作"过程中,舒展自己的身体,表达自己的情感;在"摹拟"中检视自己的行为,认识自我和世界。因为"模仿不但是所有艺术的本质因素,而且是我们解释和理解世界的最重要的武器。"学生只有身体健康了、身体感觉敏锐了,才能更好地认识自我、探究世界,在与他相处时,也才能更好地控制情绪情感,更好地站在他人的角度思考问题,进而相互理解和尊重,和睦相处,获得幸福。

2001年教育部颁布的国家《全日制义务教育艺术课程标准（实验稿）》，首次将戏剧列入艺术综合课程的几大门类之中，使之与传统的音乐、美术并列，并指出"基础教育阶段的艺术课程日益走向综合，不仅音乐和美术开始交叉融合，戏剧、舞蹈、影视等也进入艺术课堂。"2012年1月，教育部为贯彻落实《国家中长期教育改革和发展规划纲要（2010—2020年）》，适应新时期全面实施素质教育的要求，颁布了义务教育艺术课程标准（2011年版），并于2012年秋季开始执行。新修订的艺术课程标准明确提出：艺术课程是一门综合音乐、美术、戏剧、舞蹈、影视等艺术门类为一体的课程。在九年义务教育阶段，学生们要学习模仿角色的语言、动作、表情、声音等艺术表现，尝试制作服装道具或舞台背景，进而进行艺术创编。艺术元素的融入使学生在中国教育的传统手段——阅读和背诵之外感受体验与实践。教育关注的对象开始从"局部的大脑记忆"转移到对学生"整个的身体体验"。相比以知识导向的大脑单一记忆为主的传统教育而言，教育戏剧则更加侧重通过身体的活动和情境的体验，培养人的情感、体验、意识及对现实生活的敏锐性与思考力。

（二）思想上的解放

提起戏剧，我们总会想起剧本、灯光、服装、音乐、美术、布景及舞台调度等，认为戏剧就是各种艺术的综合。但是，面对近些年电影电视及各类娱乐选秀节目的兴起和不断发展，我们不禁要问：戏剧的特质是什么？戏剧是否还有存在的必要？戏剧能做到而电影和电视不能做到的是什么？波兰著名戏剧家耶日·格洛托夫斯基在他提出的"质朴戏剧"的理论中认为："很多剧人都意识到这个问题，却想出一个错误的解决办法：因为他们从技术观点上看待电影之优于戏剧。为什么不使戏剧更富有技术性呢？他们创造新的舞台，他们在演出中使用闪电般迅速地换景，错综复杂的灯光和舞台装置等，但他们绝不可能达到电影和电视的技巧。戏剧必须承认它本身的局限性。它若是不能比电影更富裕，那么就让它质朴吧。戏剧若不能成为以技术著称的精彩节目，就让它脱离开和技术的一切关系吧。因此，在质朴戏剧里，我们剩下的是一个'圣洁'的演员。电影和电视不能从戏剧那里抢走的，只有一个元素：接近活生生的人。经过逐渐消除被证明是多余的东西，我们发现没有化妆，没有别出心裁的服装和布景，没有隔离的表演区（舞台），没有灯光和音响效果，戏剧是能够存在的。而没有演员与观众中间感性的、直接的、'活生生'的交流关系，戏剧是不能存在的。"

另外，根据剧作家、上海戏剧学院兼职教授李婴宁女士所提倡的"大戏剧"理念，可以把戏剧分为"舞台戏剧和应用戏剧"两大类。她认为戏剧并不仅指舞台上由专业演员演出的戏剧，还包括"应用戏剧"。这是一种使用于社会其他方面的戏剧方法，这也是戏剧很大的一个方面，有其独立的美学体系、理论体系、方法方式，是一个成熟的后现代独立戏剧学科。其特征不但注重打破舞台限制、打破专业技巧、观演合一，注重戏剧的使用意义和价值意义。而且更注重戏剧活动过程带来的收获，而不仅仅是戏剧演出这个结果。耶日·格洛托夫斯基的质朴戏剧理论与李婴宁女士的"大戏剧观"理念，为我们将戏剧元素应用到基础教育的日常课堂教学当中奠定了坚实的理论基础。耶日·格洛

托夫斯基认为演员与观众之间的活生生的直接关系,才是戏剧的特质与根本元素。平时的课堂就相当于一个赤裸的舞台,没有灯光、音响、服装等,如果按照常规的戏剧理念,戏剧是无法进行的。但是,戏剧的"演员与观众"是始终都存在的,教师与学生既可以作为演员也可以作为观众。只要演员与观众存在,那么戏剧随时随地都可以上演。传统意义上的舞台戏剧属于专业演员的专利,没有经过正式训练的人员只能做观众,根本没有上台表演的资格和机会。而教育戏剧是以戏剧为媒介,以教育为目的,提倡无论是否受过戏剧专业训练,都可以上台表演。重点不在娱乐观众,而在于表达自己,即让戏剧从娱乐功能过渡到教育功能。正如被公认为当今西方戏剧界最重要的导演彼得·布鲁克所说:"我可以选取任何一个空间,称它为空荡的舞台。一个人在别人的注视下走过这个空间,这就足以构成一幕戏剧了。"因此相对于以"娱他"为中心的传统戏剧而言,教育戏剧更加侧重戏剧的"娱己"功能。

二、戏剧解放课堂

叶澜教授指出,传统教学观把教学活动框定在"特殊认识活动"范围内,并且表现为:在教学中,学生不是独立的,而是在教师的指导下进行学习;学习的内容不是随意、自发产生的,而是经过选择和教育加工的人类已经创造出来的、最基本的文化知识;教学过程是有目的、有计划、有组织的活动过程,而不是日常生活中随机进行的认识过程。传统教学观在实际的课堂教学中呈现如下特征:首先,完成认识性任务,成为课堂教学的中心任务。其次,钻研教材和设计教学过程,是教师必要的教学准备。教学最终落在了学生对教材的掌握上面。学生在这个教学过程中只是被当作一群抽象的群体,而不是鲜活的有生命的个体。再次,上课是执行教案的过程,教师的教和学生的学在课堂上最理想的进程是完成教案。总之,按照叶澜教授的观点,这种传统课堂教学观最根本的缺陷就是,将丰富复杂、变动不居的课堂教学过程简括为一种特殊的认识活动,把它从整体的生命活动中抽象、隔离出来。此处无意全盘否定把教学看成是一种特殊的认识活动,但在目前应试教育的评价体制下,教师有意或无意地在扮演着"高级搬运工"的角色,其基本工作就是把要考的知识点从书本上搬运到学生的脑子里,然后通过大量的训练,要求学生在考试中又把这些知识从脑海中搬到试卷上。整个教学过程中,学生只是知识的"中转站"和"暂时储存器",没有把学生当成有生命的个体来对待。掌握课本中的知识成了学生学习的根本任务,却有意无意地忽略了学生全面发展的需要。教师和学生的生命自主性不仅得不到尊重、保护和张扬,反而不得不臣服在冷冰冰的固有知识的权威之下。这一方面是近代以来理性主义哲学和主智主义教育主流思想的反映,同时也是习惯于把原本为整体的事物分割为部分、方面的思维方法的表现。具体地说,就是把生命的认知功能从生命整体中分割出来,突出其重要性,把完整的生命体当作认知体来看待。为了改变上述状态,我们认为必须突破(但不是完全否定)"特殊认识活动论"的传统框架,从更高的层次——生命层次,用动态生成的观念,重新全面地认识课堂教学,构建新的课堂教学观,它所期望的实践效应就是:让课堂焕发出生命的活力。

戏剧主要从以下四个方面"解放"课堂,彰显生命活力:

(一) 戏剧带来"公共空间",唤醒民主意识

上海世博会中的英国馆名为"种子圣殿",偌大的展区就像打开的"礼纸","种子圣殿"表面布满了六万多根亚克力杆,封存着二十六万颗种子,像是放大的蒲公英。种子代表生命的希望,蕴含着无限的可能,代表着可能性和创意。更令人惊讶的是那张开阔的"礼纸",因为礼纸代表着开放公园,而我们知道世界首座城市公园就是在英国建立的,城市公园的诞生缓和了社会各阶层的矛盾,为普通大众提供了交流的公共空间。公共空间的出现,是人类"渴望对话"的产物,而"对话"的前提则是"自我意识"与"分享意识"的苏醒。试想,一群有着奴性人格的人又怎会去要求自我话语的表达?而一群封闭人格的人又怎会去与他人分享呢?从二十世纪的五四新文化运动时起,各路仁人志士就一直在探寻"德先生"和"赛先生"之路,一直在探寻造育一代新人之道。无论再好的"德先生"和"赛先生",如果没有具备"独立的个体意识"与"交流分享意识"的主体新人做保障,都只能是"空中楼阁"。正如杜威对民主的定义:"民主主义不仅是一种政府的形式,它首先是一种联合生活的方式,是一种共同交流的方式。"[1]戏剧是一项团队合作活动,在成员之间充分沟通、互相配合的基础上展开剧情。没有绝对的主角和配角,所有的角色都只是为了确保剧情的顺利进行。学生搭戏的过程,本身就是不断培养民主与合作的过程。

(二) 戏剧展现"社会万象",激发角色意识

"世界者,舞台之大者也。"依据社会学和系统学的观点,课堂其实也是一个小型社会,学生作为一个个未来的小公民,正处在个性和自我意识不断苏醒和强化的黄金时期。"社会不断地教育它的成员们如何担任不同的社会角色,而戏剧就是这种教育过程最强有力的工具。社会学家称之为个人使社会角色内在化的过程。"国际公认的教育戏剧专家左尼芬·尼兰德斯对戏剧的"角色"化培育曾有深刻的论述:"所有戏剧及剧场的核心,就是让我们借代入角色的过程,进行'自我他人'的想象,把自己想象成他人,尝试着在他人身上寻找自我,从而在自我身上发现他人。这是所有戏剧和剧场形式之间不可或缺的桥梁,是 Dorothy Heathcote 及其剧场先驱思想遗产的核心,也是戏剧学院中演员训练的主要目的。在演出过程中,演员得把自己再造,成为他人。在这个意义上,表演是转化性的,即具有转化的潜能,借着发现新的自我,新的面貌,新的面具,借着探索他人较复杂的面貌,借着代入角色的转化过程,我们也许在现实社会及文化上得以转化。人性的核心、同情的本质、道德的起点,都在于我们融合'他人'和'自我'的能力、重新发现人性中团队感的能力。"

在课堂这个微型社会里,每位学生的话语和自我是否得到适切地表达和张扬,直接影响到他们在将来的社会中公民意识的觉醒和公民权利的行使。而公民意识又是一个独立自主人的基本衡量标准,更是素质教育的宗旨。恰如张华教授认为的"素质教育之'素质',是自由精神与合作精神的融合。素质教育的根本目的是培养具有探究能力、批

---

[1] 约翰·杜威:《民主主义与教育》,王承绪,译,人民教育出版社2001年版,第92页。

判意识和合作精神的现代公民,具有民主素养的自由个性。"社会是由一个个公民构成,而公民要行使其权利与义务就不得不考虑他在社会中所扮演的"角色",因此,扮演戏剧角色是学生认识社会、体悟人生的绝佳机会。

(三) 戏剧提供"交流舞台",构筑参与意识

"人类的心灵有一个特点,当它得到对美好事物的甜美愉悦的感受,如果不同时与另一个心灵分享之,那它就仿佛在这些美好感受的重压下难以自持。要不是在剧院里,怎么会有这样隆重而动人的分享呢?正是在剧院里,千百双眼睛都盯在同一个对象上,千百颗心都在为同一种情感而跳动,千百个胸膛都在为同一个狂喜而喘息,千百个我在无限高尚、和谐的意念之中汇成了一个共同的、巨大的'我'"。别林斯基说得没错,但他只看到观众的"观之娱",而忽视了观众内心渴望的"演之乐",观众永远只能作为"看客"而无法亲自体验到"剧中人"的情感。而后来的布莱希特有所进步,他提出"透过实际参与演出,而不是透过观赏,去达到教育的目的",企图"把台下的观众转变成演员,在真实生活里演出台上那场未曾结束的戏"。虽然他并没有完全达到他的理想,但至少给戏剧和教育指出了一个融合的方向。教育戏剧作为一种应用戏剧,不以演出结果为目的,而是强调参与演出过程的体验和收获,它把未经戏剧训练的观众和演员的界限打破,做到真正的观演合一,让所有学生都有机会参与进来。

(四) 戏剧保证"体验安全",培育创造意识

杨澜曾在采访先锋戏剧家孟京辉时,问他戏剧到底是干什么的。孟京辉回答:"戏剧就是玩"。往往只有在"玩"的情境下,我们才可以毫无顾忌地发挥,而不用担心受惩罚。法国戏剧理论家萨赛也曾探讨过戏剧艺术的本质特征:戏剧艺术是普通或局部的、永恒或暂时的、约定俗成的东西的合体,人靠这些东西的帮助,在舞台上表现人类生活,给观众一种真实的幻觉。为了使一些真实的事物在观众眼里能逼真体现,必须使用一套约定俗成的东西或伎俩。云南艺术学院院长吴戈教授指出"在舞台上表现人类生活,给观众一种真实的幻觉"的"一套约定俗成的东西或伎俩"就是"假定性",并把戏剧定义为"戏剧,是以演员的生理条件为中心媒介、当众叙演一定长度的故事、观众与戏剧创演者以假定性为协作活动前提的艺术活动"。正是因为戏剧具有这种假定性的特征,在课堂里我们就可以假定在任何时间、任何地点、任何情境、任何人物发生任何事情。学生通过"假定",可以获得各种生命体验,而不必付出任何"成长代价",也可以体验古今中外各类人物的表情、性格、人生际遇。戏剧的这种假定特性给教学带来了前所未有的自由,也让学生在"真实的幻觉"中感受到一种自由的生命体验,这种自由将激发学生旺盛的创造欲望。

第二节 教育戏剧的定义以及其发展情况

一、教育戏剧的定义

教育戏剧是个舶来词,这个舶来词的汉语翻译目前尚未完全统一。由于大陆地区的教育戏剧引进较晚,所以在对教育戏剧的翻译和使用上,还得考虑与国际华人地区已通用的名称接轨。大陆研究教育戏剧的先驱——上海戏剧学院李婴宁教授曾指出:"我国传统只有'戏剧教育'的概念,没有'教育戏剧'的概念。因而在20世纪80年代有一篇介绍西方教育戏剧的文章译者在翻译 Drama Theatre Education 时,依然使用了'戏剧教育'的概念,后来通过在英国深入学习,才明白这实际上是两个不同的概念。"李婴宁认为教育戏剧是"在普通教育或民众戏剧活动中,把戏剧方法应用于课堂教学和社区民众的戏剧活动"。上海戏剧学院张生泉教授认为:"教育戏剧是在教师或导演(组织者)有计划的指导下,以人的活动天性为依据,大量采用即兴表演、角色扮演、模仿、游戏等方法进行,让参与者在彼此互动的接触中发挥想象,表达思想掌握一定的表演技能和心智技能,增进美感。"并指出教育戏剧包括人才培养的学校教育和以终身教育为旨的社区教育。云南艺术学院吴戈教授则认为教育戏剧是借助戏剧手段或者戏外活动开展教育和培训活动。北京师范大学马利文教授则把教育戏剧(Drama Education)译作戏剧教学法,即教师在课程中使用戏剧或剧场技巧,达到师生互动,以激发学生创造力和合作精神,实现学习动机和教学效果的提升。马利文则是将教育戏剧(即戏剧教学法)主要定位在中小学的教学领域,而李婴宁、张生泉和吴戈等则把教育戏剧的范围扩大了,并不限定在中小学教学应用领域,还包括其他带有教育性质的领域。李婴宁认为对于戏剧学院的戏剧教育专业来说面向的应当是贯穿人的一生的戏剧教育;而对师范学院的戏剧教育来说面向的只是普通教育中的青少年。吴戈教授把"教育戏剧"看成是一个大的统称概念,把教育、教育剧场、创造性戏剧、参与剧场、发展性戏剧、通过戏剧学习之类的活动都看成是"教育戏剧"的不同表现形式。

目前我国香港和台湾地区将 Drama Education 译作教育戏剧,包括教育戏剧和教育剧场,教育戏剧也称作教学戏剧,教育剧场也称作教习剧场。该观点的代表性人物为台湾艺术大学的张晓华教授,他将教育戏剧定义为:"教育戏剧(即教学戏剧)是运用戏剧与剧场之技巧,应用于学校课堂的一种教学方法。它是以人性自然法则,自发地与群体及外在接触。在指导者有计划与架构的引导下,以创作性戏剧、即兴演出、角色扮演、模仿、游戏等方式进行。让参与者在互动关系中,能充分发挥想象,表达思想,由实作而学习。以期使学习者获得美感经验,增进智能和生活技能。"教育戏剧作为一种课堂教学方法,可被运用于语言文学、历史、社会等课程的教学。

以上是国内关于教育戏剧的具有代表性的定义,我们还可以将教育戏剧的定义追根溯源至西方。在20世纪80年代之前出版的一些著作如芬蕾·强生的《戏剧方法之教学》、库克的《游戏方法》、史莱德的《儿童戏剧》、布莱恩·威的《以戏剧成长》等,虽论

及戏剧在教学上的运用,但都没有对教育戏剧下一个明确的定义,只是统称为"教育性戏剧""发展性戏剧""学校戏剧""戏剧教学"。直到英国纽凯索大学的戏剧教育家桃乐丝·希思考特于1970年与英国BBC电视广播公司在"公共巴士"系列节目中播出名为《三台织布机等待者》的教学影片后,她的戏剧教学理念从此被扩展至英美等世界各地。桃乐丝·希思考特的这种教学理念与方法被约翰·哈格森与班汉整理编辑在合集之中,称之为教育戏剧(Drama Education,DIE)。后来凯文·勃顿于1979年把他的教师桃乐丝·希思考特的戏剧教学方法出版成一本书,即《迈向教育戏剧理论》,从此教育戏剧的定义逐渐明确起来。但这并不是一本学术性研究著作,而是基于作者的经验成书,凯文·勃顿认为"教育戏剧关注学习者在情感或认知发展评价上的改变","由于戏剧处理的是学者对相关概念的主观或客观上的学习,因此在学习过程中建立起对这些概念的价值判断"。美国学者罗维尔·史瓦瑞尔则认为教育戏剧"包含在学校戏剧的一些准备之内,近来则常与非演出的活动有关,如角色扮演、即兴演出、模仿游戏等。其目的在于培养想象力、自我认识与表达、美学上的感觉与生活上的技能"。由于教育戏剧的重点不在于戏剧表演,而在于即兴演出、角色扮演等,所以也常被称为"过程戏剧"。

　　结合以上国内外教育戏剧研究者对教育戏剧(Drama Education)的定义可以得知,教育戏剧最初是从课堂教学开始的,随着后来的实践和发展,教育戏剧的外延又有所扩展,但教育戏剧的外延又限定在学校的课堂教学领域。具体而言,赞同的是马利文教授对"教育戏剧"概念的界定,所以本书中的"教育戏剧(即教学戏剧)"概念指的是为提升学校课堂学科教学效果而服务的一种教学方法,本书将在这种语境下主要探讨教育戏剧在教学中的应用。

　　根据《现代汉语新词语词典》关于课本剧的定义:"根据中小学语文课本中的课文改编排演的戏剧小品。"以及黄晓莲等学者论述的课本剧的多种形式,如:"可以改编成话剧课本剧、戏曲课本剧、木偶课本剧、皮影课本剧,还可以改编成舞剧、哑剧、朗诵等形式来演出。"可以看出课本剧的概念有广义和狭义之分。狭义的课本剧专指根据中小学语文课本中的课文改编排演而成的戏剧小品;广义的课本剧不仅包括根据中小学语文课本中的课文改编排演的戏剧小品,还包括根据课本中的课文而延伸的课外阅读文章和世界名著,以及生活这个"活课本"中的事件而改编创作的以话剧、小品、戏曲、朗诵等多种形式演出的戏剧小品。学校中开展的一些活动,不管是不是在语文课堂之上,只要这种活动遵循了编演语文课本剧的思想并运用了课本剧的形式,都可以看作广义的课本剧。

　　教育剧场作为"大教育戏剧"概念的重要组成部分,也被译为教习剧场,台湾艺术大学张晓华教授对其下的定义是:教育剧场是将某一特定的教育主题,如课程内容、中心题目、社会问题、生活规范等,由具有专业知识与表演能力的演员教师编排成戏剧的演出形式,在剧场、校园或教室提供给某一特定团体或学生观众欣赏,借以引发他们的兴趣与注意,在演出中或演出后参与共同的讨论,使观众对该项主题能更深入思考与探索,以达到教育的目的。因目前国内剧团实情和研究条件所限,本书对教育剧场不做详细探讨。

二、教育戏剧的发展概况

(一) 教育戏剧在英美

教育戏剧最初发源于英国,随后扩展至欧美等其他国家,发展历程既具有前后延续性又具有互相交叉性。所以接下来主要围绕具有代表性的英、美两国的教育戏剧情况进行穿插论述。罗维尔·史瓦瑞尔指出:尽管戏剧在教育上的运用是起始于史前史,但将戏剧用作为教室内的科目与活动,却是在20世纪初由英国及美国的教师们实验于教学上才开始。初期的教育戏剧多用于小学课程教学。被认为是有记载的第一位以戏剧活动在教室内进行教学的是英国小学教师哈丽特·芬蕾·强生(1871—1956),她将课程主题戏剧化并于1911年出版了《教学中的戏剧方法》。英国卡德威尔·库克(1889—1937)出版的《游戏方法》,将戏剧教学法推广成教育运动,不仅影响了英国的小学,还影响了美国的一些学校。20世纪20年代,英国的教育戏剧开始向高年级和成人教育倾斜。

在美国,教育戏剧的开拓者——伊利诺州伊文斯顿小学教师温妮佛列德·瓦德在约翰·杜威(1859—1952)的实作理论与其师纽约大学赫兹·迈恩斯教授创造力教学理论的影响下,创造了"说故事""儿童创作性戏剧扮演""儿童剧场"等戏剧教学法,并于1930年出版了《创作性的戏剧活动》。此后的几十年里,温妮佛列德·瓦德都是这个领域的权威代表。到1955年,美国已有近百所学校提供创作性戏剧技术的课程,中学倾向于创作性戏剧,而小学则注重剧场艺术教学。"此种教育戏剧使得美国教育戏剧着重在戏剧的走向,成为单科性的课程教学。"相对于美国,英国更注重教育戏剧的教学应用与研究。在20世纪50到60年代之间,理论方面的研究主要集中表现在彼德·史莱德的《儿童戏剧》(1954)与布莱恩·威的《透过戏剧成长》(1967)中。此外,国家政策上也大力支持教育戏剧师资培训。至此,教育戏剧已在世界各地如澳大利亚、加拿大、纽芬兰等国得到广泛推行。到了70年代,教育戏剧的理论探索得到进一步的发展,代表性的成果有英国的桃乐丝·希思考特与凯文·勃顿提倡的"专家外衣"与"亲身经历";美国葛蕾丁妮·布莱茵·希克斯提出的"过程"理念的方式,注重戏剧过程小学习者的想象与即兴表演;蓝妮·麦凯瑟琳主张的"创作性戏剧在教室"。伴随着教育戏剧理论与实践的繁荣,各种学术机构,如国际戏剧协会与儿童和青少年协会(International Association of Theatre or Children and Young People)、英国国家教育戏剧与儿童剧场协会(National Association of Drama Education and Children's Theatre)、美国戏剧与教育联盟(American Alliance for Theatre Education)等不断涌现。到了80年代,虽然英美等国的许多公立学校已将戏剧纳入课程内的学习,"但对大多数的学校而言,教育戏剧仍结合在语言艺术的课程之内,由任课教师灵活地运用戏剧技巧进行教学"。接下来直至世纪之交,英美等国制定了相关的教育法令法案,正式将戏剧教育及教育戏剧纳入国家学制内。如英国1992年由国会通过的教育改革法案(Education Reform Act),将戏剧视为英语教学的主要媒介列入国家课程之内。美国1994年由国会通过的《目标2000:美国教育法案》(Goals 2000: America Education Act),在《学校发展标准》

(School Delivery Standards)中将戏剧教育纳入国家学制内。

梳理教育戏剧的历史发展脉络可以得知,正是由于各国的文化背景和教育传统的不同,教育戏剧在各国的侧重和发展倾向自然有所差异。正如张晓华教授指出的那样"美国着重于戏剧的本质教学,以创作性戏剧为主要教育内涵;英国则着重于教育戏剧之统整教学,以教育目标为重。因此,美国是以戏剧为主的单科戏剧教学,而英国则是与英语结合的复科统整的戏剧教学。但其本质上都是运用戏剧原理与戏剧元素来达到提升课堂教学的效果。"

(二) 教育戏剧在中国的发展

教育戏剧在中国的发展,可以从大陆和港台地区的发展概况分别展开论述。

1. 教育戏剧在港台地区的发展

香港教育戏剧受英国影响较大,最早可追溯至20世纪80年代初期,以教育剧场(TIE)为主。时任香港中英剧团艺术总监的英国导演高本纳(Bernard Goss)举办了多个戏剧工作坊,自此,英国的教育戏剧理念在香港开始得到推广。随后,高本纳的继任者——来自澳大利亚的庄瞬姬(Chris Johnson)在剧团首先建立了教育主任和工作坊主任两个职务,主要负责为青少年举办剧场活动。他在中英剧团开创了至今仍然被香港许多教育戏剧实践者们所采用的理念:提供赏心悦目而难忘的剧场经验;支持、肯定和庆祝青少年的生命;与年轻人做情感和知性的交流;挑战和扩展青少年的视野;加强青少年的想象力,使他们能更从容、彻底地理解别人的经验;鼓励和启发青少年的参与;消除成年人以为青少年无知、没主见和不能为自己做决定的误解。1990年以后,除了中英剧团这样的主流剧团之外,一些非主流剧团也加入教育戏剧的队伍,如"进念十二面体"和"明日剧团"等。

在教育戏剧的师资培训方面,香港教育署自1991年起开始推动香港学校戏剧节,平均每年为数以百计的教师提供六次共24小时的戏剧编、导、演基础培训。1994年香港教育署又将热衷戏剧活动的教师组织起来,成立香港教师戏剧会,主要承担教师培训工作,并为戏剧教师提供良好的交流平台。1998年至2004年,香港教育局下属的优质教育基金启动了"戏剧教育计划",发动全港50多所中小学从事学校戏剧教育种类和成效的研究探讨。2001年起,香港教育局课程发展处开始在香港中小学推出《戏剧教学法种子计划》,重点在培训教师、设计教案、观课等以促进教育戏剧在教学中的应用。2002年,香港教育剧场论坛成立,并成为国际戏剧/剧场与教育联盟成员。2007年,第六届国际教育戏剧联盟大会在香港召开,来自世界各地的约1 600名教育戏剧及戏剧教育工作者参加了此次盛会,有力地推动了香港教育戏剧的发展。2006年8月,香港艺术发展局委托香港教育学院及香港教育剧场论坛进行的一项名为"香港学校戏剧教育成果的研究与评借"研究得出,香港目前"绝大部分学校都设有戏剧课外活动,逾六成教师应用戏剧于课堂中,数十所学校已开设了戏剧科"。2009年至2010年,香港开始在小学的中文科和英文科设置戏剧选修单元,中文科单元名为"戏剧工作坊",英文科的单元名为"Learning English Through Drama",并出版了相关的教材如《苹果教学法》等。

教育戏剧在台湾中小学学制内属于"表演艺术教育"领域的教学方法。要准确了解台湾的教育戏剧发展状况,需要首先了解台湾的戏剧教育发展历程。台湾的戏剧教育的出现可追溯到20世纪60年代,它是在遵循学生兴趣的前提下,由教师指导的并以社团形态呈现的学习活动。到了80年代,台湾的戏剧教育开始活跃起来,一些戏剧学者邀请英美教育戏剧专家前来工作坊研习。如1998年台南人剧团邀请英国格林威治青少年剧团来台做教习剧场研习,同时出版了相关著作,如胡宝林的《戏剧与行为表现力》(1988)、张晓华的《创作性戏剧原理与实作》(1996)、林玫君的《创作性儿童戏剧入门》(1998)等。台湾将戏剧教育真正纳入学制中是源于1997年颁布的《艺术教育法》,该法将艺术教育分为"表演艺术教育""视觉艺术教育""音像艺术教育""艺术行政教育"及其他有关的艺术教育等,同时为艺术教育的具体实施列出了三大途径:学校一般艺术教育、学校专业艺术教育和社会艺术教育。它明确了"表演艺术"在学校教育中的定位,是九年一贯表演艺术教育的法律依据。1998年,台湾有关教育部门颁布了《国民教育阶段九年一贯课程总纲纲要》,将"表演艺术"归为"艺术与人文"学习领域的重要部分。该纲要承续了《艺术教育法》中"学校一般艺术教育"的理念,指出:"教育重点不在于培养专业理论、技能、研究与创作人才,而是培养一个人格健全的国民与世界公民。表演艺术自然不是培养专业演员,而是表演艺术的参与者。使学生都能成为表演艺术的参与者(其中包括:创作者、传播者、消费者等),以适应生活与社会的需要,奠定未来终生学习与事业发展的基础。"2001年,台湾进一步制定《国民中小学九年一贯课程暂行纲要》,明确"有关'表演艺术'之实施要点是将表演艺术更回归到以'戏剧'为本质的表演与其演出形式上之学习,减少了教学项目上的限制,让教师们有了更大的教学空间。戏剧在展演上的综合艺术特性,学生将不仅学习表演,更可透过展演的内容学习统整的人文内涵",确立了以戏剧为核心的表演艺术教学,表演艺术与音乐和视觉艺术并立,成为台湾中小学必修的一项艺术课程。台湾于2003年公布了"正式纲要"——《国民教育阶段九年一贯课程纲要——艺术与人文学习领域》。该课程纲要将能力指标整合为三个部分:"探索与发现""审美与理解""实践与应用"。这三项能力指标包括了表演艺术、音乐和视觉艺术,并在不同阶段有不同的规定。2004年,台湾有关教育部门公布了《普通高级小学艺术生活科课程纲要》,将"表演艺术"科列入"艺术生活"必修课程中的六门选修科(即基础课程、环境艺术、应用艺术,音像艺术、表演艺术、应用音乐)。

台湾的表演艺术教育是以"戏剧"为核心的教学。其内容有:个人基本表演(包括专注、想象、观察、感知、肢体情绪、即兴表演等);排演(包括试读剧本、角色分析与界定、台词记忆、定位排练、彩排等);演出(包括开演前之准备、暖身与情绪控制、表演与观众反应的配合度、角色维系的稳定性等);表演风格(包括时代性的风格如古典、写实、荒谬等与地域性的风格如英国的莎士比亚剧、中国的京剧等)。台湾教育戏剧的发展伴随着表演艺术戏剧教学的发展。同时,台湾高等教育也在为台湾的戏剧教育及教育戏剧谋发展,如台南大学于2003年成立以戏剧教育为主轴的戏剧研究所,并招收了第一届硕士研究生;台湾艺术大学戏剧系于2005年更名为"戏剧与剧场应用学系",旨在提升学生戏剧应用能力。这两所大学为台湾戏剧教育课程的开设提供了师资保障。

2. 教育戏剧在大陆的发展

目前为止大陆还没有形成系统化和体制化的戏剧教育及教育戏剧理论探索和实践

研究。但是在中国本土早期，曾有人积极倡导这一观念，并进行过认真的探索和实践。1902年，蔡元培在任民国教育部长时，主张于普通、专门二司外设立社会教育教育司，并把戏剧纳入行政制度中，即在教育行政上把戏剧列为一种教育方式。之后，艺术教育很快有效融入了我国普通学校的课堂，然而其内容却更多地局限于音乐和美术领域。

1947年，宋庆龄女士创办了中国福利会儿童艺术剧院。她在谈话中讲到："儿童是国家未来的主人，通过戏剧去培养下一代，提高她们的素质是最有意义的事情。"然而，直至后来改革开放二十多年，教育部门仍未把戏剧和音乐、美术并列纳入学校开设课程。

2001年国家颁布的《全日制义务教育艺术课程标准（实验稿）》，首次将戏剧列入艺术综合课程的几大门类之中，并指出"基础教育阶段的艺术课程日益走向综合，不仅音乐和美术开始交叉融合，戏剧、舞蹈、影视等也进入艺术课堂。"

大陆"教育戏剧"的专门研究雏形可追溯至20世纪80年代孙家琇于1984年在《外国戏剧》第二期上发表的《关于英国的TIE》一文，介绍了教育戏剧中的"教习剧场"。直到1995年，大陆对西方教育戏剧的探索才真正开始。李婴宁作为唯一的一名大陆代表参加了第二届国际教育戏剧联盟会议并回国开始推广教育戏剧，在社区、学校中进行小规模教育戏剧的实验以及引进英国、澳大利亚和挪威等地的教育戏剧专家来国内开设讲座与工作坊，为传播、推介教育戏剧而努力。

2002年开始，上海浦东华林小学在大陆公立小学中率先开展了戏剧教育和教育戏剧的尝试，摸索出了一套成熟的极具特色的华林"戏剧3+3"模式，即戏剧教育的三种形式、课程内戏剧教学的三个特色、教学评估的三组指标，并获得了巨大成功。2004年开始，杭州师范大学黄爱华教授带领的研究团队以杭州师范大学、杭州市大关小学及杭州市外国语学校为主要对象开展教育戏剧的实验，并于2008年出版了项目成果《探索与实践：新课程改革背景下的戏剧教育》，该书荣获"第五届中国教育学会优秀科研成果奖"，揭开了我国教育戏剧发展的新篇章。在学前教育领域，则有张金梅的《幼儿园戏剧综合课程研究》（2005）对幼儿园中戏剧综合课程的开展进行了比较全面的研究，该书将生态教育观中融合、创生、体验的精神作为幼儿园戏剧综合课程的核心理论，为儿童与戏剧的共生共存寻找有力的理论支撑。2005年9月，上海戏剧学院开始招收戏剧教育专业本科学生，这是大陆高校首次开设教育戏剧专业。2008—2010年，北京师范大学实验小学承担并完成了全国教育科学规划"十一五"教育部重点课题"应用戏剧教学法促进教师专业发展与学生心理健康实验研究"。2009年上海市中小学教师首届教育戏剧培训班在上海戏剧学院开班，30多位中小学教师接受了教育戏剧工作坊的培训。2010年5月18日，广州话剧艺术中心教育培训部在广州文德路小学开展了主题戏剧表演训练。2010年9月，上海戏剧学院张生泉主编了以教育戏剧为主题的文集《教育戏剧的探索与实践》，该书收集了国内当前与教育戏剧相关的研究论文、学位论文以及媒体报道，堪称大陆出版的一本教育戏剧"专著"。

以上基本上是学校或个人对教育戏剧所做的努力，目前国内真正以政策法令形式保障戏剧教育的施行的是于2001年颁布的国家《全日制义务教育艺术课程标准（实验稿）》，在政策上肯定了戏剧的育人功能与价值。

三、教育戏剧在我国中小学的发展概况

由于"教育戏剧"这一概念引入我国的时间还不长,学术界对这一概念还存在一定争议,未有较为一致的观点。目前,我国关于中小学教育戏剧的研究文献主要有两类。第一类是直接以"教育戏剧"为研究内容的相关文献;第二类是以"戏剧教学法""教育剧场""创造性戏剧"和"戏剧教育"等教育戏剧的其他表述方式为研究内容的相关文献,这类文献通常隐藏在戏剧艺术类人才培养等相关文献之中,需要进行深入的挖掘与鉴别。

我国学界对于这一领域的研究尚不完善,还存在广阔的研究空间。经过对上述两类文献的筛选、梳理和分析,根据其研究主题、文献数量以及研究成熟度,本书将我国中小学教育戏剧研究的知识谱系粗略划分为四个阶段,即前研究阶段(1984—1996)、萌芽阶段(1997—2004)、探索成长阶段(2005—2013)和蓬勃发展阶段(2014年至今)。随着教育界对中小学美育教育工作关注度的上升,中小学教育戏剧未来将成为我国教育工作者持续关注的热点研究领域之一。

(一)前研究阶段(1984—1996)

这一阶段的主要特征是研究文献已经开始关注教育戏剧,但尚未明确使用"教育戏剧"这一概念。我国大陆地区最早对教育戏剧进行研究的是中央戏剧学院的孙家琇教授,他于1984年发表的《关于英国的TIE》是国内对于教育戏剧研究的开山之作。孙教授在文章中将TIE(Theatre in Education)翻译为教学戏剧,并对其作为戏剧考察团的一员在英美中小学中所观察到的几次教育戏剧活动进行了详尽地介绍。在此基础上,孙教授还通过图表的方式形象地介绍了英国教师如何将抽象的教育、知识、价值观与社会和国家的关系通过教育戏剧来呈现并引发学生的反思这一现象。1990年,华文最早提出了戏剧教学法这一概念,并在介绍英国戏剧教学法的论文中首次使用"教育戏剧"一词。同年,安徽省曲艺家协会主席谢德裕先生提出可以通过课本剧来培养学生的审美,让学生在自编自演中加深对课文的理解。1994年,中央戏剧学院的路海波教授在《加拿大的戏剧艺术教育》一文中最早系统地介绍了加拿大在中小学教育戏剧方面的探索以及教育戏剧师资培养方面的经验。路教授认为加拿大在中学以前的戏剧教育实质上是一种适合青少年接受心理规律的行之有效的教学法系统,对于焕发学生的学习兴趣和提高学习效率有独到的作用。另外加拿大设立"戏剧教育学"学科以及通过多伦多大学教育学院戏剧系来培养教育戏剧师资的做法十分值得我们学习。1995年,于红英老师通过翻译美国的《日托和早期教育》期刊中的文章第一次在国内介绍了美国的创造性戏剧教学方法,但是该文仅是单纯翻译国外期刊的文章,作者并未进行深入的理论分析。同年,杨德勇老师系统地介绍了他在原有的语文戏剧教学法的基础上所创立的"戏剧导演实践教学法",通过让学生人人实践体验做执行导演来培养学生的创造性思维和学习能力、审美能力。

(二)萌芽阶段(1997—2004)

这一阶段的主要特征是"教育戏剧"已经作为一个明确的概念被学界所使用,相关

研究集中在对教育戏剧作用的探讨。1997年,上海剧作家李婴宁老师在《英国的戏剧教育和剧场教育》一文中第一次明确使用了"教育戏剧"这一概念,因此也被誉为:"中国大陆地区教育戏剧第一人"。上海戏剧学院曹路生教授在2002年发表的《香港教育戏剧》一文是国内最早以教育戏剧为题名的期刊文章。1997年,俞理明和顾耀民通过翻译加拿大创造性戏剧的创导者韦爱诗教授有关创造性戏剧作用的文章,最早系统性地向国内介绍了加拿大地区教育戏剧的理念。1998年,香港前教育署长李越挺在《戏剧在教育上的路向》一文中最早深入地谈及戏剧在教育中的功能。此后,舒志义、孙惠柱、张金梅等学者也发表了多篇主题相似的论文。1999年,大卫·戴维斯(David Davis)教授赴上海戏剧学院开展为期三天的讲座和戏剧工作坊,成为第一个在我国进行教育戏剧讲座的国外专家。台湾艺术大学的张晓华教授于2003年出版的《创作性戏剧教学原理与实作》和2004年出版的《教育戏剧理论与发展》两本图书是较早系统性介绍教育戏剧理论的中文专著。

(三)探索成长阶段(2005—2013)

这一阶段的主要特征是学界开始由关注教育戏剧的概念和作用转向关注中小学教育戏剧实践与师资培养。2005年,杭州师范学院黄爱华教授的《中小学戏剧教育现状调查与思考》一文对于浙江省中小学戏剧教育的开展状况进行了广泛的调研,是我国最早关注中小学戏剧教育实践状况的文章。2007年,北京师范大学马利文老师的《初中开设教育戏剧活动课程初探》一文是我国最早系统介绍教育戏剧在中小学具体实施方式的文章。2008年,北京教育科学研究院可持续发展教育研究中心的史根东申请的北京市教育科学"十一五"规划课题"以教育戏剧扩展与深化可持续发展教育的实践研究"成为我国第一个纳入政府计划的教育戏剧科研项目。2010年,上海戏剧学院张生泉教授出版的《教育戏剧的探索与实践》一书是我国大陆地区第一部系统性论述教育戏剧理论与实践的专著。但是,这部著作以对教育戏剧的理论与实践探索成果的介绍性为主,尚未形成完整的理论体系。此后,何强生、周斌、黄爱华、翟一帆等相关学者分别从不同的角度论述了在中小学开展教育戏剧的实施构想与具体实践方式。

上海戏剧学院是我国最早开始关注教育戏剧师资培养的高校,李婴宁教师是我国最早关注教育戏剧师资培养的知名学者。2005年上海戏剧学院在戏文系开始设立艺术(戏剧)教育专业,要求学生在编剧、导演、表演、剧场、教育学、教育戏剧等领域进行研究和实践,以培养学生在社区、幼儿园、中小学、高校、社会培训教育机构等从事戏剧教育工作作为主要方向。上海戏剧学院聘请李婴宁为兼职教授为该专业的学生开设《教育戏剧理论发展和实践》课程,并在此基础上与全国各地多所中小学、幼儿园以及社会办学机构合作,开展教育戏剧的教师培训工作。2008年,北京师范大学马利文教师申请的全国教育科学规划"十一五"教育部重点课题"应用戏剧教学法促进教师专业发展和学生心理健康实验研究"开展了大量的促进中小学教师专业发展的教育实验,使教育戏剧开始纳入一个科学规范可操作的实验流程中,并使上百位中小学教师将教育戏剧应用于自己的课堂中并从中获益。

香港地区对于教育戏剧的引进与探索要领先于大陆地区。早在1989年香港教育署就决定要全面推广学校戏剧,并于1994年由学校戏剧协会牵头成立了香港教师戏剧会(Hong Kong Teachers Drama Association,简称 HKTDA),2011 年成立香港教师戏剧会有限公司,以非营利慈善机构的性质来推动本土学校开展教育戏剧活动。该组织成员均为香港学校教师,因此成为香港地区推动中小学开展教育戏剧的一支主要力量。香港教师戏剧会通过组织戏剧教育培训活动与筹办香港学校戏剧节等方式推动香港地区中小学教师接触戏剧、认识戏剧。随后更是配合教育署课程发展处推动学校戏剧教育有关的"发展初中戏剧教育"种子计划和"发展小学戏剧教育"种子计划,协助种子学校申请优质教育基金,帮助五旬节林汉光中学、天主教博智小学等一批早期的种子学校编写课程、派驻驻校艺术家、开展教师培训,为学校建立稳定的戏剧课程和推动戏剧教学法进入正规课程做出了巨大贡献。时任香港教育署署长李越挺、曹路生等学者在不同的文章中详细介绍了香港地区教育戏剧自20世纪80年代由中英剧团引进并推行的发展历史以及香港明日艺术教育机构、新域剧团、香港话剧团等几个主流教育戏剧剧团的实践特点。香港教育学院于2006年至2010年对香港学校戏剧教育的分类和发展状况开展了深入的调研工作,并出版了内容翔实的研究报告。报告指出香港绝大部分学校都设有戏剧课外活动,逾六成教师应用戏剧于课堂中,数十所学校已开设了戏剧科。报告中将香港学校戏剧教育的开展方式分为戏剧课程(Drama Course)和戏剧教学法(Drama in Education)两大类,课程下又分为独立课程的正规课程与作为戏剧课外活动开展的非正规课程两个大的子类。2007年由香港教育剧场论坛承办的第六届 IDEA(International Drama/Theatre and Education Association)大会在香港召开,更是极大地推动了香港教育戏剧事业的发展。

台湾地区推动中小学开展教育戏剧是华语地区较为成熟的榜样。早在20世纪60年代在李曼瑰、张晓华、廖顺约等学者的推动下,台湾地区就引进了美国的创造性戏剧,然而这一时期由于校园戏剧比赛的风行,使得中小学戏剧教育成为教师的负担,戏剧的教育性大大缺失。2000年台湾的有关部门在《国民教育与九年一贯课程暂行纲要》中具体规定了表演艺术课程的课程目标与分段能力指标等内容,表演艺术正式纳入台湾中小学课程体系,而戏剧作为表演艺术课程的主要开展方式也得以受到中小学教育工作者的高度关注与重视。2005年以后,一大批台湾教育学者与实践工作者开始系统地总结与探讨中小学教育戏剧开展的经验和问题。这一时期萧惠帆介绍了自己将教育戏剧融入汉语词汇、句型读写等教学实践的多个案例。陈晞如对台湾儿童戏剧教育史进行了详细的梳理。作为台湾地区九年一贯艺术与人文领域表演艺术召集委员,张晓华对台湾地区表演艺术纳入艺术教育法和教育课纲的大致内容和具体流程也进行了详细的梳理与介绍,并为大陆地区发展教育事业提出了众多中肯的建议。

(四) 蓬勃发展阶段(2014 年至今)

这一阶段的主要特征是文献数量飞速增长,教育戏剧得到理论与实践领域的广泛关注。2014 年,浙江大学的徐俊博士开始在文章中探讨在我国建立"教育戏剧学"学科的问题,这是继2006年首次有硕士生在其硕士论文中提出建立"教育戏剧学"学科这一问题以来,"教育戏剧学"的学科建立问题首次在 CSSCI 核心期刊上加以探讨。2015 年

国务院办公厅出台的《关于全面加强和改进学校美育工作的意见》中明确指出戏剧属于义务教育阶段学校需要开齐开足上好的美育课程。在这一政策背景之下,许多专家学者和中小学一线教师不约而同地将关注重点放到了教育戏剧上。2015年中国知网上的相关文献数量急剧增多,达到了这一研究领域前所未有的高峰。在这一时期我国学者开始关注教育戏剧与学科课程的整合问题,代表性的学者有甘维、周肖鸿、邢永琴等。2015年中央戏剧学院成立了戏剧教育系,在戏剧影视导演专业下设戏剧教育方向,主要培养优秀的大中小学戏剧教育师资力量,重点培养学生的戏剧艺术创造力和戏剧教学的组织策划的能力,使学生成为具有扎实的戏剧教育基础的复合型人才。2015年5月,首届国际戏剧教育大会在北京外国语大学举办。2015年11月,首届全国中小学教育戏剧课程与教学高峰论坛在江苏常州召开。2016年5月,首届全国戏剧与教育应用大会在京召开。2016年10月,第一届全国中小学戏剧教育研讨会在中央戏剧学院召开。随着一系列学术会议的召开,教育戏剧逐渐被我国更多的教育理论工作者与实践工作者所熟知,教育戏剧的本土化和在促进教学有效性方面的探索也得到了进一步的深化。

四、教育戏剧在我国的实践

中国当代的学校教育实践,一方面借鉴英美经验进行探索,另一方面我国香港地区、台湾地区与大陆地区在实践上互动共生。从传统的戏剧教化到当下的教育戏剧,走了一条从学习借鉴到自主实践的融通转化之路。面对中国教育戏剧发展的未来走向,如果继续做"英美经验"的"影子",那么中国的教育戏剧将只是技术的迷恋。因此,我们必须仔细思考教育戏剧如何做到"中国实践"的本土化。

所谓"融通"过程,就是英美与中国对教育戏剧所呈现的教育观念与育人价值有一定共通性的理解。即认为戏剧对人性的形成具有特殊的价值与作用。这源于教育全球化浪潮,使得教育发展的国际时差几乎消失。人们不断认识到当今的人类需要面对一些共同的危机,同时也有共同的愿景。自21世纪初开始,英美教育戏剧得以在中国学校开展实践,正是基于对社会发展与个体成长的新审视,对学校教育的功利化倾向的批判,对儿童离身化学习的批判,对知识传递中技术主义取向的批判。因此,可以说教育戏剧在中国学校的实践是一次人类教育价值观的融通。

与此同时,"转化"是融通的重要方式,在转化中才可能实现融通。只有融通的转化才能真正内化为自身的发展品质。就教育戏剧在中国学校的实践而言,如果将英美教育戏剧镶嵌于中国的课堂教学之中,就会如同削足适履一般。转化意味着不是对英美教育戏剧经验的简单复制,而是对英美教育戏剧在价值与技术上进行一种反思性建构。由此,转化的过程需要国内教师充分发挥主体意识,在实践中主动交互生成自我的经验。具体而言,教育戏剧在中国学校教育的实践转化过程,包含实践价值转化与实践路径转化。其中的核心内容是:对戏剧教育文化观的转化、对教育戏剧教学观的转化、对教育戏剧教师观的转化等。这其中包括概念、语言、知识、思维等要素的转化。

基于此,当我们审视当代教育戏剧在中国学校的实践时,发现英美教育戏剧的实践经验常常受到中国学校传统教育的影响。这使得教育戏剧的实践在我国学校教育实践中,在对学生发展核心素养的认识,课堂组织形式所呈现的空间与时间,在师生关系中教师的角色与素养,教学过程中教与学的关系等方面,既有转化生成的新质,又有差异带来的阻抗。由此,教育戏剧在中国学校教育的实践,既需要尊重中国学校教育的传统,也需要引领中国学校教育文化的转型。

因此,本书以 M 小学为个案,通过对 M 小学开展的教育戏剧的实践进行田野考察,尝试从教育戏剧实践中所体现的育人理念、课堂教学过程、教师专业发展、学生个体成长等方面,呈现英美教育在中国学校中的实践转化。

(一) M 小学教育戏剧实践概况

M 小学自 2014 开始正式加入教育戏剧的实践,成为中国大陆地区较少的系统全面开展教育戏剧实践的学校。M 小学主要依托校本课程改革的项目来推进教育戏剧的试验研究,2014 年专门申请了基于教育戏剧实践的学校课程改革研究项目,尝试以教育戏剧为特色的学校特色改革实践。

M 小学的教育戏剧具有一定的代表性与典型性。与其他学校的课本剧、表演戏剧教学不同,M 小学教育戏剧的引介主要依托上海戏剧学院与国内知名教育剧场的合作来开展学校改革,其中以李婴宁为指导,全面推广以英美教育戏剧为主的模式,包括课堂戏剧与教育剧场。同时,还邀请了台湾地区与香港地区的实践界专家进行指导。2014—2018 年,开展了历时四年时间的相关实践,并完成课题的研究。基于此,通过田野工作的方法,从 2015 年开始,开展以 M 小学教育戏剧的校本课程改革研究项目为中心的参与式观察,对 M 小学教育戏剧实践进行全面的深入探讨,由此努力呈现英美教育戏剧在中国学校教育中的实践转化历程。

M 小学的教育戏剧实践的历程,大致可以分为四个阶段:

第一,引介培训阶段(2014 年 9 月—2015 年 7 月)。这一阶段主要是对教师进行教育戏剧活动的理念与实践技能的培训,同时开展针对家长的教育戏剧知识的普及。M 小学聘请了李婴宁戏剧与教育发展中心(后更名为见学国际教育文化院)的培训团队为教师开展专业培训。培训主要以体验为主,将教育戏剧的教学理念、教学技巧融入其中,通过体验教育戏剧的课堂教学来帮助教师全面掌握教育戏剧的教学理念与技能。对家长普及教育戏剧知识主要通过需求调查和学校开放日进行,目的在于让家长理解教育戏剧实践对儿童成长价值与意义。

第二,试点探索阶段(2015 年 9 月—2016 年 9 月)。这一阶段主要进行教育戏剧改革试验教师组团、实践试点规划工作与教育戏剧试点探索。首先,M 小学教育戏剧的师资培训是全学科参与,全校所有学科教师都参加了相关培训。在改革课题的试验探索的团队组建过程中,坚持自愿报名的原则,鼓励各学科教师参与教育戏剧的改革实践。其次,M 小学对教育戏剧的实践试点研究进行规划,决定了语文学科先行,各学科渗透跟进,最终实现与学校课程的全面融合。再次,M 小学的教育戏剧试点探索以语文的阅读拓展课为基础开始,探索以绘本阅读、文本创编为主的教育戏剧实践。最后,以语文阅读拓展课程发展为统合式教育戏剧实践,主要围绕话题和绘本为中心的整合式学习。与此同时,积极探索学科渗透,在语文、数学、科学等课程中运用教育戏剧的范式进行课堂教学创新改革。

第三,深化探索阶段(2016年10月—2017年5月)。这一阶段M小学启动了教育戏剧与学校课程全面融合的探索,在坚持学科渗透与统合学习的基础上,将学生活动、教师教研、校园文化等与教育戏剧进行全面深入的融合,紧密结合学校整体特色课程体系,形成具有教育戏剧特色的教学。

第四,总结升华阶段(2017年6月——2018年10月)。经过三年的探索,M小学对自身的探索开始进行提炼总结,形成了三个主要的实践路径,即学科渗透、整合教学、剧场学习。同时形成三条经验,即教师教育戏剧实践能力提升、教育剧场与课堂戏剧互哺式推进、探索学生活动与教育戏剧融合。继而衍生出两个未来发展方向,即形成特色校本的戏剧课程和教育戏剧教学的评价指标。

综上所述,M小学的教育戏剧实践改革可以说是中国当下教育戏剧在学校实践层面的一个完整的缩影,也是一个英美教育戏剧在中国实践的生动案例。其探索的过程体现了对英美教育戏剧实践经验的自觉转化,为我们审视中国教育戏剧在当下中国的实践呈现出一个良好的微观图景。

(二) 教育戏剧的本土实践

在M小学的教育戏剧的实践过程中,我们看到了中国教育戏剧对英美经验的实践转化过程中充满了复杂性。在价值观上,英美戏剧教育与中国戏剧教育的文化价值存在着一定的差异。在实践路径探索上,也存在着课程结构、课堂的时间与空间、教师能力结构、教学价值观、教学过程观与教学评价观等因素的差异。正是看到了这种差异,M小学在教育戏剧实践中积极自主地进行了实践转化,并收到了良好的效果,同时也引发了对中国教育戏剧未来发展有关的思考。

1. 价值观的转变

人类教学活动历史发展过程中,教学方法的发展演变总要受到社会政治、经济、文化、科技等外部因素以及一定时代、地区教育者对教育规律认识的程度、他们的教育价值观及由此而确定的教学目的、内容、组织开式等教学内部因素的制约。因此,从这个意义上讲,教学方法的革新往往携带着教育价值观念整体的变革。教学方法的产生与实践往往需要浸润于其所处的区域与时代的文化环境之中。由此,教育戏剧的实践史常常向我们呈现出一个困惑,即人们对教育戏剧的工具性理解,特别是作为一种教学技术的教育戏剧的理解根深蒂固。究其根源在于产生教育戏剧之初,其纯粹的工具性得到了认可,正如早期的戏剧化教学法与戏剧化游戏教学实践,其目的就是用戏剧的方法来学习知识,以提高儿童的学习质量。由此,当教育戏剧在英国的传播过程中,常常被人们认可的是其工具功能的一面。当教育戏剧传入中国时,我们更是将其简单理解为教学的一种手段,而忽视了其价值追求的一面。从而造成了在教育戏剧实践的过程中一种技术的迷恋,在教育学思想上的忽略。甚至于可以说,是技术程序的复制遮蔽了精神要素的欣赏。由此可见,教育戏剧实践是我国教育价值观在课堂教学方法层面的一次微观革新。

教育戏剧在初入中国学校教育时,最大的困难表现在于价值观层面。在李婴宁的回忆类文章中,常常可以看到这样观念上的差异与冲突。从戏剧界开始重视教育戏剧到教育实践界重视教育戏剧走过了一条十分艰辛的路程。李婴宁想在学校实践教育戏剧没有被接受,其中最大的原因就在于现实教育实践中的功利化思维。教育戏剧随着中国当代教育开放变革的大潮进入了中国教育实践中,从我国教育的传统审视这场变革实践,当下我国学校教育所倡导的艺术审美、创造想象和解放儿童主体等先进理念,与现实教育实践中的功利化思维存在极大冲突。在应试教育的冰冷秩序中,教育戏剧所提倡的过程意义、自主创造、想象审美等价值观遭遇了效率主义的排斥。同时,传统的学科课程教学系统的封闭循环,存在着强大的排他性,导致中国学校教育存在抵制变革行为的习惯与依赖。从另一个角度看,当下中国各色各样的学校教育变革运动加剧了改革实践者们的倦怠感和疲惫感。

目前,我国学校教育戏剧实践正处在探索阶段。相对于英美教育戏剧的深厚传统而言,我国学校教育戏剧几乎没有成型的实践模式。值得注意的是,我国学校教育戏剧受到文化传统的制约,教育戏剧在我国学校教育的实践过程中,遭遇着东西方教育文化的他者感。同时,变革的阵痛引发了一系列的阻抗,从而使得教育戏剧在中国学校的课堂实践之旅显得极为艰辛。如此,这也成为教育戏剧在中国的推动最初并没有兴盛于学校,而是从校外教育剧场开始的原因。与此同时,虽然原有的课本剧与情境教学法的实践为我国学校教育戏剧的推进提供了一定的实践基础,但是这也让我国学校教育戏剧的实践产生了路径依赖。因此,教育戏剧作为一场中国当代的学校教育的微观变革实践,给我国学校教育带来全新的观念与认识的同时,也存在着诸多"困惑"和"疑问"。

即便本土实践艰难曲折,一路坎坷,但是教育戏剧作为一种新颖的教学方法,以其教学过程中体验式、情境化、创造性等特色仍旧吸引着中国学校教育的实践者们,并成为当下中国学校教育改革的一股热潮。然而,在这个"教学法"学习的浪潮中,教学方法背后的文化因素是我们不能忽视的。许多教育研究者对教学方法的纯粹技术化的理解表达了自己的看法,认为"作为教学的研究者,审视和批判旧方法,想象和构建新方法,发掘与阐发方法背后的思想,由此构筑一个新的教学世界,是他们重要的使命,也是他们贴近实践的必经之路。"当下的教育戏剧变革指向不应止于技法的革新,应当对教育戏剧文化进行本土反思,要将"方法性"的认识上升到"文化性"认识的层次。因此,我们研究教育戏剧在中国学校教育的发展实践问题,要避免狭隘的视野和操作,不能只是将教育戏剧的发展单纯视为一种教学方法的学习,而要从方法学习中认真体会文化交往的理念和价值。

(1) 戏剧实践观的转变。

关于教育戏剧实践的价值观转变问题,最核心的是对戏剧实践观的认识。主要从三个层面,即戏剧文化观念、戏剧教育观、教育戏剧的概念进行理解。

首先,是中西戏剧文化发展之间的理解。教育戏剧本身携带着20世纪英美教育变革的时代特征,传承着古希腊悲剧与剧场文化的基因,如"柏拉图将剧院扮演了'伟大智者'的角色,通过戏剧的教育,年轻人的观念和性格形成了。"在希腊人眼中,古希腊儿童在背诵台词中体验细致的情感表达,进而受到戏剧中角色的品格的影响。与此同时,古希腊教育塑造了欧洲社会中人的民主表达、独立思考与社会公德等城邦精神。由此,在

西方戏剧文化传统中,戏剧是公民素质的体现,"戏剧对雅典有着特殊意义,它是公元前5世纪后期这个民主城市所固有的重要体制。"由此可见,西方戏剧在社会教化这个问题上具有较高地位。同时,欧洲悠久的戏剧文化培育着戏剧与教育融合的生境,西方学校教育的戏剧传统正是受到这样的文化影响。20世纪中期,随着实验戏剧的发展,戏剧从舞台表演艺术拓展到应用戏剧,形成了"大戏剧观念",英国的教育戏剧正是诞生于20世纪西方戏剧文化的革命。戏剧不再是舞台上的严格的舞台艺术,而将舞台、表演、角色的概念融入了儿童的学习与生活,传统的戏剧发展中的仪式、游戏、模仿的要素也开始在学校教育过程中被唤醒,"儿童有一种表演的自然倾向性,需要引导或教导"。

然而,在我国的文化传统中,戏剧的产生晚于西方。戏剧作为娱乐,同时具有民众社会道德教化的功能,这一点与早期希腊戏剧文化有其相似性。但是,在中国的传统戏曲文化中,并没有特别重视通过戏剧培育公民素养。特别是在儒家文化发展历史中,关于戏剧教化记载得很少。这使得中国戏剧文化仅存于市井乡间,没有充分发挥其价值。简言之,中国戏剧没有像古希腊戏剧那样在学校的教育中得以体现。也由此导致中国传统戏剧的发展一直保持着舞台艺术的表演形态,并没有出现类似应用戏剧的形态。以至于中国学校教育没有给戏剧留下应有的地位,诚为可惜与遗憾。

因此,根生于英美戏剧文化传统的教育戏剧,在中国的学校实践中首要的任务是引导人们对于西方戏剧文化价值观的融通与理解。说到戏剧文化变革,20世纪初中国的社会变革就是从戏剧文化观的变革开始的。最早期的蔡元培和陈独秀等人倡导借鉴西方,关注戏剧文化的社会功能,改变了中国传统戏曲艺术的教化观和娱乐观。推动戏剧改革,倡导从内容到功能重新认识戏剧,"皆鄙弃不复道"的传统戏剧文化观开始瓦解,同时对于戏剧表演工作者有了新认识。由此激发了中国戏剧文化的自我革新。这样的革新对于戏剧进入教育,特别是进入学校教育奠定了思想基础。新中国成立后,现代剧院的建设以北京人民艺术剧院为代表,同时还有在各地建设的儿童剧院都是最好的说明。之后,"文化大革命"期间,现代戏曲的传播与发展更是从根本上解放了人们对戏曲艺术的观念,将看戏与学戏作为学习革命精神、学习艺术的一种崭新方式,对传统戏曲工作者的鄙视与歧视彻底消解。由此,中国的戏剧文化从传统的价值观中解放出来。从20世纪80、90年代开始,随着国家改革开放的步伐不断加快,中国文化教育事业的发展有了新的变化,大量的多元西方戏剧艺术观念进入中国,首先在戏剧界产生了极大的影响,以实验戏剧为代表让中国人对戏剧的观念有了新认识。同时,后来的应用性戏剧的观念对中国戏剧的实践也产生了重要影响。由此可以看出,教育戏剧在中国学校的实践中,对戏剧文化的理解是实践转变的内核要素。前文所提到的M小学的教育戏剧实践,正是通过对教师与学生进行应用戏剧观念的影响来促进现实戏剧文化的理解的体现。这样的积极融通可以体现在M小学的教育戏剧培训团队对培训课程设计理念中。

其次,是戏剧教育观念的转化。教育戏剧产生于20世纪欧美教育改革运动的特定时代情境,教育戏剧的发展正是对20世纪传统西方教育实践的回应。教育戏剧在产生与发展中,直接受到进步主义教育思想的影响。与此同时,在西方教育理论研究中,戏剧教育一直是西方教育思想演进中的主题。例如,杜威对儿童戏剧活动中的扮演、游戏、情境等要素在人的发展中的价值给予了高度的肯定和凝练。康德、席勒、斯宾塞、沛西·能等人也深入讨论了模仿、戏剧、仪式与游戏在人类的教育活动中的价值。可以看出,戏剧与教育的互动在英美教育思想研究中具有深厚的传统,进而为英美教育戏剧的蓬勃发展提供了坚实的思想基础。

与此相反,中国戏剧教育观念的发展却没有如此顺利。受到西方观念的影响,20世纪初一批进步的教育家从民众社会教育的角度进行审视,认为戏剧改革运动是中国向西方文化学习的结果,可以通过传播现代文明思想的戏剧来实现对现实社会的改造。归根结底,这只不过是艺术的社会净化功能的体现。20世纪20至40年代,学校的戏剧教育活动和学校中戏剧学科的设立都受到西方戏剧教育思想的影响,其中最为突出的是杜威实用主义。以张伯苓为代表的南开剧社可以说具有早期教育戏剧思想的实践。同一时期还出现了具有进步主义的戏剧教育思想。同时,在中小学开始设立作为美育的"戏剧"科。在解放区的教育实践中,戏剧艺术应用于教育实践也成为转化的重要方式。由此,中国戏剧教育实践仍然局限于舞台表演对民众的教化,同时更重视剧本式的排演,将其视为一种单纯的艺术教育。虽然在民国时期出现了对进步主义戏剧教育观的反思,却没有得到重视。20世纪50年代以来,对中国戏剧教育实践也没有产生太大影响。基于此,在对M小学进行的田野考察中,我们发现教育戏剧在理念上受到许多人的误解。同时,教育戏剧的教学价值观也受到我国学校教育传统观念的质疑。究其根本,实质上就是对戏剧教育观认识上的差异。

(2)教师素养观的转变。

所谓教师素养,在这里主要指教师在教育戏剧的实践中需要的思维方式与能力。在教育戏剧的实践过程中,教师身处戏剧学科与教育学科的交叉之中,必须具有对戏剧知识技巧的理解,同时也具有相应的教育知识技能,两者进行融通转化,共同发挥作用。教育戏剧在中国学校的实践是一场课堂教学的方法与思维的变革。相比其他的变革,对于中国教师自身专业素养而言,的确是一次前所未有的挑战。《学会生存——教育世界的今天和明天》中也曾指出:"具体应用改革的成败取决于教师的态度。然而,革新理论家们设计的许多方案,其目的似乎是强加在教师们身上的,是向他们提出的,而不是和他们共同提出的。总之,教师们并不反对改革,他们反对的是别人把改革方案交给他去做的那种方式。"正是如此,在M小学的教育戏剧实践改革中,教师的认同与阻抗常常源于对自身专业素养观的认识。其中,认同表现为对教育戏剧给课堂教学带来的趣味性的认同,而阻抗表现为对新观念与新方法带来的未知风险保持着警惕。

在M小学的教育戏剧实践中,我们发现一方面教师在学校教育改革中存在特有的职业倦怠,这样的倦怠并不是因为对职业本身不认同,而是当下诸多变革对教师的自身新要求增多而带来的压力。就教育戏剧对教师的要求而言,不同于其他改革对教师能力的要求。因此,在M小学的教育戏剧实践中,教师们常常表现出对此种方法运用的不自信。表现为在培训教师的过程中,发现教育戏剧在学校的推进时遭遇了教师的阻抗。

教师在培训中最大的疑惑是为什么要有游戏,这与戏剧表演有什么关系?在课堂教学中发现许多教师在教学过程中仍然不敢或者不愿意激发学生的兴趣,始终将知识传递的过程控制得很严密。在与教师的接触中感受到他们对教育戏剧进入课堂教学的意愿并不强。

传统教育观念中教学的效率主义占有一定地位,传统的教育观念重视结果追求,而往往忽视儿童学习的过程性体验,这正是教育戏剧在中国学校的实践中面临的困境。另一方面,就教育戏剧的实践而言,这些阻抗产生的根源之一在于它挑战了中国教师原有的素质结构和中国教师群体的生存习惯、教师们在小组游戏中的同伴依赖、在角色扮演中的羞涩与不自信等。在中国的学校教学改革实践中,常常会遭遇教师群体的阻抗,这些可能并不是单纯的思想问题,还有各种各样复杂的因素。对于"教师抵制变革",我们不仅需要从变革者的立场来审视抵制,也需要以抵制者的眼光来审视变革,尝试理解教师对变革的抵制,并从中找寻更合理的变革之路。

然而,这股阻抗的根源恰恰来自中国教师素养的传统认识,这些也决定着教育戏剧在中国本土的发展质量。在 M 小学的教育戏剧实践中,我们发现中国教师与英美教师在教育戏剧的实践能力上存在的差异,主要源于中国教师成长的传统习惯,同时也是中国学校教育中教师角色的传统固化。这一切又都与中国教师发展的价值取向有很大的关系。因此,教育戏剧实践中重点是教师素养变革。

如何让教师的素养进行有效的转变呢?

首先,教师要从脚本思维向生成思维转变。教育戏剧的理念常常要求教师突破"脚本式思维"走向"生成式思维"。教育戏剧在课堂教学的实践十分重视儿童的即时性表现,特别是在创造性戏剧的理念中,教师与儿童的戏剧的过程处于不断的生成状态。教育戏剧的教学使用的不是一种剧本式的思路,而是即兴创造的思路。这也是教育戏剧对于课堂教学中创造性思维培养的优势所在。要具有这样的能力,就必须打破原有的按照纯粹将教学方案作为剧本的陈旧教学思维,善于利用教学过程中的生成性资源。

其次,促进教师从权力思维向对话思维转变。权威型教师是中国传统教师的典型形象,在教学中过度以教师为中心进行教学,常常使师生处于严格的上下级权力关系之中,教师常常利用这样的权力试图控制课堂教学的全过程。在教育戏剧的实践过程中,师生关系从控制型转变为对话型,要求教师首先要从权力思维走向对话思维。因此,在教育戏剧的实践价值观中,教师扮演的角色是"无知者"和"助产士"。在戏剧过程中儿童的学习永远是自主的,教师仅仅是为他们制造机会,有助于他们主动创造。在希思考特的"专家外衣"的模式中,教师永远扮演着一个"无知者"和"醒者"的角色,并且在戏剧学习的过程中需要"教师入戏"成为戏剧情境中的人。此外,还有"坐针毡"之类的习式也是教育戏剧中教师与学生之间的对话关系的体现。

再次,促进教师从结果思维向过程思维转变。传统的课堂教学对于目标的达成非常看重,认为其是一切教学过程的终点,由此形成了中国教师在教学活动中一切为了实现目标而展开教学的局面。在这一过程中,常常会出现教师在教学目标达成中的功利主义与效率主义的倾向,将课堂教学作为一场竞赛或一个任务。在现实目标的过程中不考虑道德、正义、情感之类的非智力因素,将学生视为学习的机器,进而导致在教学评价中只关注结果带来的短期效应。相比之下,在教育戏剧的价值观中教学的过程与目标同等重要。学生在学习过程中的思维提升过程、反思的过程、体验的过程以及情感发展的过程,恰恰是教育戏剧育人价值的重要体现。

（3）课堂教学观的转变。

目前，学科课程在我国基础教育阶段的中小学中仍占有主导地位。班级授课制、教师中心、诊断式评价等已然成为我国传统的课堂教学标志。叶澜先生曾指出："当代中国的中小学教育，无论在观念方面还是实践方面，基本上还处在近代工业社会时期所创建的学校形态的束缚之中。"因此，中国当代学校教育的改革转型不断凸显实践本性，它也决定了深入学校的改革必须走向日常的教育实践。"只有通过变革学校日常教育实践，才能实现新人的培养，产现师生在校生存方式的变革。舍此别无他路。"教育戏剧在我国学校的实践中最核心的实践转变就需要从传统课堂入手进行反思。

首先，在课堂目标达成的方面，传统课堂教学需要识记的知识点偏重，所以在课堂教学中情感和价值观目标常常被有意无意地忽略。在传统教学中，即便是运用情感教学也是为了完成或促进知识的学习，将情感简单作为非智力因素用于促进智力因素。由此，在教育戏剧实践中，长期存在于传统课堂的教学中学科知识与人文精神的共存共生矛盾。学科知识常常由于中小学课堂以"考与不考"的功利化评价标准而占据优势，而文学背后的人文关怀却常常被忽视了。在教育戏剧的观念中，儿童在人文素养中的人性滋养是相当重要的部分，传统课堂中却省略了情感体验与共鸣的过程，这不能不说是遗憾。基于这样的价值的转变观念，显然需要通过教育戏剧的课堂教学实践来实现。

如，《再见，小树林》是一堂语文阅读活动，它将绘本故事与教育戏剧相结合，让我们感受到了读与演融合之后的育人价值。教师授课场景设置可使用多功能教室中桌椅围成一个圈，这样从空间形式上拉近师生距离，促进情感链接与融入。在教室屏幕上呈现绘本首页的彩色画面，明确本节课阅读主题《再见，小树林》。教师在正式授课之前暖场热身，和孩子们做"我是一棵×××树"的游戏，让孩子们先走近属于自己独有的"那棵树"，亲身感受。游戏规则是当教师走到孩子们面前时，孩子们就摆出一棵树的造型，在摆造型的同时简要描述一下树的形态。孩子们的想象力被充分调动起来，有的两肩高举，有的摆着兰花指，有的高举双拳，有的双臂举起并耷拉下来，有的半蹲……

该游戏是课堂导入的辅助性环节，其目的在于通过教育戏剧中的热身游戏来帮助孩子们进入戏剧表演的状态。在阅读的过程中保持想象的张力，同时为阅读主题做好铺垫。随后运用"教师入戏"，成了一个"读书使者"的角色，开始和大家分享阅读。孩子们会很认真地听着教师读绘本故事，这就是"教师入戏"带来的效果。

在阅读的过程中，教师可以问大家一些问题，通过设置一些冲突性的问题情境让孩子们深入体验绘本中的描述。当讲到"麻烦还真的来了，小主人公自家边上的小树林要被用来建工厂，要砍掉这些树"的时候，教师突然低下头，开始表演着抽泣的动作，此时观看教师近距离表演的孩子们，有的女孩子开始哭了，有的孩子提出要安慰主人公。孩子们真的把教师当作绘本中的主人公。"教师入戏"会带来这样感人的效果，戏剧可以让人身历其境。孩子们这样的情感体验，显然是传统课堂上收获不到的，也是极其重要的。

课堂的最后，教师用"秘密语"的习式，给孩子们读一封信，劝说开发商放弃建工厂，保住小树林，小主人公回到幸福之中。受到情境感染，孩子们状态投入，感同身受。就在这样的共情状态之中，教师建议大家再从头读一次绘本，和小绿（绘本中的主人公）一起分享这份快乐。"从前，有一个叫小绿的男孩，住在一片树林的旁边……"孩子们听得很认真、很陶醉,戏剧结尾在安静祥和的氛围中完成。

传统课堂教学的知识传递囿于单纯的教与被教的技术关系,"教学就是对这种简单知识的传递、传授、传播,而学习就是通过对所教知识的复制与同化来获得知识。"对一个公式的理解止于记忆与调用,对一个知识点的获得也止于教师传递技巧与学生的行为主义的条件反射。在应试评价机制下的课堂教学,教师只要让学生复制知识即可。这样的教学无法唤醒学习者的主动性,同样也不可能生成学习者的自我意识,更没有与他人对话交往的可能。

与此同时,教育戏剧正契合人类从工业社会向信息社会转型过程中适应当代创新型社会的需要,强调知识的建构性、社会性、情境性、复杂性与默会性。而"人的学习的建构本质、社会协商本质和参与本质也越来越清晰地显现出来。"教育戏剧强调了人类的知识传递是极为复杂的,生发于情感,浸润于情境中,需要人的身体参与。课堂中儿童的体验与参与极为重要,它无法被学科的知识体系化所代替,儿童的学习过程与学科的知识逻辑体系是有可能重合的,儿童学习的生成性与预成性是相互依存的。儿童学习中具身化不断启示着我们的教学必须尊重儿童学习的整体性与圆满性。

再次,在课堂组织形式中,传统课堂互动总是线性的,互动载体主要是课堂问答,师生互动的生成性并没有得到足够的重视。问答的目的仍然指向的是复制知识,其教学关系的双边性依然被教与受教的关系所规范。班级授课制这样一种组织形式"在某种意义上应现代工业—科技文明高效率的需求而在实践中占据统治地位。"也正因为如此,班级授课制易于走向以效率和控制为本位的极端。集体教学中,传统的课桌与讲台所形成的秧田式空间易于批量进行知识的传递,适宜于学科课程中以教师为中心的系统化知识的教学。与此同时,教室空间的分隔化造成对儿童身体的"囚禁",导致他们课堂的体验感与参与感不高。

因此,教育戏剧实践极为关注教育戏剧的课堂组织形式的变革。从教育戏剧的课堂教学中,感受孩子们的积极态度。因为儿童不善于掩饰其内心活动,他们对事物的真实态度总是表露于其语言与情绪中,更表现在他们的课堂行为中。

总之,教育戏剧所彰显的人的创造力、想象力与审美力的发展等先进的育人理念,正契合中国当代课堂教学改革的需要,更契合中国当代"新人"的内在要求。于是,以课堂教学为中心的学校教育戏剧实践开始逐渐影响中国学校教育。教育戏剧的课堂教学具有开放性、自主性、审美感,超越了课堂教学的传统价值观。教育戏剧是对中国课堂教学变革的一次重大挑战,给中国课堂教学变革带来了课堂教学变革转型的"阵痛"。如果将教育戏剧在中国的发展过程视为一种学习的过程,那就需要深刻认识到,"学习只是一个人整个认识历程中的一瞬间,这一认识历程真正的进展在于个人经验与自我深刻反省的同时并进。"教育戏剧在中国学校中实践的过程其实是一个转化生成的过程。

2. 实践路径转变

历经新基础教育、新课程改革以及其他的教育试验后,中国学校教育转型变革呈现出开放、自信与包容的文化气象,这些都为教育戏剧实践提供了良好的生境。但是,教育戏剧在中国的实践,不能简单地奉行"拿来主义"。从教育戏剧在中国的传播史看,"教育经验的复杂性、丰富性与多样性决定了任何一种预先设定的理论框架都会陷入叙述紧张。"因此,面对带有英美教育特点的教育戏剧实践,中国学校教育应当如何进行创造性转化,特别是与中国学校教育的学校课程与课堂教学相互融通,是一个亟待解决或者需要深入思考的问题。

M小学教育戏剧实践探索,基于田野工作所呈现的是一个典型的教育案例,有益于我国学校教育戏剧发展的认识,并结合英美经验,综合探索我国学校教育戏剧的基本实践路径。

(1)学科渗透实践。

目前,学科课程在我国中小学的课程中仍然占据主导地位。系统的知识学习强调知识的学科逻辑体系,有利于文化知识的系统化传承。在这一过程中,儿童始终处于被动接受的状态,如同一个容器一般,成为知识的填充物。与此同时,学科课程的知识界限较强,儿童的能力发展处于分裂的状态。尤其是,学科课程容易轻视学生的需要和生活,容易将成人对世界的理解强加于儿童。对此,新课改强调对儿童发展整体性的认识,将儿童的学习看成一个整体,这个整体既包含儿童身心的统一,也包含儿童在学习中能力与素养生成的统一性。基于此,教育戏剧的实践可以尝试提供一种学科渗透的方式,这样教育戏剧所运用的习式可以很好地应用于各门学科的学习之中。

学科教学在我国学校教育中占据主流,它是教育戏剧在我国学校教育实践面临的最大的现实问题。教育戏剧在学科中的渗透转化是我国学校教育戏剧的本土经验生成的创新点。基于M小学的教育戏剧实践,可以看出学科渗透式教育戏剧实践是以戏剧教学法(DIE)融入学科,在学科教学中运用教育戏剧的各种习式和戏剧元素。这样的教学模式源于英国早期戏剧化教学和戏剧游戏教学的思想,学科渗透主要是将戏剧元素或习式作为工具或载体,服务和支持课堂教学中知识学习和能力的获得。比如运用模仿、游戏、仪式、扮演等戏剧的元素使得各种学科的学习更富趣味性,利用情境的生成性发挥儿童的自主表达和想象来体验文本中的知与情。

例如,语文《宝镜》一课的课堂学习,课文的主线是主人公有一块能预见考试题的镜子,描写了主人公在道德选择过程中复杂的心理过程。传统教学中仅仅通过教师口头分析得出正确答案,并且将中心思想直接托出,然后让学生们死记硬背。

但是,运用戏剧教学法可以成功调动学习者的自主性、创造性。教学中,通过"教师入戏",运用"良心胡同"等教育戏剧习式,可以让学生产生身临其境之感,好像自己成了故事的主人公,讨论到底要不要用这块宝镜看看试题,帮助自己考高分。通过以下课堂情境的记录节选,使教学更加生动、有趣。

课文:《宝镜》小学二年级语文

师:宝镜真的很厉害! 你们想要一块这样的镜子吗?

生:想要! 想要!(学生们纷纷表达想拥有)

此时,教师从身上拿出了一面镜子走到学生中间,让学生摸一摸、看一看。

师:好,现在我让学生们体验一下这面神奇的镜子,如果是你,你想从宝镜里看到什么?

课本剧创编

生1:我想看到我长大以后是什么样的?
生2:我想看看外星人是什么样子的?
……(学生们纷纷表达了自己对镜子的期望)

此时的教学就是将镜子的特殊功能呈现出来,通过学生的发散思维建构情景。这一点教师运用简单的"物"来创设了一种情境,每个学生都参与了进来。

师:大家让镜子办的事儿好多呀!可是我们今天课文中的主人公他想让这个镜子做什么?
生:(齐声回答)想要提前看考试题!
师:天呐!这个愿望好厉害!你们也这样想过吗?
生:想过!(学生积极热情、争先恐后的样子)
师:那好,我现在就是这面镜子的使者,你们必须说出为什么想提前看考试题。(此时教师边说,边走在学生们中间,手拿镜子对着学生)
生1:考试成绩会高一些!
生2:就不怕考试了!
生3:这样就可以知道哪些要复习,哪些不要复习了!
……

教学过程中,在学生阅读与理解课文过程中,将文本与学生的经验连接起来,将主人公的心思与学生的心理产生了共鸣。这是教育戏剧强调"活在当下"和"信以为真"的过程。

师:哇!原来如此,大家对考试这件事情看得这么重!但是这样做好吗?
生:不好!好!(产生了不同的声音)
师:好,那我现在就是课文的小主人公,我现在很纠结,到底用不用呢?我们分为左右两边,同意他用镜子看考试题的一边,想劝他别用镜子看考试题的一边,我从你们中间走过时,你们就发表你的意见。(教师边走边听学生们的观点)
生1:这样做是不道德的,拿的成绩不真实!
生2:我觉得是可以的,你看了题目又没有看到答案,你复习好了考试是可以的。
生3:这样做不公平,你提前看了考得好,别人就考得不好了。
生4:你这是不劳而获,别人没有镜子,付出更多的学习,他没有。
……(学生们的观点丰富多彩,讨论热烈)

师:我听了大家的观点,我想明白了,镜子虽可以看到试题,但是这样对于其他同学不公平。考试前努力复习就一定能考好,自己努力得到的成绩才能最美的。

此时的教学运用教育戏剧中"良心胡同"的习式,将文本中的问题转化为学生的自主思考,教师入戏成为一个具体角色,帮助学生打开思维,针对问题进行讨论,让学生学会独立发表观点。同时,教师总结时不再使用强加式的语言,而是作为其中一员发表个人的观点。这样彼此的观点相互交流,更有益于学生对文本中思想的理解。整个过程中还体现了知识的默会性,并且呈现了丰富的育人价值。

基于此,我们看到融入教育戏剧之后原有的文本被情境化,并且在教学把以往不易展示的主人公的矛盾心理呈现了出来,课文的中心思想从预设转化为生成,打破了以往仅仅通过教师总结、学生接受的教学模式。相反,运用戏剧的创造力和想象力的特点达到文本的开放式学习,最终实现课堂学习的自主与创生。

此外,M小学的日常教育戏剧的学科渗透还体现在戏剧教学法融入古诗词教学。此类型的学习探究可以说是独具中国本土色彩的。传统的"课本剧"思维往往多数关注情节丰富、故事性强、有矛盾冲突的课文篇目加以改造,并且是一种预先排练后的舞台展演。在这样的程式下,婉约、简洁、写意的中国诗词往往不太受重视。但是,恰恰中国古诗词中的"留白"契合了教育戏剧所倡导的空间想象的需要。在古诗词的教学过程中,情境建构是一个重要环节,它可以帮助学生理解诗词的意境;将简单的诗句与学生自身的经验相结合,细化诗词文本的含义,让作者的背景信息帮助学生呈现进行"情境编织";在情境细化的过程中通过"画外音"的习式让学生体会情境之下作者的情感。进而,联系学生自身的生活经验,从进入诗中人物或者创作者的思想感情转变为自身的同理心,以此实现其育人目的。

运用教育戏剧的习式,师生将寥寥数语古典简约的诗句不断地细化丰富,细到杯盘碗盏,人物的表情和对话等。利用戏剧的角色扮演、情境构建、画外音等方式,将语文基本素养生成与教育戏剧完美结合。其中有想象,有经验的迁移,有语言的情境化认知,这样的教学比起师生之间的口头互动分析更有趣味,更能产生共鸣,这恰恰回到了学习的原点。

总之,M小学的学科渗透采用"渗透式实施"策略,依据"灵活恰当运用习式"的原则,鼓励和倡导教师基于学生的能力发展,找准适切点,在日常教学中有意识地渗透教育戏剧习式和戏剧元素,使学生在听说读写等方面得到综合锻炼,进而使其知识基本素养得到全面提高。

(2)综合教学实践。

21世纪初的各国(地区)的课程改革达成一条共识,即学习的整体性和课程的综合性。当下中国大陆中小学校已经开发许多综合课程,比如综合实践活动、特色校本综合活动等,这样的课程设置,十分有利于教育戏剧的实践。比如,M小学教育戏剧实践探索过程中,明确提出构建校本课程的目标,改革学校课程的结构成为开辟M小学教育戏剧实践的第二条路径。将教育戏剧从单纯的方法拓展为借用戏剧的情境化表达,运用戏剧中的一些习式,通过教育戏剧打破原有的学科课程的单一系统,在综合课程中运用教育戏剧的统合教学。关于这条路径的选择其实是基于对教育戏剧的融合性育人价值的考量,相对于港台地区的教育戏剧实践,绘本赏析与道德教育相整合,收到了极好的效果。这种教育戏剧实践,区别于学科渗透式的教育戏剧,在实践中强调将学习者、学科知识与社会生活经验整合起来,充分体现知识的融通性、学习的融合性。

这样的教育戏剧实践,主要是教师们选择一些社会话题或开放式的故事,借助教学的剧场性,进行情节创设、即兴扮演、团体仪式等习式,贯穿于教学当中。师生共同构建生成性的叙事,最终实现对问题或故事的理解。比如,统合教学,借助绘本故事或社会话题,尝试透过文本将其中隐涵的多元育人的价值呈现出来,提升学生的想象力、创造力、理解力和审美力等综合能力。

学科领域整合也是教育戏剧的主要类型之一。以自主开放式的创编为情境主线,通过"教师入戏""坐针毡"和"良心胡同"等习式推进,将社会科学中的道德两难问题创

设引入其中,引发学生的深入讨论,在课程学习中培养学生自主思考道德问题、社会问题和人生问题。其目的主要是强调:教育戏剧的终极目的不是传授知识,也不是掌握表演技巧,而是让学生认识自我、乐群合作,在同理心、沟通、妥协、体谅等这些宝贵的品质方面得到很好的培养。比如在《魔法男孩》的故事创编中,教师与学生一同运用"故事接龙"的习式,将一个有特异功能的小男孩,在救助他人与保全自身健康之间产生的道德两难问题呈现了出来。同时,教师运用"教师入戏"和"良心胡同"的习式,激发学生将故事中的两难问题拿出来双方进行讨论,这种方法进一步让学生理解了故事中的道德内涵,同时发展了学生创编叙事的能力。两个学科领域相融合,提升了学生的综合思维能力。

(3)剧场学习实践。

教育戏剧在中国学校教育中的实践从学科出发,但是不拘泥于学科本身。从戏剧教学法进入,但绝不能仅限于课堂教学。从学生的全面发展角度出发努力实现学科渗透的同时,还应当积极探索教育戏剧与学校活动融通,正是基于此种考量而选择的第三条路径。学生发展的多样化、认知风格的多样化得到了绝大多数中国当代教育实践者的认同。因此,在中国大陆中小学建立了许多以兴趣爱好为主的学习实践剧场,以补充学科课程的不足,目的在于丰富学生的学校生活和学习体验。为此,建立一些以戏剧为特色的社团有助于把教育戏剧的思维融入学生的成长。社团以教育戏剧的剧场形式开展实践,并且向学生渗透表演艺术的观念与技巧,最终以舞台作品的方式呈现学习的成果。代表性戏剧作品通过在学校的节日、庆典中进行公演,对学生进行了戏剧素质的教育。

学生通过参与戏剧社团,通过表演有效地提升个人的语言表达力和社交表现力。同时,通过戏剧社团的作品反哺戏剧教学法与教育剧场的教学。学生在观看表演中认识戏剧、学习戏剧、理解戏剧,最终用戏剧的思维生存发展。由此,如上三条路径相互依存、互补共生。通过学科渗透让学生通过戏剧获得知识,通过教育剧场激发学生的融合式思维,通过戏剧社团培养学生的艺术审美素养,三者并举,形成学生集开放、自主、想象、创造、融通为一体的审美化生存。

总之,从戏剧到教育,从课堂到剧场如何转化,学习与表演、知识与情境、习式与教法之间关系如何融通,这些困惑来自教育戏剧本身跨学科的品性,同时也来自教育戏剧的跨文化的品性。然而,困惑植根于实践,困惑植根于情境,这是教育戏剧本土化实践重要的构件,更是我们推进教育戏剧理论与实践探索的重要源泉。

五、教育戏剧和戏剧教育之间的关系

目前相关研究中,基于教育戏剧和戏剧教育两个概念经常被混用的现状,有必要对二者进行辨析。教育戏剧主要是运用戏剧元素或者剧场原理对学生进行教育,以提升教学效果。教学内容往往与戏剧无关,目的是让学生在一种戏剧情境和氛围中体验学习的乐趣。教育戏剧不注重戏剧演出,重在教育,戏剧只是作为一种手段或媒介服务于教育。戏剧教育,是以"戏剧"为本体内容,注重的是戏剧基本知识和基本技能的传授和训练,戏剧教育可以分为专业戏剧教育和通识戏剧教育。专业戏剧教育指的是专业艺术院校的专业戏剧教育,侧重系统的戏剧知识和戏剧实践,目标是培养专业的戏剧人才,如中央戏剧学院、上海戏剧学院、中国戏曲学院等相关戏剧专业所开展的教育。而通识戏剧教育虽然也是以"戏剧"为本体内容,但培养目标不是专业的戏剧人才,而是培养对戏剧有基本了解、基本审美的综合素养的人才,如国内一些实力雄厚、师资完备的综合型大学文学院和外语学院开设的戏剧欣赏课或者选修课以及专门从事戏剧表演的人员和团体对普通大众进行的普适性的戏剧活动。此外,在民间还有一些戏剧戏曲社团、剧社在特定的节日里进行的相关表演等,这些都可算作戏剧教育。当然,两者也有融通的时候,比如在进行戏剧教育的时候,有时也会用到教育戏剧的手段。总之,教育戏剧与戏剧教育是两个内涵不同、外延有所相交的概念。前者作为一种教育手段而存在,而后者是作为一种教育目的和教育内容而存在。当然两者会有交叉,因为我们把戏剧拿来当作教学工具使用时不可能对戏剧的本体内容一无所知;同样,在对学生进行戏剧本体内容教学时,也不排斥使用戏剧来提升教学效果。但是,戏剧教育与教育戏剧毕竟属于两个完全不同领域的概念。总之,戏剧教育的推广与发展,会直接影响到教育戏剧作为一种教学手段引进课堂的实施,同样教育戏剧在普通学科中引进和实施,也有利于扩大戏剧教育的影响和地位。

第二章 课本剧和教学

第一节 课本剧的理论基础

《现代汉语新词语词典》中有关于课本剧的明确定义:"根据中小学语文课本中的课文改编排演的戏剧小品。"也有学者论述了课本剧的多种形式"可以改编成话剧课本剧、戏曲课本剧、木偶课本剧、皮影课本剧,还可以改编成舞剧、哑剧、朗诵等形式来演出。"笔者认为,课本剧的概念有广义和狭义之分。狭义的课本剧专指根据中小学语文课本中的课文改编排演的戏剧小品;广义的课本剧不仅包括根据中小学语文课本中的课文改编排演的戏剧小品,还包括根据由课文而延伸的课外阅读文章和世界名著,以及生活这个"活课本"中的事件而改编创作的以话剧、小品、戏曲、朗诵等多种形式演出的戏剧小品。学校中开展的一些活动,不管是不是在课堂之上,只要这种活动遵循了编演课本剧的思想并运用了课本剧的形式,都可以看作广义的课本剧。而课本剧的改编排演都是有一定的理论支撑的,相关的理论基础一般分为以下几种:

一、多元智能理论

多元智能理论是由加德纳在其1983年出版的《智能的结构》一书中提出来的心理学理论。加德纳认为人的智能是多元的,主要可以分为八种智能,即:"语言、逻辑数学、视觉空间、身体运动、音乐、人际关系、内省(自我意识)和自然观察者智能。"每个人的发展都离不开这些智能,只是在发展的过程中会有所倾向,侧重于某一个或几个智能的发展。"教育的起点不在于一个人有多么聪明,而在于怎样变聪明,在哪些方面变得聪明"。所以教育就应该为学生创造开发潜力、培养智能的机会,让学生得到适当的锻炼,从而发展自身的多种智能,为其终身发展奠定基础。

而课本剧活动就为学生提供了一个发展多种智能的机会,在编演评课本剧的整个过程中,学生可以得到多方面的锻炼,从而发展各种智能。在课本剧的排演对词阶段,可以发展学生的语言智能;在编写剧本以及安排、设计演出环节的阶段,可以发展学生的逻辑思维智能;在课本剧排练的布景、选位阶段,可以发展学生的视觉、空间智能;在制作演出道具及课本剧排演中设计人物动作的阶段,可以发展学生的身体、运动智能;在为课本剧演出选取配乐的阶段,可以发展学生的音乐智能;在课本剧编演互相切磋的阶段,可以促进学生交流,发展其人际关系智能;在演出后评议课本剧的阶段,特别是自评环节,可以发展学生的内省(自我意识)智能;在课本剧的准备和排演阶段,学生首先要观察自然及社会来搜集资料,并在排演时进行亲身的实践,从而发展了其自然观察的智能。总之,在编演评课本剧的每个阶段,都可以发展学生的某种智能。通过参与课本剧活动,学生的多种智能也会得到相应的发展。

二、内隐学习理论

内隐学习理论最早是于1965年由美国心理学家罗伯特(Reber)提出来的,他的研究表明:"人们在没有意识到环境刺激潜在结构的情况下,也能了解并利用这种结构做出反应,这就是内隐学习的过程。"与有意识的显性学习不同,内隐学习具有自动性的特点,它是在学生无意识的情况下进行的学习过程。内隐学习理论对我国教学也有一定的启示,我国语文教学最基本的目标就是培养学生的听说读写能力,也就是培养学生如何运用语言的能力、培养学生的语感,这在我国2000年版的《小学语文教学大纲》中做了明确的阐述。当然,内隐学习对提高学生的知识素质和综合能力方面也起着相当的作用。那么教师在教学中应如何恰当地运用内隐学习理论,从而培养学生的语感、提高学生的知识素养以及综合能力呢?课本剧活动无疑是一个很好的选择。小学语文课本剧活动中隐含着内隐学习理论,在课本剧活动的准备阶段,学生们会自发地阅读课文及相关的名著作品,从而理解课文、了解背景,编出好的剧本;在课本剧活动的编演阶段,学生会主动地讨论人物台词、动作以及布景、配乐等,从而使人物特点突出、衔接自然,演出好的剧幕;在课本剧的评议阶段,学生们会自发地进行自评和他评,并请教师对自己的演出进行评价,从而发现自己的长处和不足,扬长避短,互相学习,得到更好的发展。在编演评课本剧的整个过程中,很多时候都是在学生无意识的情况下自发地进行的,他们不仅从中获得了知识,也提高了自身的知识素养以及审美、创造等各方面的能力,为其终身发展奠定了基础。

三、合作学习理论

我国自古就有合作学习的教育思想,最早的文字记载见于《学记》:"独学而无友,则孤陋而寡闻",倡导学习者在学习过程中要互相切磋,彼此交流学习经验,以提高学习效率。但严格来说,"合作学习"20世纪70年代才在美国兴起。近些年来,我国的课程改革中也体现出了"合作学习"的理念,提倡教师在课堂教学中注重"小组合作学习",让学生在小组中进行合作、互助的学习,以使自身和小组其他成员都获得发展。目前,世界各国都有学者致力于"合作学习"的研究,其中美国明尼苏达大学的约翰逊兄弟这样定义合作学习:"合作学习就是在教学上运用小组,使学生共同活动以最大限度地促进他们自己以及他人的学习。"由此可见,合作学习是一种可以使自身及他人共同受益的教学方式。

在当今社会激烈的竞争背景下,不少学生也受到了相当的影响,具备了一定的竞争意识。适当的竞争意识是有益的,有利于学生之间比学赶超,但是不少学生往往只注重如何在学习中胜过他人,而不注重与人交流学习情况,走向极端甚至有害的竞争。他们忘记了学习过程中除了竞争,还要有合作。通过合作学习,可以使他们在共同协作的过

程中获得更丰富的知识、更快速地发展。课本剧活动本身是一种很适合学生合作学习的方式,在整个编演评课本剧的过程中,需要学生发挥各自的优势,扮演不同的人物角色,如何自然地过渡衔接、如何制作道具及选择配乐、如何排练及演出等工作。在整个过程中,学生可以体会到合作的重要性以及合作的快乐和满足,同时也可以加深学生之间的感情和集体的凝聚力,通过共同合作演绎出的课本剧,也定会使他们受益匪浅。

四、建构主义与课本剧

近年来,认知心理学的一个重要分支——建构主义学习理论在西方逐渐盛行。在建构主义学习理论的影响下,西方国家的教育界逐渐兴起了建构主义的教学模式。这种教学模式强调以学生为中心,在整个教学环境中由教师发挥组织者、指导者、帮助者和合作者的作用,利用情境、协作、对话等学习环境要素充分发挥学生的学习主动性、积极性和首创精神,最终使学生有效实现对当前所学知识的意义建构。建构主义认为,知识不是通过教师的讲授得到的,而是学习者在一定的社会文化背景下,通过他人的帮助,利用必要的学习资料,通过意义建构的方式主动获得的。在开展课本剧教学时,教师不会把戏剧和文本解读的知识直接摆在学生面前,而是给学生创设课本剧教学的微观环境,让学生利用课文、网络等材料,自编、自排、自导和自评课本剧,在这一系列过程中学生自己建构知识,在动态学习中生成相应的知识和智慧,彻底抛弃传统教学中教师一味灌输的陈旧学习方式。

建构主义认为,教师是意义建构的帮助者、促进者,而不是知识的传授者和灌输者;学生是信息加工的主体,是意义建构的主动建构者,而不是外部刺激下被动的接受者和被灌输的对象。在开展课本剧教学时,教师所做的只是宣布任务、明确要求和指导,然后下放权力给学生,完全是学生的帮助者和促进者。而学生在读—编—排—演—评中整合不同学科的知识、大胆想象创造、互动合作,不断建构新知识和对文本知识的新理解。在这个过程中教师是课本剧教学的指导者,学生是课本剧的主体,教师不能管得太多以免限制学生发展。建构主义认为,教材所提供的知识不再是教师传授的知识,而是学生主动建构意义的对象;多媒体及道具也不再是帮助教师传授知识的手段、方法,而是用来创设情境、进行协作学习和会话交流,即作为学生主动学习、协作式探索的认知工具。课本剧教学打破了传统课堂教师讲学生听的形式。在开展小学课本剧教学的过程中,小学生会根据自己的任务,主动建构相关的学科知识,同时在编演课本剧、品评课本剧时也相应完成了对课文意义的建构。幻灯片等不再密密麻麻地呈现对文本的解析,而是完全为课本剧教学创设情境进行服务。

五、新课标的教学理念

《义务教育语文课程标准(2011年版)》强调:"语文教师应高度重视课程资源的开发与利用。创造性地开展各类活动,增强学生在各种场合学语文,用语文的意识,多方面提高学生的语文能力。""给学生创设语文实践的环境,开展各种形式的语文学习活动"。所以开展课本剧的教学设计把改编课本剧、表演课本剧、评议课本剧上升到形成系列活动以达到创设语文环境,提高学生语文应用能力的境界。课程改革的一个核心亮点是增加互动因素,它关注互动对象、增加互动时间、扩大互动空间、安排互动内容、设计互动方法、明确互动要求,使语文教育与文化与社会在互动中相互适应、相互调节,从而达到统一。同时新时期小学语文教学的任务从"知识与能力""过程与方法""情感态度和价值观"三方面出发设计教学目标,努力改革课程的内容、结构和实施机制。而课本剧教学不仅能够达到新课标的要求,而且能够调动一切有利因素达到培养学生各方面能力的目的。

六、陶行知的教育理论

近代教育家陶行知先生主张"教学做合一",他认为"最好的教育要想它有效,须是教学做合一"。陶行知先生还特别强调"做",认为"做是学的中心,也是教的中心"。他倡导学生的"六大解放",分别为:解放他的头脑,使他能想;解放他的双手,使他能干;解放他的眼睛,使他能看;解放他的嘴,使他能说;解放他的时间,使他能到大自然、大社会里取得更丰富的学问;解放他的空间,使他能干一点他想干的东西。课本剧教学力求让学生在"做中学",解放他的头脑,让他思考课文和戏剧的关系;解放他的双手让他完成自己的任务;解放他的眼睛,让他发现不一样的上课方式,发现同学的智慧;解放他的嘴,让他想说、敢说、会说;解放他的时间空间,让他释放自己、发现自己、肯定自己。课本剧教学能够调动学生多方面的因素,让学生动起来更好地发挥主动性、积极性和创造性。

七、最近发展区理论

早在20世纪30年代,苏联教育家维果茨基就提出了最近发展区理论。他认为,儿童的发展可以区分为两种水平:一种是已经达到的发展水平;另一种是儿童可能达到的发展水平,表现为"儿童还不能独立地完成任务,但在成人的帮助下,在集体活动中,通过模仿,却能够完成这些任务"。这两种水平之间的距离被称为"最近发展区"。传统教学一般遵循先教后学的顺序,学生在听取教师讲解的基础上再学习和练习。这种教学的一个明显缺点是对学生的已有发展区和最近发展区不做区分或区分得不好。结果,不该由教师讲解而应该由学生自学解决的知识被教师讲了,剥夺了学生自主学习的机会,也增加了教师的讲解时间;而该由教师重点讲解的内容所花的时间不足,削弱了讲解的效果。课本剧教学重视学生的主动研究,要求学生能像专家一样思考问题、研究问题。教师只要提供一个课本剧教学情境,学生便会根据自己的最近发展区,围绕课本剧研究自己喜欢、关注的内容。

第二节 课本剧的形式和类型

一、课本剧的形式

1988年和1989年由北京人民艺术剧院录制的中小学语文课本剧《良师益友》中,采用了"化妆朗诵、独角戏、讲故事、评书、化妆相声、戏剧小品和话剧选场"等多种多样

的表现形式。由此可见,课本剧具有多种表现形式,主要包括话剧、小品、戏曲、朗诵等。根据不同类型、不同风格的课文及课文所表达的内容,应该选择不同形式来表演,或者是采用几种形式相结合的方式进行设计,以便取得更好的演出效果,让师生共同受益。例如:《雷雨》可采用话剧形式进行演出,并分出不同的剧幕,以使人物关系能清晰明了,社会背景、文章主旨更加突出,便于观众理解;《守财奴》则可采用小品的形式进行表演,并可以加入一些夸张、幽默的台词及动作,这样可以使葛朗台视财如命的个性表现得更为生动、形象,在讽刺守财奴的同时引起学生的思考;《伤仲永》《孔雀东南飞》等表演的过程中可以适当穿插一些戏曲进去,以达到不同形式烘托主题的效果;《荷塘月色》《背影》《海燕》这类散文,以及《我爱这土地》《再别康桥》《雨巷》等这些诗歌可以采用朗诵的形式进行教学,并且配上相应的背景音乐,在有感情的配乐朗读中体会文章的主旨,可以促进学生理解,达到更好的效果。当然,课本剧表演的形式并不是固定不变的,有的课文也可以有多种表演形式,不过最常见的还是将各种形式综合起来运用,如:一个课本剧表演可以以话剧的形式为主,在其中穿插一些幽默、夸张的台词和动作,并在适当的环节配上适宜的戏曲或歌曲,也可以让演员自己演唱或配乐朗诵一段等。通过多种表演形式的结合,使课本剧更加丰富与充实,也可以使文章的主旨更加突出并得到升华。

二、课本剧的类型

课本剧不仅有多样的表演形式,而且也有多种类型,但目前很少有研究者对课本剧的类型进行系统的归纳总结。本书根据已有资源,按照三个标准将课本剧进行分类。

第一种分类按编排文章的长短可以分为:片段表演类、独幕表演类、多幕表演类。所谓"片段表演类",即因为文章比较短或者文章适宜表演的部分比较少,又或者为了突出文章的精彩部分,而采取的表演一个或几个精彩片段的课本剧。这类课本剧一般无须在课下准备,在课堂上花几分钟的时间就可以完成,比较省时、有效。例如:在进行《雷雨》教学中,可让学生想象并表演一下鲁侍萍多年后再次见到周朴园时的眼神与动作,体会她当时那种复杂的感情。所谓"独幕表演类",即文章长度适中,且有一个比较完整的故事情节,可用一幕或一场表演出来的课本剧。例如:《狼》这篇文言文,文章长度适中,可以采用独幕表演,一幕戏便可把狼追屠户、屠户杀狼这些环节,以及狼的狡诈、屠户的机智勇敢表演出来,并让学生体会到面对像狼一样贪婪的邪恶势力,只有敢于斗争,善于斗争,才能取得最后的胜利。所谓"多幕表演类"即文章比较长,且包含的故事情节比较复杂、人物比较丰富,需要分为多幕或多场进行表演的课本剧。例如:在排演《孔雀东南飞》时,因为文章比较长,选择多幕表演的形式:第一幕"二情同依依",表现出了焦仲卿与刘兰芝两人的深厚感情;第二幕"遣去甚莫留",表现出了焦母对刘兰芝的厌烦与不满,赶她回娘家;第三幕"离别在旦夕",上演了焦仲卿与刘兰芝含泪依依惜别的场景,分别之时二人定下海誓山盟;第四幕"刘母大悲摧",演绎出刘母见到被休的兰芝后无比悲痛,以及对兰芝由不解到体谅、爱怜的心情;第五幕"不得便相许",演出了县令家三公子来逼婚,兰芝兄长因贪图富贵和权势而逼迫妹妹应许;第六幕"自挂东南枝",演绎出焦仲卿与刘兰芝二人为情而离世。多幕的表演使文章内容更丰富、完整,感染能力更强。

第二种分类按编排准备时间的长短可以分为：即兴表演类和精心准备类。所谓"即兴表演类"，就是不给学生课下准备的时间，不要求写剧本，直接在课堂上由学生根据所学课文的一部分即兴进行表演的课本剧；与之相反的便是"精心准备类"，即给予学生充分的准备时间，一般要求编写完整的剧本并进行多次排练，然后在课堂上按照课下排练好的内容表演出来的课本剧。"即兴表演类"最突出的优点就是"高效"，首先是这种表演不会占用学生太多的时间；其次是即兴表演更能培养和锻炼学生随机应变的能力；最后是这种表演印象深刻，有利于学生巩固课文内容。它的缺点是所呈现的内容不如"精心准备类"的完整、丰富，这就要求教师能够根据课文的类型及学生特点灵活选用，以使课本剧活动发挥最大的作用。

第三种分类按原文被改编的程度可以分为：严格忠实原著类、基本忠实原著类、大胆突破原著类。所谓"严格忠实原著类"，就是严格按照课文或原素材进行改编，只对课文做筛选和剪裁工作的课本剧。这类课本剧的优点在于，可以真实呈现原著的"面貌"及"精髓"，而且这种方式最省时省力。但缺点则是表演出来的课本剧可能显得比较死板，学生不易理解，效果可能也不会令人满意。因此，课本剧一般很少采用这种类型。所谓"基本忠实原著类"，就是基本按照原课文或原素材进行改编，保持文章的主要风格、思想、情节、人物不变，对课文增加或删减部分辅助情节及人物的课本剧。这种方式既不失原著的主旨，又不乏灵活的改编，便于学生理解原文并突出主题，所以是教师最常选用的一种方式。所谓"大胆突破原著类"，就是由课文内容引申出来一个主题，或者完全脱离课文、原著的具体内容，另外编排的课本剧。这是最难的一种，需要充分发挥学生的想象力与创造性，花费的时间和精力自然也比较多。所以，这类课本剧在小学课堂教学中一般不使用，但是它可以充分应用于小学综合实践活动中，在课本剧比赛、庆祝传统节日、班会、家长会等场合都可以发挥这类课本剧的作用，并且可能会收到意想不到的效果。

另外还有一种将几篇内容相似或主题相关联的文章综合起来进行编排的"统编综合类"。这种类型的课本剧编演起来难度更大，需要高度的概括和综合能力，还要恰当地处理好各部分的衔接。因此，平时的教学基本上不采用这种类型。当然，正因为这种类型的课本剧编演起来难度更大，一旦处理得当，就能够收到极好的教育效果。

需要指出的是，以上这些对课本剧类型的划分不是绝对的，更不是彼此孤立的，我们要用普遍联系的观点看待它们。一些课本剧是其中两种或多种类型的结合，它们互相联系、互相渗透。换句话说，也就是一篇文本可以根据教学需要以及学生的具体情况而采用不同的类型编演课本剧，既可以采用多个精彩片段的即兴表演，也可以进行精心准备的完整的多幕表演。总之，在教学中，教师应该根据教学需要、课文类型及学生特点，灵活选用课本剧的多种形式及类型进行教学，以充分发挥学生的主动性及学习热情。

第三节 课本剧在教学中的意义

一、对于学生和教师的意义

(一) 有助于学生学习兴趣的激发

课本剧活动是一种新颖、有趣、具有挑战性的教学方法,同时它又是以学生为主体的一种活动方式。由此可见,课本剧有助于激发学生的学习兴趣。首先,课本剧具有新颖性:① 形式新,学生学课文有兴趣。② 内容新,学生学语基有兴趣。③ 表现新,学生对提高能力有兴趣。课本剧要求学生将课文内容以表演的形式呈现出来,这是一种突破教师主讲的新形式,对学生很有吸引力。在编写剧本、排演剧幕的过程中,学生会自发阅读课文及相关背景知识,从而加深对课文的理解。在开展课本剧活动的整个过程中,学生也会有意无意地提高自身的语言表达、合作、创造等能力。其次,课本剧具有趣味性。在排演课本剧的过程中会产生很多快乐,例如:学生们在切磋台词和人物动作时,会因某句台词设计得十分经典或某个动作设计得十分到位而感到满足和快乐;在教室或舞台上演出时,演员们演出得逼真、形象,也会引发观众阵阵欢快的笑声。最后,课本剧具有相当强的挑战性。课本剧的改编和演出并不是一件易事,它需要学生具有表演、语言表达、想象、创造等多种能力,需要学生互相配合,需要学生具有迎接挑战的勇气。课本剧这种适度的挑战性,可以激发学生尝试与探索的兴趣,可以使学生跳一跳摘取课本剧这棵树上的"累累硕果"。众所周知,非智力因素在学习中的作用非常大。学生一旦对学习有了积极的动机和兴趣,学习效率便会大大提高。

在以往传统的学习过程中,学习者被禁锢在学科中心、教师中心、课堂中心的圈圈中,被动接受那些远离自身生活、远离自然环境、远离社会需求的知识系统。学习者的自然人性被桎梏了,自然的学习情趣被封存了,自由的学习行为被限制了,自主的探究精神被破坏了,合作的学习态度被排除了。学习者虽然坐在一起,但是彼此的心是封闭的、孤独的。从另一方面说,当代小学生的求知欲、表现欲、创造力都很强,在他们看来目前的课堂是非常神圣的,所学知识被束之高阁,很难感到学习与实际生活的关系。他们认为课堂是枯燥乏味的,每天只是埋头听教师讲,记教师强调的知识;所有学生都是一个评价标准,就是分数,这很难体现他们与众不同的个性,他们迫切需要新颖的教学方式来激发其对学习的兴趣。课本剧以其新颖的教学形式体现了学生的主体地位,学生可以真切地感受自己的存在,可以用不同的形式展示自己。有的同学不擅长阅读、写作等常规的评价标准,在课本剧中也可以找到自己的位置,如做导演、演员、做道具等。因为课本剧需要集体的智慧,所以每个人在其中都能得到成就感。

(二) 有助于学生综合能力的发展

通过自身的感受和对学生参与课本剧活动前后变化的观察,可以得出结论:开展课本剧活动,有助于学生多种能力的发展。

1. 语文综合能力的发展

语文综合能力即"听、说、读、写"能力,这是学生学习语文首先要培养的基本能力,也是一个学生适应生活与社会所必需的能力,所以不容忽视。教师在传统教学中往往只注重读、写训练,而忽略了听、说训练,这十分不利于学生语文综合能力的培养。小学课本剧活动则是一种很好的辅助手段,在编演的过程中,学生需要倾听他人的意见、说出自己的想法、读懂文章的内容、编写合理的剧本。在切磋台词、商议人物动作的过程中,学生也在不断地进行语言实践,这就为培养他们的"听、说"能力提供了条件。在研读课文、改编剧本的过程中,学生的"读、写"能力得到了提高。通过课本剧活动,学生的"听、说、读、写"能力都会得到相应的发展。课本剧利用文学和艺术调动了人的整体人文素养。学生通过课文阅读理解培养了创新能力,通过剧本改编提高了写作能力,通过剧本诵读丰富了语言积累,通过剧本表演加强了合作能力,通过反思提高了评价能力。

通过课本剧教学,学生能够得到综合素质的锻炼。在课本剧的改编和排演过程中,需要学生按照戏剧空间和时间的高度集中、矛盾冲突尖锐,人物对话的简洁、生动等要求,把课文改编成剧本;需要学生利用丰富的想象与联想对课文中空白的地方进行创造性理解,使课文的内容增值;需要学生自己当导演,招募演员,分配角色,讨论每一角色的性格特点,设计相应的动作表情;需要设计演员造型、服装道具、舞台背景、背景音乐等;需要学生在这一过程中处理一些琐碎的事,如服装道具的筹集和保管、课本剧演出的宣传和鼓励工作、演出场地等。凡此种种,无不需要人与人之间的沟通交流,从而多方面地促进学生语文综合能力的发展。

2. 想象创造能力的发展

在课本剧活动过程中,编写剧本、设计台词及人物动作等环节都有助于培养学生的想象创造能力。在设计人物对话和动作时,需要学生根据对课文内容的理解,以及在对自然、社会观察的基础上,创造性地进行编演。由此可见,课本剧活动为学生提供了许多发挥想象创造的机会。

3. 分析鉴赏能力的发展

在课本剧的准备阶段,学生要仔细研读课文内容及相关材料,在这个过程中可以培养学生的分析能力。有些课文,特别是比较优美的散文和诗歌,在品读的过程中可以让学生产生美的感受,同时培养学生发现美、鉴赏美、创造美的能力。在编演的过程中,有些环节可以配上情感与文章内容一致的戏曲或音乐,以突出文章的主题和烘托气氛。在选择配乐与演出背景的过程中,不仅可以培养学生的分析鉴赏能力,同时也可以陶冶情操、净化心灵。

4. 组织表演能力的发展

课本剧活动有三个基本要素:导演、演员、观众。导演主要起着一定的组织、领导作用,担任导演的学生可以锻炼其组织、领导能力。"如何分工合作?如何编写剧本?如何设计人物台词、动作?如何制作道具?何时进行排练?如何排练?"这些都需要导演进行组织安排。演员的主要职责自然是琢磨如何表演得更加出色,喜欢表演和擅长表演的学生往往会选择当演员,但在表演的过程中他们会发现自身的不足,并且体会到课

本剧的挑战性。他们往往会意识到"要想演好一个人物并非易事,要想演出一种情感更是困难"。但只要他们能鼓起勇气坚持下去,并不断地切磋、尝试,终会使自己的演技有所改善。

5. 动手操作能力的发展

一场课本剧的演出离不开许多道具与背景,在制作道具与背景的过程中可以锻炼学生的动手能力。无论采用哪种方式制作道具与背景,在这个过程中学生的动手能力都能得到提高。

6. 合作互助能力的发展

开展课本剧活动需要根据学生的不同特点与优势进行合理分工,擅长写作的学生编写剧本;组织领导能力强的学生担任导演;表演能力突出的学生担任演员,并根据自身的意愿、性格特点与特长等选择角色;动手操作能力强的学生担任制作员,根据演剧的需要剪辑配乐、设计背景、制作道具等。在课本剧活动中需要所有参与者共同合作、互相帮助,这样才能演出一场近乎完美的课本剧。同时,排演课本剧能培养学生的团队合作精神,发展其合作互助能力。现代学生生活上常常以自我为中心,缺乏理解、忍让、合作意识。课本剧排演时,一些具体问题需要他们集体讨论,经过交流和争论最后达成统一意见,以此提升学生的合作意识。

总之,课本剧教学的全部过程都闪烁着学生创造的智慧,这一切都需要学生齐心协力大胆想象、大胆创作,在这一过程中既锻炼了学生的倾听欣赏、阅读理解、言语表达、写作和创作能力,又锻炼了他们团结、合作、互助等综合能力。

(三) 有助于学生良好个性品质的形成

参与课本剧创作,可以使学生的性格变得更加开朗。在编演评课本剧的过程中,需要学生大胆发表自己的意见,互相交流和切磋,这就为性格内向、不善于交际的学生提供了锻炼的机会,久而久之就会使其逐渐变得开朗起来。课文中某些人物的良好品质也会通过课本剧表演使学生受到感染和熏陶,从而以此为榜样,努力形成自身的良好品质。

(四) 有助于教师专业素质的提高

从学科教学方面来说,课本剧教学能丰富教学的方式,体现以学生为主体的教学理念。当然传统的教学方式的作用不可否定,但同时我们也应该看到,在传统的小学教学中教师通常不敢下放权力,担心学生不能主动发现并掌握知识,所以课堂上教师常常面面俱到,每节课都会讲得口干舌燥,而学生却感到枯燥乏味。最理想的教学方式是将教师的引导与学生的自主学习相结合。这种教学理念既充分发挥了学生自学的积极性,又给学生以诱导,启发他们积极开展智力活动和言语活动,让他们创造性地发现问题并分析、解决问题。课本剧教学中,学生可以变被动学习为主动探究,让教学事半功倍。教师作为教学引导者,可以引导学生这一学习主体对教材进行深入学习,在忠于课文的基础上进行合理补充、删减、延伸,充分发挥学生的主动性和创造性。在编演过程中,教师不是把知识、答案提供给学生,而是让学生主动探索、主动思考、自我创造,最后学生自然就会掌握课文中的知识。

对于教师而言,课本剧活动可以提高其自身的专业素质。课本剧活动离不开教师的参与和指导,教师在参与、指导的过程中,会使自身更加充实,然后才能站在更高的高度指导学生。首先,教师会不断学习教育学与心理学的知识,转变教育观念,使所学知识与教育实践相结合。其次,教师会主动了解戏剧、编剧等相关知识,并且能够结合课文特点选择适合编演的课文。再次,教师会更加深入地了解学生,并根据学生的身心发展规律开展适当的课本剧活动。最后,教师会学着转变角色,并体会课本剧带来的职业快乐与幸福。

在开展课本剧教学过程中,教师需要比学生学得更多,站的高度更高,自己要有一桶水,才能放手下放权力给学生,让学生体会那一碗水的乐趣。著名心理学家皮亚杰曾指出:"教师的工作不是教给学生什么,而是努力构造学生的知识结构,并用这种方法来刺激学生的欲望。这样,学习对于学生来说,就是一个主动参与的过程了。"教师具有了较高的素养,才能在课本剧教学中更好的帮学生建构知识。在开展课本剧教学的过程中,教师能更加了解自己学生的特点,包括他们的思想价值观、特长、他们的优缺点,这对提高教师的专业水平非常重要。因为只有在充分了解学生的基础上才能在教学过程中因材施教、对症下药。在班级进行课本剧表演时发现有同学擅长口技表演,把鸡鸣马嘶声学得惟妙惟肖,让在场的所有人刮目相看。此时,教师就可以有意识培养一部分编剧、导演、演员等"专业户",在班级形成"先富带后富"的氛围,为日后开展大型的课本剧演出创造条件。也可以从中了解学生看问题的方式、角度,在开展其他学生工作时对症下药,有的放矢。

(五)有助于学生传承戏剧文化

课本剧是戏剧与教育结合的产物,是戏剧的一种特殊形式。课本剧本身蕴含着丰富的戏剧文化传统,在编写剧本、排演剧幕时都要考虑戏剧的人物、情节、冲突等基本要素与要求,这在无形中继承了我国戏剧文化的传统。这种传承表现在三个方面:第一,课本剧主要是在校园中演出的,面向的观众大多都是小学生,这就为戏剧培养了一大批青少年观众,使我国戏剧文化可以代代相传;第二,在校园课本剧表演中表现出色的学生,将来还有望成为专业的戏剧或话剧演员,这就为专业的演员队伍增加了新鲜血液和活力;第三,课本剧可以拯救日渐衰微的戏剧事业,并为专业的戏剧、话剧团体带来长远的效益。因为课本剧具有其自身的特殊性,不同于一般的戏剧、话剧表演,所以对于专业导演和演员来说,他们在编排课本剧的同时可以锻炼自己的编剧、演剧及创作能力;对于整个团体来说,可以取得一定的经济效益,为后续的发展提供有力的经费支持。

(六)有助于师生推进素质教育的进程

课本剧教学自身的一些特点适合不同层次的学校和师生。第一,课本剧表演的场面规模不大且不限表演场地,无论是城镇学校还是农村村校,无论有无剧场舞台,只要有教室或操场都能组织学生进行表演;课本剧表演还不限表演设施,无论是哪种层次的学生都能因地制宜、就地取材制造一些简单的表演道具,达到表演的基本效果。第二,

课本剧表演不限学生水平，不限教师素质，是一种比较简单的表演活动，因此无论是城市学生还是农村学生，无论有无表演素质，只要稍加指导都能登台表演。一般情况下，课本剧只要求教师对教材内容做一些比较简单的加工，使它能够通过学生进行表演即可。因此，无论教师文学素养高低，都能指导学生将学过的教材内容改编成课本剧进行表演。第三，表演课本剧是为了达到寓教于乐的目的。表演既可以是一篇课文的某个片段，也可以是一篇课文的全貌；可以是一组课文的展示，也可以是一学期所学课文的全面反映。因此，课本剧的表演不限时间，可以是一堂课的开始、中间或最后，也可以是一个单元结束后的综合表演，巩固学生对这个单元知识的掌握；也可以是一个学期结束时的汇报表演，复习这学期学过的有关教材内容。课本剧具有如此大的可操作性，要求之低，效果之好，实在让教育工作者"想不爱也难"。

此外，在教师方面，开展课本剧教学能发挥以下功效：一、通过指导学生表演课本剧，能够融洽师生之间的关系；二、通过表演课本剧，能够创设热烈的课堂教学情境，渲染浓烈的课堂教学气氛；三、通过在课堂上提供时间给学生表演课本剧，能够优化课堂教学结构和方法；四、通过表演课本剧，能使学生加深对课文重难点的理解，能够有效的提高教学质量。

古人云："知之者不如好之者，好之者不如乐之者。"课本剧这种寓教于乐的"愉快教学"形式，改革了课堂教学，优化了育人环境，提高了学生的人文素养，推进了素质教育的进程。课本剧的好处是显而易见的，它是教学中一支强大的辅助力量。学生们无论在教师讲解之后或之前，如果能看到一次优秀生动的演出，肯定会加深理解，增强记忆，得到更大的效益。

二、育人价值体现

课本剧生发于古老的戏剧性活动。回望西方文明的源头，古希腊创造的悲剧与喜剧，已然可以说是西方民主制度的象征，其"戏剧文化"，对西方民主教育有着重要的奠基作用。中世纪欧洲的道德剧和教育剧，突显戏剧活动对人的道德教化。在中国，儒家思想通过中国戏曲体现伦理教化功能。从仪式净化到艺术教化，戏剧总是试图将人类经验戏剧化。教育与戏剧的边界融通，将戏剧与教育的关系从内容转向了方法，从作为教育载体的戏剧内容转向了作为戏剧方法的教育形式，凸显"人类教育行为本质的戏剧之维"。在教育活动中释放人的戏剧性。课本剧在课堂的实践是一种师生共同参与的学习，激发人的自主创造、自由表现与主动建构的能力。课本剧成为运用戏剧的要素促进学习主体获得知识、创造力、想象力，形成品格的一种审美化的学习过程。

早期的实践者们以史莱德、桃乐丝等人为代表，坚持强调在课本剧的教学中激发儿童的自主性和能动性，关注戏剧对儿童人格形成的重要作用，同时彰显课本剧对人的个体素养与能力发展的价值。以瓦德、戴维斯为代表，强调在课本剧的实践中激发儿童的想象力，形成创造性思维。课本剧关注人在教育过程中主体性的解放。面对当代全球化中的人类教育发展愿景，我国学校教育需要培养具有多元共生、合作共享与自主创造生存品质的人。课本剧从尊重儿童自由、模仿与想象的天性出发，赋予课堂学习开放性，揭示儿童经验生成的情境性与体验性，激发儿童的想象力与创造力，使学习过程和教学过程充满审美旨趣。最终实现从对话、游戏、仪式、表演、创造等要素中生成与当下时代契合的人类的个体与群体的形象。

课本剧的育人价值体现在戏剧元素及其践行过程中个体通过扮演、表现、对话、想象形成个体生命优质发展所需的能力与素养。正如叶澜先生指出的,"'育人'并非是一种平常所说的政治思想、道德品质的教育,而是指教育对于学生作为人的多方面发展需要的关注和养成,说到底是育人生命发展之自觉。"我们从当代教育发展中最核心的三种素养出发,呈现对课本剧育人价值的再认识。

(一) 促进儿童的社会性发展

仪式作为戏剧的原型,戏剧结构常常与仪式结构密不可分,甚至在一些民族中是一致的。"戏剧结构在某种程度上可以说是一种礼仪组合。"从戏剧的仪式发生说角度讲,戏剧脱胎于古老的祭祀仪式。可以说,"伟大的戏剧有时不仅是供人娱乐的,我想称它为一种典礼或仪式,即用一种郑重的方式展示某种深刻含义的结构。"古希腊悲剧的结构由酒神祭祀仪式的结构发展而来。在中国,"傩的仪式化活动主要由开坛、发文、立楼、搭桥、开洞、统兵、开路、催愿、领牲、开山、上熟、折愿、拣斋、勾愿、合坛等程序组成。每个程序都由庞杂的科仪与面具表演组成,并由这种仪式象征,达到驱逐或了愿的目的,实现生命的回归。"如此,戏剧的程式化和仪式的程式合二为一了。

同时,仪式作为人类学看待社会的视角,在弗雷泽和范热内普的眼中人类社会行为都可以装入他们的"交感巫仪"与"过渡礼仪"之中。在特纳眼中,人类所有的仪式都是一种人际交流和文化变迁的"社会剧"。仪式,一直是人类学观察人类情绪、情感及经验意义的工具,观看人类的种种仪式就是在审视人类的诸样行为及其社会性。各种各样的仪式成为人类生活的必需,同时人类教育行为也存在其中。例如在一个族群的仪式中,跳狩猎舞蹈时,人戴面具以模拟野牛等狩猎的对象。在战争舞蹈中,有人戴形状恐怖的面具,以期对敌人起威慑作用。许多部族的成年礼中,导师都要戴恐怖或奇怪的面具来对成熟的青年进行教育,教给他们以熟练技术、部落道德和宗教知识,面具又代表着宗教、历史和道德规范。

由此,人们也注意到了这些人类的仪式现象,其中深刻感受到富有戏剧性的原始仪式在表演中发挥着教育功能。最为典型的是人类早期的成年礼,有学者研究发现"在野蛮和半野蛮生活中的主要教育事实普遍地都有联合纳入仪式。仪式后,年轻人才正式被接纳为成年男女。"许多部落的成年礼一般都与宗教仪式、舞蹈、唱歌相结合,有的部落还举行穿戴特殊服饰和面具的舞蹈,扮演各种神幻的形象,有的则与图腾仪式结合进行,其过程带有浓郁的戏剧化色彩。正如奥斯卡·G.布洛克特在《剧场史》中总结仪式的作用时说到的那样,"仪式是知识的一种形态,神话和仪式包含着人类对宇宙的理解。仪式可以起说教的作用,通过仪式可以继承传统和传授知识。"更值得注意的是,这些仪式的过程中人类常常通过这些戏剧性元素来实现其教育目的。戏剧萌发于丰富多样的仪式之中,从一个驱邪疗病的交感巫术到酒神祭祀狂欢,在人类仪式的怀抱中成长的戏剧,原生因子表现极丰富性,而这些原生因子又恰恰与人类的教育行为交织,使得戏剧与教育呈现出生动的"对白"。

第一，仪式中的表演性让人类文化传承具有体验感与情感性。人类仪式中具有天然的表演性，在祭祀祖先神灵时，将一个部落祖先的故事通过表演的方式呈现出来，在仪式中每一个人都是参与者，通过一系列的角色扮演，故事的表演，实现对祖先的认识，其中的角色体验、情感共鸣，强化了族群的认同，这就是一种"濡化"的过程。

第二，仪式过程中"游戏""想象""创造"等是人类心智成长的要件。仪式往往在戏剧化的过程呈现出游戏的精神，同时具有一定的超脱现实的想象。在许多的宗教祭祀活动中，很清楚地呈现出原始仪式中神圣与世俗的分界。在许多"过渡仪式"中，人们从一种状态进入另一种状态，其过程具有游戏的色彩，而此时的"游戏"更像是一种"假装"，行为具有一定的象征性，同时在一系列象征背后蕴含着想象与创造过程，这是人类心智发展的重要构成。

第三，"对话"是人类社会化的重要通道。在仪式中体现的对话精神，通过一种交互促使人类形塑自我及其人与自然、人与社会的关系。我们常常看到原始巫术仪式具有强大的实用性，许多人希望通过仪式获得帮助。此时，人需要与神对话，通过为神舞蹈、献祭以悦神。在许多"过渡仪式"中，一个人进入另一个人群，就需要与新的人群通过角色扮演实现"对话"。"对话"使得人获得神的点化，同时完成自我的发展。在仪式中完成错误精神的纠正，从宗教的意义上讲，受到了点化，获得了指导，或者通过表演达到人与人的和解。由此，与神对话实现人的道德化，与他人对话实现人的伦理化，从而实现了社会化。这个过程就体现了育人的价值。

因此，从原始仪式的教化实践过程可以得到启示。从教育学意义上，个体的社会性发展是人发展的重要构件。人类教育活动就是使个体从"自然人"到"社会人"的活动，使人具有社会性并使其得以不断发展。个体的社会性发展在人的社会化过程中得以显现。所谓人的社会化正是个体接受社会文化与规范而成为社会的合格成员，并形成独特自我的过程。个体的社会化既是社会教化的过程也是个体内化的过程。从人类学的视角审视社会化，人类的个体社会化的过程也可以被诠释为一个仪式化的过程。

从文化适应的角度讲，教育过程的本身就是一个让个体仪式化的过程。"在文化生态系统中，教育的一个非常重要的功能，便是培养民族的凝聚力与人们的集体意识。"仪式作为教育的认同与适应功能的途径，也就成了"社会群体定期重新巩固自身的手段。"同时，教育中的仪式还充当着社会情感的媒介物，"用它作为增强和纯化社会情感的手段。"仪式使得个体在教育过程中社会化成为可能。学校教育作为儿童社会性发展的重要场域，是儿童社会化的重要机制之一。教育常常通过仪式过程来促进儿童的社会性发展。例如，学校中的仪式在学生的发展中扮演了重要的角色。在学校情境中仪式多种多样，从入学仪式到毕业典礼，从政治仪式到课堂仪式，儿童的一天学校生活无不处于各种仪式之中，儿童在各类仪式中扮演着各种角色，这些角色处于不同的表演空间之中，诸如课堂、操场、典礼、聚会、游戏等。在教育学的话境中，仪式建立在个体社会化功能的意义之上。在学校教育中，个体的社会化常常是将儿童置于各种各样的仪式当中。"仪式与仪式化形塑了儿童的生活，并使他们可以适应这种社会秩序。"

"仪式通过重复场景活动安排、表演、模仿等过程，以及实践知识获取、情感流动、行为塑造等机制，强化社会规则和权力结构，形成个体的社会身份和社会情感。"仪式行为是对社会秩序的展演,对于社会结构的构筑有着不可或缺的作用。在涂尔干看来,"仪式是社会关系的扮演或者说戏剧性的出演。他的理论认为社会关系是无形的、抽象的,但当人们通过仪式聚集在一起的时候,他们采用一系列象征符号和一系列象征性行为,并通过戏剧化这一形式,可以达到对社会关系的理解。"这样的一个理解的过程恰恰是课本剧希望积极呈现的学习过程。由此,戏剧本身的仪式基因突显课本剧在课堂教学中的仪式化过程具有独特的育人价值。其中,仪式作为育人的要素主要体现在课本剧借助"角色扮演""集体仪式"和"对话交往"等方面,通过仪式的过程性与主体交互性来促进儿童的社会性发展。

1. 角色扮演

儿童社会性发展体现在儿童在不同仪式中扮演不同的角色。儿童通过角色扮演完成了学校、社会、国家的规训,同时实现了与自我、与他人、与世界关系的建构。"这意味着,学生知识的获得以及成长是在角色表演中逐渐实现的。"课本剧的课堂,仪式常常运用于儿童经验的戏剧化,从儿童的社会认知需要出发,将课堂戏剧的结构转化为对社会结构的模仿。当课本剧应用于课堂时,戏剧不再作为教学的隐喻,儿童不再作为课堂中的被动学习者的角色,而是在课堂教学中构建戏剧事件,让儿童在其中进行角色扮演,戏剧所带来的知识、情感的体验都将通过儿童在情境中的表演得以实现。由此,从社会化的目标出发,在课本剧的课堂实践过程中,创设一个具有社会经验情境的戏剧场景或事件,由儿童进行角色扮演,从而实现其社会化的需求。在这个过程中,儿童"在扮演角色时,可以同时将思想与感觉融入于新扮演的他人情境之内,又能区分出其间的差异。因此,借由经历各种不同的角色扮演,可以体会所扮演角色的情境,并认知角色的社会性质,也能够理解自己与角色之间的距离。"在儿童的角色游戏中,我们可以看到儿童常扮演的角色,比如在家庭角色中,对于父母行为与性格的扮演让我们看到儿童对家庭的社会性经验的模仿再现,还有儿童在表演过程中对家庭关系的处理又带有自己对家庭理想模型的愿望。因此我们看到的父母形象是带有儿童自我意识的。也就是说,儿童扮演既有真实的经验,同时也会有儿童自身的创造。由此建构起自我与他人以及社会的关系。

所谓出现角色距离,是个体社会化过程中极有意义的现象。就是在角色扮演的过程中,往往会有角色期望与角色表现之间的差异,这也正是角色扮演中社会群体与自我张力的平衡。这就是在课本剧极为关注儿童社会角色学习的文本思维与角色生成思维的共存。我们可以从下面一段教育剧场实践的情景感受到儿童在角色扮演中的这两种思维。

《住进了楼下的公寓》(课堂节选)

故事中的小主人公一家遭遇了火灾,消防员赶来救火,在创设救火的现场中,儿童们扮演消防员冲入火海抢救家里的人与物……此时,教师让学生时间定格,学生用自己身体造型表现救火的景象。

课本剧创编

教师:各位消防员,请你们尽量抢救出家里最珍贵的东西。(此时,教师走到一个个学生的面前,让学生展开想象,自己正在抢救一样物品或者人,向他们提问)

教师:你发现了什么珍贵的东西?为什么它是珍贵的?
生1:我发现了奶奶还在房子里,我去救她!
生2:我发现了房间里的有一些钱,我帮他们拿出来!
生3:我发现了房间里有一张他们全家的照片,我拿出来!
生4:我发现了房间里有一个手机,我帮他拿出来!
生5:我发现了房间里有一床被子,我帮他们抢出来!
生6:我看到他们有一个小狗,我把它救出来!
生7:我发现了有一个装着玩具的盒子,我把它救出来!
……

在随后的讨论中,当教师问到他们为什么要选择抢救那个物与人时,孩子从亲情无价、生存策略、人文关怀等方面给出了各种各样的回答。在这个情境中,儿童扮演的角色是消防队员,他们扮演的是一样的职业角色,但是不同个体有着各自不同的对于社会、家庭、情感的理解。这样的角色扮演体现着群体性与个体性的双重性,角色的认同与角色的创造并存。角色扮演并不是对角色的完全复制,角色更多是一种生成的过程。既有作为生活经验的文本,也有儿童自我的即兴生成。此两者对于儿童的社会性发展皆具有重要的意义。

由此,课本剧的角色育人功能体现在:一方面,儿童在扮演角色的过程,对角色本身做了准确的理解与表现。在这个过程中,儿童将自我的感觉与思想,与角色之间进行融合。从社会性发展的角度讲,这样的角色学习有助于儿童对社会道德规范的获得与内化。儿童从语言、情绪、动作等方面理解角色,保持了社会结构的稳定。另一方面,从在角色扮演的过程中,融入了"自我"的创造。这样的角色扮演在理解的基础上,有了自我的反思与批判,并有了个性化的重建。也就是说从再现中生成了新的自我。还可以认为,与角色保持一定距离,在批判反思中挖掘人与自我的可能性。

由此可见,"自我可以在另一个角色中或者作为另一个角色进行表演;社会或者超个人自我本身是一个或者一系列角色。"课本剧所倡导的角色育人,正是运用角色与自我的张力,激发儿童的表现力、理解力与创造力,多角色的"复调性"体验,更体现着课本剧在促进儿童社会化发展中具有独特的育人价值。

2. 集体仪式

集体仪式是指在戏剧活动的过程中体现的集体共通性,角色扮演过程中的共鸣体验。正如同仪式中带给参与者的同体感受,在剧场中可以看到作为旁观的观众对舞台表演产生一种感同身受的体验,并且是整个剧场都是一种共同的反应,一种共鸣。此时,表演者与观看者在心灵体验上似乎达到了一种高度一致。舞台之下的情感被卷入,"在戏剧审美过程中,表演的真实感引发观众情感的卷入,然后由意志不断开道并强化,排除干扰性因素,最后达到共鸣。"这种共鸣的现象,"在某种意义上说来,观众不再是一群孤立的个人,而成为一种集体。"舞台上下并没有分离,"在演员的表演之中,看到自己内心世界的展现。"在情感上成为一体。荣格认为这是"集体无意识"的体现,列维·布留尔理解为"集体表现",涂尔干则视为"集体表象"。在斯坦尼斯拉夫斯基体系中,"戏剧观众的集体心理体验具有'仪式性'的集体体验的性质。"在斯坦尼斯拉夫斯基看来,剧场是圣殿,观众进入剧场就如同参加一个集体仪式。在这种集体体验的仪式中,参加者得到了净化。净化的过程同时又是人类在戏剧中社会性发展的体现。

当课本剧进入课堂教学,将"集体仪式"的元素注入教学时,教育实践的仪式化思维被唤醒与激发出来。课本剧运用"集体仪式"的仪式性活动带给儿童如同舞蹈戏剧艺术般的共鸣体验。这样的共同体验,通过了社会性情感的催化所形成的共鸣,正是课堂教学育人的重要因素。下面我们通过一个课本剧课堂实践中"集体仪式"场景呈现这样的育人过程。

《妈妈的红沙发》(课堂节选)

故事前提:由于火灾,失去家的我、妈妈和外婆住在楼下的临时公寓中,外婆在恢复家里生活的过程中,得到了邻居们的帮助,可是还有一个心愿想完成,就是家里原来有一个好看的红色沙发烧掉了,那是妈妈最喜爱的。外婆、妈妈和我一起商量要努力加油攒钱重新买一个。

师:妈妈每天努力的工作,外婆在路边摆了一个馄饨摊,我一放学休息就去帮忙。过了很长时间,我和外婆攒了一些钱,一个大大的罐子里各种面值的钱,大到一百,小到一毛。这一天吃过晚饭,外婆提出把罐子里的钱数一数。于是,我就开始数钱了。

师:这个罐子那么多钱,不如大家一起帮我数吧!
(此时,教师假装手中捧着罐子从同学们面前走过)
生1:5元(假装伸手去取罐子里的钱,说出面值)
生2:10元
生3:50元
生4:100元
师:还有一些毛毛钱也帮我数数呀。
生5:5毛
生6:3毛
……
师:呀!谢谢大家,这个罐子的钱好多呀!加上妈妈的就可以买沙发了。

这个号召数钱的简单设计,正是运用了课本剧中"集体仪式"的元素,当虚拟的钱罐被教师拿到孩子们面前时,孩子们带着快乐也带着认真表演着数钱。此时,全班同学感受着积累的辛劳。随着教师的"钱罐"的步伐,孩子们口中说出的钱的面值越来越大,学

生的心理是希望早日把钱攒足,这些情感都是在这样的集体体验的仪式中产生的。因此,课本剧常常运用"集体仪式"烘托教学的氛围,同时也运用这种"集体仪式"使得儿童在情感上达到共鸣,将道德认知情境化,从而促进儿童道德情感的生成,这是利用集体表演所产生的仪式效应所具有的育人价值。

3. 对话交往

戏剧作为一种仪式还体现在它的主体间互动对话。作为戏剧与教育的共同本质——对话,其产生并维系了人的社会及其社会化过程。这样的对话交往是人类教育的天性。如巴赫金所说,"人类社会的一切不都归结于对话,归于对话式的对立。这是一切的中心。一切都是手段,对话才是目的。单一的声音什么也结束不了,什么也解决不了。两个声音才是生命的最低条件,生存的最低条件。"人类对"对话"的着迷,源自对理解的向往。一种符号互动的渴望,从肢体动作的互动到抽象语言符号的互动。人类将主体间的交互过程视为人类生命存在的意义。人类只有在交往中理解自我的价值,在交往中理解他者的价值,才能实现自我与他者的"相依为命"。从另一方面讲,人类的对话总是与分享相联系,使人的生命过程总处于创生与好奇的状态。由此,文化的理解、社会共生与自我调适皆需要对话。这些对话的终极目标之一就是要生成一个具有对话精神的社会性的个体,同时也期望生成一个对话式社会。

对话作为一种方法在人类教学活动的文化传统中也有着很长的历史。苏格拉底的"产婆术"就是代表。他自己形容其为帮助孕妇"助产"一般。之后,柏拉图通过著作记录下了这样的精神助产的情境,并在他的作品中用情境对话的方式表现了出来,后来成为柏拉图的戏剧方法的哲学教育。无独有偶,与古希腊文明同时代的古老东方文明,这样戏剧哲学式的教学活动几乎都是一样的。春秋时期,孔子时常在自然的问答中进行教学。弟子们记录整理的《论语》,至今让人们还可以想象孔子在杏坛授业解惑的具体情形。印度的佛教创始人释迦牟尼同样与弟子在密林的精舍中用对话的方法传道,《金刚经》中的"如是说",让人们至今可以观想当时的情景。由此可见,人类教育一直都有"对话"的传统,对话式的学习具有交往、理解与尊重的品质,这也是戏剧方法所独有的育人价值。

用这样的对话的视角看教育活动中儿童的社会性发展,会发现儿童的个体社会化机制存在于家庭、学校、同伴群体与媒体等场景中。儿童的社会性发展具有关系性和主体交互性,而其中的生成机制正是来源于不同生命场景中的对话。在教育学的话境下,对话作为一种学习方法,如果将课堂教学过程视为一场对话交往式的学习,那么"学习的经验不仅是主体与环境的交互作用,而且是客体对话、同他人对话、同自身对话的沟通的重叠性交互作用。"这种基于沟通的学习,其实质就是实现意义与关系的编织。意义不是赐予的,而是借助沟通不断生成变化的。作为意义与关系编织的学习是活动的过程、社会的过程。所以,从个体社会化的意义上讲,意义与关系的编织是儿童社会性发展的关键。因为"学习实践是学习者与客体的关系、学习者与他(她)者自身(自己)的关系、学习者与他人的关系。学习的活动是建构客观世界意义的活动,是探索与塑造自我的活动,是编织自己与他人关系的活动。"当课本剧进入课堂中,我们可以说,无论是角色扮演还是集体体验,仪式化过程对儿童社会性发展的影响离不开课堂教学中角色的动作、语言、情感间的复调对话。

由此,对话交往可以促进儿童复调式成长。所谓复调式成长,是指课本剧育人过程具有复杂性,它所运用的戏剧元素构造了一个庞杂的体系。进入课本剧的学习过程中,儿童就在虚实之间穿梭。"信以为真"的情境构建,儿童在想象与现实的对话中获得人生体悟,正是戴维斯的"想象的真实"。学习的课本剧过程中,不同角色在对话中构成了意义的世界,这个意义世界中融合了许多的立场与声音。此过程展现了学习过程的无限开放性与复杂性,最终个体在角色中现实主体间的适应性。而角色调适的过程恰好可以帮助实现儿童的社会化。这样的社会化,本身需要通过极为复杂的对话交往才能变成现实。儿童在这样的复调性的对话学习中不断成长。基于教育人类学的视角,个体的成长不再是特定化的(课堂中的课本剧倾向于即兴的思维,不鼓励纯剧本化的表达),而是非特定化的,这本身也是人的可教育性的彰显。

此外,课本剧中的对话交往还有力地促进了人类社会的对话式思维发展。人类的戏剧的对话性常常用于批判专断式思维与强权思维,让对话式思维回归。从而构建和谐人际交往、社会结构与人类思想。"教育人类进行对话,培养其对话的兴趣和能力。这是教育为拯救受难的人类应做的贡献。"

(二) 支持儿童的自身学习

心智的"具身"与"离身"是当代教育学研究的重要话题,旨在探索身体在心理或精神过程中究竟扮演什么样的角色。受西方哲学思想传统的影响,身体被贬斥现象的历史很长,苏格拉底在《斐多》中认为灵魂总对肉体反抗,柏拉图也认为身体玷污认识的过程。由此,古希腊思想中"身体"是人获得智慧之路的障碍。近代以来,笛卡尔又开启了漠视身体的传统,他的"我思故我在"为理性思维与身体之间添上不可逾越的鸿沟,身心二元论的提出将身体隐匿起来。与此同时,在中国的古代思想传统中"身体"观念也并没有受到应有的重视。

直至后来的尼采、福柯等才开始重新认识身体与心灵的关系。在尼采那里,万事万物都要接受身体的检验,个体的行为基础不是意识而是身体。叔本华的身体观强调身体是意志的化身,生命意志皆以满足身体需要为目的。福柯"从现代规训技术的从属性来谈身体的被动性。"布迪厄则从社会习性谈身体的从属性。20世纪下半叶,现象学大师们开始让"身体"重返中心,梅洛-庞蒂为我们展现了"肉身化的主体",从物体的身体到作为表达和言语的身体,用意在于让人们认识到通过身体去体验、去知觉,通过身体认知世界。20世纪末,拉考夫和约翰逊提出心智的寓身性。所谓心智的寓身性,是指"人以'体认'的方式认识世界,心智离不开身体经验。"

关于身心关系的认识深刻影响着教育的价值追求。受身心二元观念的影响,身体的地位在教育中同样受到了忽视甚至贬低。"教学乃是一种纯粹的观念传递和心智培养。"其中的过程是"离身"的,身体仅当成一个"容器",不需要参与。这成为身心二元论的离身教育。20世纪的进步主义教育对身体的重视,让教育重返身体,杜威认为"意识或心智是身体适应环境的一种功能,任何形式的心智都是一种以身体或身体活动为基础的存在。"他的"做中学"思想就是身体学习的体现。

当代教育学思想对传统西方身心二元论展开了批判,认为人们将身体的规训与约束作为教育起点时,本企望的"教育者创造和建立免受身体感官奴役,成为精神或灵魂上的自由人。其结果是受教育者的感官性被剥夺。"而身体的真正意义在于"它不仅是作为世界的工具而在世界之外,更是介入到世界之内,通过表现世界而参与世界的构成。"儿童的身体成为理解外部世界、完善内在世界的重要基础。由此,教育从身体的解放开始。斯诺巴基于对舞蹈的全新认识,提出了作为身体学习的舞蹈的观点。他认为,将舞蹈作为知识表达和知识探索的方式。他说:"我们怎么知道我们已经拥有了知识,为什么我们总是认为只有心智才能揭示和发现知识,实际上,通常情况是:我们的感官——丁香花的淡淡香味,让我们回想起童年生活……身体不断向我们诉说。"由此可见,身体的体验是一种人的存在方式。具身学习强调学习过程要身体与环境互动,以体现具身学习的体验性、情境性和创造性。与此同时,关注学习过程中身体的实践的方式。由此,从课本剧的实践角度看,教学过程中的戏剧要素都需要身体的参与,甚至认为,身体是打开思维、建构经验的重要基石。因此,课本剧在育人过程中,十分强调具身学习,主要通过"动作表现""行动模仿""情境编织"等实现个体成长与发展。

1. 动作表现

在具身学习看来,人的身体形成的动作为一切学习活动的基础。黑格尔认为,"能把个人性格、思想和目的最清楚表现出来的是动作,人的最深刻方面只有通过动作才能见诸现实。"可以说,动作是人类精神世界的外显。关于动作的认识,也是对人的生命实践过程中的身体性的认识。由此,以物理性的身体表现出的一系列的、具有意义象征的符号系统,就成为一种言语。苏珊·朗格认为,在戏剧中任何身体或内心活动的幻象都统称为动作。由此,我们认为"动作语可以理解为身体的运动,是人类最重要的表达和表现的形式之一。"在人类行为的世界,我们常常可以看到人的肢体动作传达出来的精神性的东西。也许我们可以说,人类在没有文字声音符号的语言交流之前,可以靠动作实现交流。与此同时,我们还可以从许多古老的宗教仪式中发现,在仪式的过程中人们没有一句台词,只是由一系列的动作完成了宗教教义的传达。在对动作语的研究中,发现动作语在社会交往中发挥了重要的作用。比如人们之间的拥抱、亲吻、握手、抚摸等,没有话语却达成理解。动作能够在表现外部世界的同时,表达自我。

课本剧产生于身体解放的时代,在他的眼中,戏剧作为人类的表演性行为是赋予感性实现对身体解放的重要手段。课本剧的"身体"观念源于诗学中人类行动模仿的认识,同时也是近代以来对儿童身体自由表达约束的批判,对教育作为规训微观化的技术的反思,"知识通过学科规训实现对人的知识控制。"在课本剧的视野中,戏剧的行为对儿童身体的成长与发展皆具有重要的意义,表演行为中的人具有空前的可能性与可塑性。

课本剧对动作表现的关注主要体现在对肢体动作的认识上,20世纪的艺术教育为课本剧提供了许多的启发与资源。以达克罗兹的韵律节奏教学法与拉班的创造性动作教学法为代表,深刻影响了课本剧的具身学习观。在达克罗兹的音乐教学思想中,强调"达到音乐内在感受,教学重点不在演奏与演唱的技巧,而在于引导启发音乐身体动觉的自然律动。"她主张儿童身体韵律学习对儿童的人格成长是不可缺少的。拉班则从舞蹈的角度认为,肢体动作能够呈现出人的身体、性情与复杂的意涵。儿童教育不能缺少"肢体思考"。在课本剧的观念中,肢体动作不仅是戏剧表演的基础,而且在戏剧表演中动作与神情一样重要,动作有时可能比面部的表情更能传达心灵情感。进一步的研究发现,表演中的表情与动作是相依相济的。因此,课本剧将肢体动作视为打开儿童思维大门的钥匙,鼓励儿童通过肢体动作激发自身的表现力、想象力与创造力。如20世纪英国史都华街小学的实验教学,就是将肢体动作作为一种创意性的驱动力应用于音乐课堂以及其他学科,并且影响了后来的英国课本剧的实践。与此同时,20世纪以来,以史莱德为代表的创意性游戏运用肢体动作启发儿童的想象力。课本剧在课堂实践中,常常会让儿童用身体创造一些生活世界的物品或者非人的生命体,将创意性游戏运用于其中,通过建构情境与创意性游戏认识、理解世界万物。在课本剧的教学活动中,扮演的游戏占据主要位置。在课本剧融入学科学习时,扮演的是教师常用的游戏。扮演的对象不局限在人物、动物等,同时还包括物品、情绪。这是戏剧中的肢体象征手法在课堂教学中的应用。下面是一堂有关城市污染的科学课堂课本剧案例。

《最后的绿洲》(课堂节选)

情境前提:教师引导儿童用身体构造一座被污染的城市。儿童纷纷用身体表现出了城市的特点。

师:大家能为我描绘一座被污染的城市吗?今天我们不是用嘴巴说,而是用身体来告诉老师。

(此时学生开始分组讨论,开始通过动作扮演,8分钟后开始展示,教师走向每一个小组)

师:我想请每一个同学说说自己扮演的是什么?
生1:我是一个被酸雨冲洗过的路灯(站立着耷拉着脑袋,很沮丧的样子)
生2:我是一只苍蝇,在垃圾堆里找吃的(扇动着双臂,很兴奋的样子)
生3:我是一棵枯萎的小草(身体蜷缩着,低下头)
生4:我是一摊发臭的水(全身趴在地上)
……

儿童的扮演呈现了一个被污染的城市,这些由儿童身体完成的构型,是儿童从生活中得到的经验,与生活世界交互生成的。他们的身体,此时就是对生活世界的模仿。值得注意的是,儿童的身体动作表达远远超越了口语所要表达的意义,并且更加丰富、具体和形象。具有身体创意的儿童游戏,成为儿童表现世界的方式。身体的动作所呈现的象征意义具有巨大的开放性,人类的潜能被身体激发了出来。

2. 行动模仿

在课本剧中,身体的实践方式具有多样性,比如表演、模仿、游戏、仪式、动作等,其中"模仿"是核心。从戏剧本身对"模仿"的理解来看,亚里士多德的《诗学》无疑是这一思想源头,"模仿是人类的天性。从孩童时候起,人类就具有模仿的本能。人与其他动物的区别,就在于人类善于模仿。"戏剧,在某种程度上就是对人的行动的模仿。

我们可以从《诗学》中读到这样一个核心观念"人和动物的一个区别在于人最善模仿并通过模仿获得了最初的知识。其次,每个人都能从模仿的成果中得到快感。"这或许可以视为一种近似教育学的理解。那么,戏剧中的模仿又是如何让人获得知识呢?亚里士多德指出,作为戏剧的模仿是人类行为本能,同时也是人类学习的方式。人类是"世上最善于模仿的生物。模仿是我们开始学习的方式。"悲剧的模仿中"乐趣产生于当我们观看仿制作品时,我们是在学习,学习是最大的乐趣。"亚里士多德还指出"悲剧是对一个严肃、完整、有一定长度的行动的模仿……它的模仿方式是借助人物的行动,而不是叙述,通过引发怜悯和恐惧使这些情感得到疏泄。"可以在这里所说的怜悯和恐惧就是一种快感,更是一种情感,情感则是人类教育重要的元素,更是育人的催化酶。

亚里士多德认为模仿是人的本能,人类最善模仿,并通过模仿获得知识。模仿作为一种方法用于教学之中,早在古罗马昆体良对雄辩家的培养中就可以看到。古罗马人并不热衷于戏剧,贺拉斯的《诗艺》并没有引起古罗马人的重视,他们注重实际,注重教育的实践性,认为教育要与人现世的生活相联系。"罗马人加图写了一本论述儿童教育的书,作为对新希腊教育的猛烈反驳。该书涉及的只是讲演、医学、农业、军事、法律学等实用技术。加图认为,好公民无须学习这些以外的任何知识。"其中的讲演也称之为"雄辩术",是古罗马重要的教育内容。昆体良作为雄辩术的培养专家,为我们呈现了一个雄辩家的培养过程。例如,在培养雄辩家时,需要在其进入高等教育时进行雄辩术的练习,作为一种模仿的实践,学生需要找一个雄辩术的楷模进行创造性仿效,"借鉴他们高尚的箴言,领略他们的演说风格。"有一段关于模仿的雄辩家的论述如下:当陈述事实时,如何表述得条理清楚、情节感人;当驳斥对方、据理力争时,怎样环环紧扣、严密透彻,时而紧追猛攻,时而运用尖刻的嘲笑和机智的诙谐,以及恰到好处地运用生动的词语,富有感染力的隐喻、类比、事例、典故等。

可以想象昆体良在教育这些学习雄辩术的学生时,带领他们通过这样模仿的方法培养他们,并且要求模仿的言辞、动作、情感等,就如同在训练演员一样。我们可以从昆体良的教学方法看到戏剧的要素。"模仿"教学在西方教育史上一直有较大的影响,从之前古希腊时代荷马悲剧诗人的教学,到后来的夸美纽斯在教学原则上也有"模仿"。因此,当代德国教育人类学家武尔夫提出,作为文化学习的模仿性学习是人类存在的方式,儿童通过模仿体认模仿对象的特点理解对象,同时强调儿童的模仿不是单纯的仿效而是内化之后的创生性模仿。

基于此,可以看出课本剧中模仿是教学活动的基本要素。对于身体的模仿实践在课本剧实践中表现为游戏。游戏成为课本剧中通过行动模仿来育人的重要体现。在课本剧观念中,游戏与戏剧是同义词。在课本剧最初的实践中,以库克为代表的游戏化戏剧教学实践形成了课本剧实践中的"游戏"传统。与此同时,教育学和美学的游戏观念深刻影响了课本剧的实践。这始于康德对游戏的讨论。康德认为,游戏是一种以"情感体验"为目的的自由活动源。席勒的"审美游戏"认为人类真正的审美活动应是自由的游戏,兼具感性与理性的内在和谐统一。斯宾塞认为,游戏是在人的谋生之外的闲暇时间剩余精力的推动下,生命体为了活动本身的利生功效而进行的模仿(虚拟)性活动。

福禄贝尔认为,游戏是各种自发的表现与练习,是对生命的模仿,对生活诸相的模仿。杜威认为,游戏是一种主动作业,是儿童的内在态度。维果茨基认为,游戏是儿童发展的基础活动。

从以上的游戏观中我们可以归纳课本剧的游戏观:① 游戏是重要的模仿活动;② 戏剧本身就是一种游戏;③ 游戏对教学有催化作用。课本剧通常会借助一些游戏开展教学,以实现其育人价值。游戏是儿童进出情境的基本形式。在课堂教学中,课本剧十分关注游戏对儿童精神状态的影响,特别是儿童在进入构建戏剧情境、出离角色过程中需要运用"暖身游戏"与"离境游戏"。暖身游戏主要是通过游戏建立活动中师生之间的信任、学生之间的信任,为进入戏剧情境做心理准备。通过暖身游戏让儿童以游戏的精神状态开始学习。离境游戏则是为了帮助儿童在角色扮演中的精神投入而通过游戏使其从情境与角色中脱离,此游戏时常会帮助儿童转化在叙事过程产生的悲伤或过度怜悯的情感。

两种游戏的运用体现着课本剧的游戏育人观,通过游戏引导儿童的人格健康发展。此外,运用游戏可以激发儿童的创造性思维。课本剧对儿童的创造力培养是其核心价值之一。儿童创造心理发展研究认为,"创造始于模仿,模仿是一种十分重要的学习能力,人常常是在观察学习模仿别人的实践活动的基础上进行创造的。"创造是儿童模仿内化后产生的结果。许多研究认为,角色游戏和表演游戏是儿童创造力发展的重要手段。

3. 情境编织

情境认知理论认为,应该将个体认知放在更大的物理和社会的情境脉络中。这一情境脉络具有互动性,包含了文化性建构的工具和意义。人的认知具有情境性。基于此,情境学习理论提出知识是基于社会情境的一种活动的观点。"知识是个体与环境交互作用过程中建构的一种交互状态。"认知过程的本质由情境决定,情境是一切认知活动的基础。从具身学习的角度讲,学习发生于身体与情境的交互作用中。"从人类日常活动与实践中,从与人相依的,真实、复杂与虚拟的情境中,寻找人类学习的真谛。"具身学习需要尊重学习中身体与情境交互的认知过程。

从人类教育实践的历史看,情境教学法的传统可以追溯至卢梭。他在教育"爱弥儿"时就运用了情境教学的方法。其中,卢梭讲述了爱弥儿在一次午后的散步中迷路了,在饥饿和疲惫的情形下,师生共同努力让爱弥儿学习地理知识。卢梭让爱弥儿以行致知,通过情境,通过践行来学习。教师在情境中不断引发问题,让爱弥儿完成学习过程。杜威是情境教学的代表人物之一,他认为:"如果学习不与高行动的效率联系起来,不与增加关于我们自己和我们所在生活的世界的知识联系起来,那么,这种学习会使一个人受常规习惯的支配和别人权威的控制。"他强调人类学习不能脱离生活的情境,否则会破坏儿童的心智发展。由此,杜威提出"思维就是明智的学习方法,就是有教育意义的经验的方法。"那么,教学的方法应当与思维的方法一致。杜威认为思维过程是疑难的情境到确定的情境。杜威还认为,反省思维的功能是把经验含糊的、可疑的、矛盾的、一种失调的情境转变为清楚的、有条理的、安定的以及和谐的情境。

杜威曾经生动地举了一个例子:学生做数学题,即含有小数的乘法运算,小数点的位置要正确。数字是对的,若小数点搞错,数值就完全错了。例如,一个学生说是320.16元,另一个学生说是32.016元,第三个学生说是3201.6元。教师见到学生的这种错误,往往感到困惑、烦恼。其实,这种结果表明,学生能够正确地计算,但不会思维。如果学生经过思考,他就不会任意改变对数值的理解。如果教师派学生到木材厂购买木板以便在学校的手工作业车间中使用,事先应同商人商约,让学生自己计算购买物的价值。

杜威认为情境会迫使学生进行思维,进而理解数值。所以,在杜威的教学方法中存在着以儿童为中心,以问题为起点,以做中学为途径。杜威所希求的教学方法是"一种主动与被动、感性与理性、知识与感情、认识与行动相结合的方法。"

20世纪上半叶,教育开始"诠释的转向",诠释的目的在于理解。同样,"20世纪70年代以来,教育科学领域发生了重要的'范式转换':开始由探究普适性的教育规律转向寻求情境化的教育意义。"在这样的范式转变中,布鲁纳基于对人类认知的二元复合结构的反思,认为因果解释与意义理解是不可调和的二元对立,此二种虽不可化约,却可以互补。由此,他提出了"叙事教学法",并且在科学知识的教学中进行运用。他主张"将概念具体转化为故事或叙事的形式。"对科学建构过程进行叙事,通过叙事来理解,从而学会构建世界、建构自我、建构自己的智能。叙事教学法尊重并揭示了人类学习的叙事思维。我们可以设想,通过故事的建构帮助儿童学习历史、文学,通达科学事实并在情境中理解知识。而课本剧的情境观生发于卢梭、杜威、布鲁纳的思想传统。二者的相同之处在于加强了儿童与生活世界、自我经验的联系,同时关注儿童的"做中学"。不同之处在于,卢梭与杜威的情境观是基于人类现实的世界。而课本剧的情境观来源于戏剧本身,是基于戏剧事件而构建的,常常是想象虚构的,并不是真实的生活场景。正如马丁艾思林所说的"戏剧是艺术能在其中再创造出人的情境。"戏剧正是通过情境来构造剧情、表现人生,如此剧院就成为"检查人类在特定情境下的行为的实验室"。基于此,情境编织在课本剧的课堂教学中极为关键。情境编织的重要性在于要让儿童"亲历其境"和"信以为真"。英国课本剧的媒介论代表,希思考特的"专家外衣"教学模式就是一个典型案例。"专家外衣"模式强调"教师入戏"是所建构的情境中的一个角色,教师所扮演的角色是一个"无知者"或叫"导问者",主要任务是以情境中的角色引导儿童思考问题和解决问题。比如一节关于"超市打折活动"的课本剧,其中的教师扮演了一个"无知的消费者",不明白超市为什么打折,而此时其他儿童就开始扮演各种可以解答这个"无知消费者"的"专家"。在儿童有限的经验中给出超市可能打折的原因,并向这位"无知的消费者"提供消费建议,还有的提醒这位"无知的消费者"注意消费者权益的问题。此中体现了乐于助人的品质,生活中的相关体验以及对社会规则的认识。

因此,课本剧运用情境编织,让儿童的认知是鲜活的,帮助儿童建立"信以为真"的情境,通过让儿童在"想象的真实"中学习。虚构的情境与角色并不是隔离于生活世界的,这种在情境中被视为"设身处地",是身体自身的经验与情境所指向的经验之间的一种交互与融合,是一种包含着道德、审美、语言、感知的体验。因此,可以说情境编织为身体体验供了条件,儿童学习的意义世界也随着体验而生成,"意义在体验中显现,体验显现并构建意义,并且体验成为一个由共同意义连接起来的各部分的统一体。"这正是课本剧所期望的学习效果。

（三）激发儿童想象力

关于想象力的认识可以上溯到康德的研究。康德认为，"想象力作为一种即使对象不在场也能具有的直观能力，要么是创制的，这是本源地表现对象的能力，因而这种表现是先于经验而发生的；要么是复制的，即派生地表现对象的能力，这种表现把一个先前已有的感性直观带回到心灵中来。"由此明确提出了想象力的创造性。同样，创造力心理学也提出了"再造想象"与"创造想象"。可见，"想象的真实意义在于它以知觉想象为基础，还存在着包含再造和建构成分的内在创造性想象。"想象混合了认知、情感与理性。

人们总是认为，古代文明创造者们的想象力是神奇的，而今天的人们往往没有那样的想象力。有人将其归咎于人类科学的发展，有人将其归咎于人类神性智慧的消失。但当今的互联网和科学的发展及宇宙探索也同样需要想象力。那么，人类提出想象危机的意义何在呢？人类社会对工业时代的标准化生存方式的反思与抗拒，也是对作为人类自由天性的想象的回归。然而，沿革于工业时代的学校制度能否解决想象力的问题呢？想象力是否可教？从育人的角度讲，想象是人不可或缺的能力之一，因为智力因素中那些生产、分析与抽象概念的能力往往需要建构在想象力之上。人类的创造力同样也建立在想象力之上。然而，就想象力的存在方式而言，它并不是一种可以通过大脑的存储而获得的知识，"教育往往认为不能使人们更具有想象力。"想象力本身具有不可复制的自由性与即兴性，只能从儿童的心灵不断唤醒并且保护，应当为想象力留下自由发展的空间。同时，应鼓励自由表达发展想象力。

1. 自由表现

儿童想象力的培养需要建立在个体自由的氛围之中，即需要一个自由的空间。空间是否自由取决于空间中的权力结构、空间的本身的开放度。人与人形成的关系结构会构成空间，人类不同的实践也会构成空间，人类有自由的空间与规训空间，有封闭的空间与开放空间，有独立空间与公共空间。

在教育的语境中，空间对个体的成长具有重要意义。比如，对教学空间的认识，教学空间分区、功能与格局背后深藏文化底蕴和教育价值。传统的儒家讲学空间体现着秩序关系，讲究的是礼乐精神。人们为礼乐精神构造了空间，空间中散发出浓浓的君子之气。同时，教学空间也成了"一个权力建构的场域"，在空间中形塑着人的身体与思想。空间中的权力关系生成着不同的"人的形象"，或许有专治者、民主者，还可以有自由者。还有一种认识是"空间即教育"，教学空间为师生双方创造共同的成长家园。

人在空间中成长，也在空间中生成。对于空间的认识是课本剧区别于传统教学的独特之处，戏剧的空间与传统教学的空间观建立起一种互喻的关系。"从戏剧剧场特化后的学校剧场成为一种具有生成性的空间。……以物理的静态的方式存在于空间之中，更重要的是让空间参与到人的表演与观看之中，参与到人的生成与发展之中，使空间成为教育的资源，成为教育性的空间。"学校剧场的特化，带来了特化的教学空间，当真实的剧场空间进入了课堂的教学空间，随之激发了教学空间观念的变革，同时也激发

了育人观念的变化。

这几种空间有共同的特点,"教"与"学"关系具有明显的分界,如同在舞台上的表演者与观看者之间的分界。无论是传统的秧田型,还是较为民主的花瓣型、马蹄型、胡同型都可以看出教师位居中心或者具有一种聚光灯下的效应。课本剧的空间则兼具这个空间的教学关系特点,但是不赞同教师的主导中心位置。多种多样的教学空间代表着多种多样的教学组织形式,更代表教学的理念。课本剧在推倒课堂戏剧的"第四墙"之后,教学空间最大的智慧启迪就是"空的空间"。

课本剧构造了一个自由表现的空间,"空"不意味着没有任何内容,而是代表了这个空间是开放的,空间中的人是自由的、没有规定的位置。同时,这个空间是平等的,没有权力的高低。正如史莱德所强调的那样,儿童的戏剧反对正式的舞台,认为传统的舞台和剧场会破坏儿童在戏剧中的真诚与天性。他认为:"他们需要的是空间,并不需要任何剧场编织复杂的技术。"因此,传统的课堂空间传达出对自由表现的约束,桌椅的区格化仍然是一种控制取向的教学。然而,自主合作探究的空间应当是有助于教学的生成性品质的空间,个人在这样的空间中能够获得自主性与个性化的发展。

接下来,我们可以从四个课本剧实践的习式中感受在"空的空间"中该如何实现儿童的自由表现。

第一,"画外音":儿童在中心的空间中进行单纯的肢体动作表演,可能是一个事件或一个意思,请其他同学为他解说。其目的在于让儿童之间相互理解,同时发挥儿童的即兴表达能力。此时的空间是自由的,没有观众,只有解说者和被解说者。

第二,"良心胡同":当课本剧的教学过程遭遇道德两难之类的问题,教师入戏成为"两难人",同时让参与活动的儿童扮演思想的两极展开讨论。这个空间成为一个类似法庭辩论的空间,儿童在讨论中逐渐理解意义。

第三,"集体雕塑":当教师以一个主题邀请儿童在空间中按照自己的理解,用身体塑造一个有意义的形象,教师以"魔术师"和"心灵师"的角色向儿童提问,请他们解读他用身体塑造的形象的意义。这个习式的目的在于为教学活动的参与者提供一个自由表现的空间,一个展示个体思维的空间,从而唤起和放飞儿童的想象力。

第四,"绘画构景":这是一种绘画与戏剧结合的习式。当需要儿童建构情境时,可以让儿童根据教师的提示,用绘画的形式细化故事所需要的情境。当儿童完成绘画之后,教师请儿童将画作放在中心的空间中,让儿童共同建构一个情境,这时想象力起到了重要的作用。这种方法特别是在中国写意的古诗词教学中多有运用,此时空间是共建的。

由此可见,课本剧的教学空间具有巨大的开放性与适应性,儿童在空间中的身体自由唤醒了心灵的自由,表现充满了无限的创造力与想象力,儿童的成长也回归了天性。

2. 空间想象

空间育人是课本剧的根本理念,人类对于空间的探索总在想象力中获得无限的智慧,从物理空间生成出无数的带有隐喻的空间概念。对于戏剧空间的研究就是从实体性的剧场空间转化为具有隐喻意义的空间。柏拉图认为人是神"手中的木偶,其实这对于人类来说是最好不过的了。"神创造了剧场,人的生命与历史是神的剧作。基督教文明中,人是上帝的创造物,上帝的戏剧"主题是他的自我启示。在他所有的创造物中,通过他所表演的所有的角色,他都想画出自己的本来面目。人是他的形象、他的反映、他的角色和他的面具,他是他在这个世界大剧场中所扮演的身份。"戈夫曼的剧场呈现着日常生活,"表演就是特定的参与者在特定的场合,以任何方式影响其他任何参与者的所有活动。"特纳的"社会戏剧"建造了一个"社会剧场",吉尔兹的"巴厘国家剧场"是一种政治学的隐喻。

教育学的想象力建立了教育学的剧场观念。学校剧场具有实在与隐喻两重性。课本剧的剧场也有这样的双重性。教育剧场作为课本剧的剧场形式,既认为以课堂为场域的戏剧化教学过程具有剧场的特点,又认为课本剧的课堂保持着戏剧空间的实体形状,是一种新的教学空间形态。然而,无论什么样的剧场,教育永远指向人的发展与完善,永远指向人的本性的丰富性。由此不难看出,课本剧的育人就是基于人类在戏剧空间中没有边界的想象,因为人的发展就是无限开放的。

课本剧所构造的"空的空间",向我们呈现了一个充满随机性与不确定性的空间,也呈现了一个充满好奇心与神秘性的空间。正因为什么都没有又什么都可能有,当儿童进入这个空间中,就会激发他们无限的想象力。他的身体与思想可以在这样的空间中为所欲为,构建起想象的空间,而想象力催生新生事物的发明,推动着创新。由此,在戏剧与教学的空间互喻中,课本剧的空间具有无限生机。同时,这样的空间给人带来愉悦与审美,正所谓"人与其空间融合为一体,而空间反过来又给人的生活一段舒适宁静的时刻。"这正是课本剧一直追求的育人境界。

3. 即兴智慧

课本剧关注个体情感的自由表现。在课堂教学中,儿童在课本剧的活动中产生的各种情感都会被肯定,即便出现了极端化的情绪情感。从戏剧的角度讲,这是戏剧作为娱乐与宣泄功能的存在。这一点在后来的戏剧疗育中得到了很好的发展。情感的自由表达在课本剧的课堂教学中,被视为即时当下的反应。这样即时的情感与动作本身就包含着一种即兴的思维品质。

关于即兴的探索,最早受到舞蹈与戏剧的青睐。舞蹈家们认为"即兴是一种人体运动可能性价值的自发性探索,是在表演、仪式、社交、教育和治疗的舞蹈中的一个重要元素。"由此可见,舞者对即兴的见解,强调人的行动的自主性。因为即兴的舞蹈常常是舞者当下情绪的真实体现。启示我们瞬间的动作是受到了内在情感的激发,这样的表现是极其个性化的。另一方面,即兴的表现又是人的灵感的展现。灵感本身是人类智慧中难能可贵的品质。与此同时,即兴在戏剧表演的视野中,被认为是对人的自发性的开掘。"在自发性下,个人的自由得到释放,整个个体,在身体、理智和直觉三个层面,均被唤醒。"因此,即兴所产生的智慧不仅是人类感性思维的展现,同时也是人类灵性的苏醒。

即兴不仅是艺术家灵感的闪现,同时也是人类行为与情感的天性般的联系。"人类有即兴发挥的天赋。除了那些必须按照剧本表演的人,每个人的一生都是在即兴发挥中度过的。"个体的发展并非完全可规划,儿童在未来成长中将会遭遇许多未知的情境,身处各种人生的危机,这些危机不可能完全预见。教育不应只给儿童脚本一样的发展指南，而应当让儿童具有适应不确定性的生存品质。因此，基于即兴智慧的儿童发展观，要强调儿童的个性发展与创意思维，每一个人都是人生永恒的"即兴演员"。

基于此，课本剧可以没有现成的"脚本"，也没有专门排演，一切都是首次，一切也是最后一次，一切都是无中生有的过程。在课本剧的课堂空间里，"空的空间"中并不知道会发生什么，下一步又会发生什么。这样的学习过程充满了人生的冒险和对于人生的未知感的体验，儿童依靠想象力，没有脚本的约束，从而达到自主生成。因此，课本剧可以将一切角色在表演中或者戏剧过程中出现的即兴动作与情绪都视为个体需要的情感表现。并且始终鼓励儿童通过戏剧来表达自我的真切情感。由此，在课本剧的实践中，儿童表现出学习的即兴创造，进而在想象力的推动下完成审美情感的体验。

因此，课本剧的教学追求着自由、即兴与生成。课本剧的实践具有独特的空间育人价值，其中想象力是最为核心的元素。具体而言，就是利用课本剧习式构造出巨大可能性的空间，让儿童通过没有物质束缚的空间展开自由想象，同时在即兴表演的催化下生成儿童创造性的学习品质。

总之，站在人类教学文化的历史长廊之中，从苏格拉底的"产婆术"到雄辩术的模仿学习，从情境教学到教学审美，人类教学活动所经历的"对话""模仿""情境""表演""叙事"等方法都成为课本剧生长的基因，也是人类教学方法师承关系的体现，是人类教学的共同价值追求。与此同时，课本剧的教学方法作为人类戏剧与教育的融通之作，其中体现的"对话""仪式""身体""空间"等育人要素，正是课本剧内在的DNA，同时也是育人价值赖以存在的空气与土壤。儿童从课本剧实践中获得发展。儿童从戏剧表演中以一种主体间新的互动关系建构自我与他人，从角色表演中唤起同理心，让身体解放大脑，让空间释放想象。

第三章
小学课本剧的创编

小学课本剧实践多体现为教师和学生一起自编自演的教学活动,而完成课本剧剧本的创编是课本剧表演的前提。小学课本剧剧本创编的选材主要来源于课本文本,可以由学生自己创编形成剧本作品。一个成功的课本剧表演,必定有一个优秀的剧本。课本剧剧本是至关重要的部分,它的好坏直接影响课本剧表演的效果,也是课本剧表演的根本和灵魂。创编出一个优秀的课本剧剧本是一台课本剧所必须具备的前提。它要满足适合小学生表演和具备课本剧本身特性的特点。学生参与课本剧创编能有效促进学生的语言习得,激发学生的学习兴趣,提高学生的综合语言运用能力,实现知识的工具性和人文性的统一。课本剧创编本身是一个十分复杂的过程。在小学阶段,小学生的认知还没有达到可以自由创编课本剧的水平,让小学生在此阶段进行课本剧创编存在着巨大的挑战,值得开展进一步的调查和实践研究。接下来的内容将会以小学课本剧的创编为例来进行分析。

当前,很多小学都开展了课本剧教学和课本剧剧本创编教学。课本剧不同于其他故事创编,它是在课本原本故事的内容基础上进行改动、扩容或者续编。在课本剧剧本形式上,实践探索经历了三个阶段。第一个阶段为探索阶段。基于学生的认知水平和语言知识水平,布置给学生进行创编的任务是根据课文故事进行创编;或者在故事局部地方进行微调。第二阶段为调整阶段。将学生的工作重点转移至剧本台词本身,人物的语言和表达,以及剧情都需研磨。调整阶段的课本剧创编重点是剧本人物台词上的尝试和精细研磨。第三阶段为定型阶段。通过以上阶段,在剧本编写方面形成了最终的模式。根据以上的实践经验,接下来在课本剧创编方面提出课本剧相关的前期准备、原则、过程、方式以及资源等。

第一节 小学课本剧创编的前期准备与创编原则

一、小学课本剧创编的前期准备

提升教师对课本剧创编的认识,学习课本剧创编相关理论知识是第一要务。学习相关的教学理论也可以培养教师的教学教研能力,进而提高教师课本剧创编教学的整体水平。首先,学校教师应当积极查阅小学课本剧创编的相关著作、文献、杂志、文章等。不限定在学科范围内查找相关课本剧创编的知识,课本剧改版文献也比较丰富,多

方涉猎方能开阔视野,取长补短。积极学习课本剧剧本创编的相关理论知识,方能引领课本剧创编教学少走弯路,在实践教学中取得更好的效果。其次,学校也要提供更好的教师培训机会,建立常态化的教师培养制度,提高教师的教学教研水平。经常组织教师学习课本剧创编方面的教学理论知识,集合线上线下的资源,有利于实现培训的目的。国外戏剧教学有着悠久的历史,也形成了先进的教学理念,值得认真学习和借鉴。基于实际情况,利用互联网进行网络培训学习和交流不仅成本低廉,而且可行性更高。最后,学校要主动建立多校合作交流机制。在我国其他地区的小学校园里,不乏相同研究方向的兄弟学校,建立与这些兄弟学校的长期合作关系,有利于相互交流和学习,相互学习共同进步。

二、创编的原则

课本剧的价值在于排演过程中小学生对文本的把握、语言的咀嚼和思维的激活,如果教师一味地追求表演效果的完美,那么必将适得其反出现一些事与愿违的现象。主要分以下几种情况:第一,表演成为善于表演者的天下,那些天资平平的学生很难获得锻炼的机会;第二,长时间的排练会导致学生对表演产生厌倦感;第三,采取小组评比的竞争积分,可能会挫伤一部分学生的积极性;第四,没有达到预期的效果会使师生丧失信心。因此,对于课本剧表演而言,重在人人参与,学生要有收获。

课本剧表演的优劣,首先要看的是剧本的优劣。课本剧创编的剧本是课本剧表演的灵魂。教师在指导课本剧创编教学中要遵循必要的剧本创编原则和基本规律,坚持剧本创编的人物性、思想性、创造性、趣味性、动作性和真实性。

(一)遵循戏剧的基本规律

课本剧创编是一个实践性的过程。学生要在实践中获得知识和技能还需要先遵循戏剧的基本规律去创编剧本。在创编课本剧的实践中,掌握创编的规律。

1. 具有明确的主题

课本剧创编应该具有明确的主题、充满趣味性的故事情节和个性鲜明的人物形象。在课本剧创编中一定要把握住课本剧的主题,在创编的时候要围绕着主题开展,不能设立过多的主题,否则将会主题散乱,没有思想性。

2. 高度集中的时间和空间

剧本要把时间、地点、人物、情节和场景等高度集中在舞台的范围中。地点、场景和人物的变换都可以通过幕、场的变换来实现。小学课本剧一般篇幅短小、人物简单、场景不多,适合初步创编的学生。中低年级也可以尝试独幕剧的创编。

3. 突出矛盾冲突

剧本集中反映生活中的各种冲突。有人与人之间的冲突、人与自然环境之间的冲突、人物自身的内心冲突、不同观点之间的冲突、不同利益之间的冲突、不同解决方法之间的冲突、善与恶的冲突等。在创编前,教师需要找到课文中的矛盾冲突。在教学创编时,要指导学生仔细体会并发现定位故事的矛盾冲突。矛盾冲突是伴随故事发展而发展的,在故事发生、发展、高潮和结束的一系列过程中,伴随着矛盾的发生、发展和高潮,最后结束。矛盾冲突发展到最激烈的时候,就是课文和课本剧的高潮部分。这是创编剧本时最需要下功夫的部分。只有让学生真正走进课本剧的内在环境,理解和内化课本剧的人物性格,体会和经历故事的冲突,才能奠定创编课本剧的基础。

4. 编写形象的语言

课本剧的语言主要是台词,它包括人物对话、人物独白和旁白。人物独白是人物独自抒发个人情感和愿望时说的话;旁白是课本剧中某个角色背着台上其他剧中人从旁侧对观众说的话,旁白可以串联情节或点明含义。舞台说明是一些说明性的文字,在每一幕前表明事件发生的时间、地点或者起因等,一般用括号括起来;有的还需要在剧本末尾或剧本开头呈现课本剧中人物的服装、道具、布景、具体分工和人物名单等。剧本正文的语言要做到符合生活实际的逻辑规律,尽量用生动或幽默的语言表达剧本内容,在创编时还要把握剧本脉络和情感走向,用简练的语言描述故事发生的过程。小学生的语言用词还要注意斟酌,尽量使用简单易懂的词汇来表达人物角色的语言。

5. 注意舞台呈现的需要

在为剧本人物创编语言时,不能只考虑人物说什么话,还要考虑课本剧表演的舞台需要。例如,剧本编写还要添加人物的动作、肢体语言、身体动作、脸部表情、环境要素、心理独白等。这样做的目的是提升舞台表演效果,不至于出现干巴巴的朗诵现象,同时能凸显人物间的矛盾冲突。创编时找到能让人物活动起来的表演元素,并尽量合理安排,才能使舞台表演更具表现力,甚至可加入一些演唱和舞蹈等元素。进行低年级课本剧创编时,更要注重课本剧的动作性,可以采取载歌载舞的表达形式。形式活泼的表演加上歌曲动作作为故事的辅助手段,让小学生在习得知识的同时,更加深深地融入其中,喜欢上课本剧的表演。

6. 空间和时间要高度集中

剧本不像小说散文那样可以不受时间和空间的限制,它要求时间、人物、情节、场景高度集中在舞台范围内。小小的舞台上,几个人的表演就可以代表千军万马,走几圈就可以表现出跨过了万水千山,变换一个场景和人物就可以说明到了一个全新的地方或相隔多少年之后……相隔千万里,跨越若干年,都可通过幕、场的变换集中在舞台上展现出来。

剧本中通常用"幕"和"场"来表示段落和情节。"幕"指情节发展的一个大段落,"一幕"可分为几场。"一场"指一幕中发生空间变换或时间隔开的情节。课本剧剧本一般要求篇幅不能太长,人物不能太多,场景也不能过多地转换。初学改编短小的课本剧,最好是写成精短的独幕剧。课本剧一般要求在课堂上进行表演,而课堂是受空间和时间限制的。因此,课本剧的剧中人物不宜过多,故事情节不宜过长,以独幕剧为最佳,这样可以不变换场景就把戏演完。

7. 剧本的语言要表现人物性格,人物的语言、动作要符合各自的身份和性格

剧本的语言包括台词和舞台说明两个方面。剧本的语言主要是台词。台词,就是剧中人物所说的话,包括对话、独白、旁白等。独白是剧中人物独自抒发个人情感和愿望时说的话;旁白是剧中某个角色背着台上其他剧中人从旁侧对观众说的话。剧本主要是通过台词推动情节发展,表现人物性格。因此,台词语言要能充分表现人物的性

格、身份和思想感情,要通俗自然、简练明确,要口语化,要适合舞台表演。舞台说明,又称舞台提示,是剧本语言不可缺少的一部分,是剧本里的一些说明性文字。舞台说明包括剧中人物表,剧情发生的时间、地点、服装、道具、布景,以及人物的表情、动作和上下场等。这些说明对刻画人物性格和推动、展开戏剧情节发展有一定的作用。这部分内容一般出现在每一幕(场)的开端,出现在结尾或对话中间时,一般用括号(方招号或圆括号)括起来,语言要求写得简练、扼要、明确。戏剧中人物形象的塑造,主要靠人物自身的语言和动作来完成,而不是像小说那样由作者来叙述、描写或议论。因此,编课本剧必须根据原作中的人物性格、身份、喜怒哀乐,精心设计人物的语言和动作,把原作中的内容转化为人物的语言,并通过人物的手势、表情、形体动作来表现。

8. 要有完整的故事情节

戏剧的情节结构一般由开端、发展、高潮、结局等几个环节组成。戏剧的开端是情节的开始,主要交代剧中的人物、事件、时间和地点,并给剧情接下来的发展埋下伏笔;发展是戏剧情节矛盾展开的部分,剧中的主要人物、主要事件、主要冲突都应逐渐表现出来;高潮是矛盾冲突发展的顶峰,是全剧能决定剧中人物命运的关键时刻,人物性格在这里得到最充分的显示,剧情也在这里得到最充分的体现;结尾是全剧矛盾的解决,是事物发展的揭晓,但结尾不能过分直白,要给观众留下充分的想象空间。

(二) 符合小学生的性格和心理特点

教师在指导课本剧创编教学中要充分考虑小学生的心理特点和性格特点。现在的学生喜欢展示自我,课本剧给他们提供了表现的机会,因此课本剧创编是学生最喜欢的学科教学方式之一。掌握学生不同阶段的心理、审美和性格特点,有利于我们创编一个好的课本剧。此外,还要筛选适合创编的课文,创编的课本剧要主动贴近学生的生活实际,集知识性和故事性于一体,能激发学生的创作创编欲望,培养他们的阅读、分析、思维、写作和表达能力。

(三) 发展小学生的语言运用能力

创编课本剧的目的在于发展学生的实际语言能力。不打无准备之仗,不打无把握之仗,在指导学生开始创编课本剧之前,首先要了解清楚学生的实际语言水平,才能有的放矢。为满足不同层次的学生需求,创编要循序渐进,由简单到复杂,由浅入深。在创编的过程中,尽量使用学生能理解的语言,创设在虚拟语境中达到实际的语言运用。这有利于促成已学内容的内化生成,提升学生的语言感知能力和语言运用能力。这也体现了课本剧创编促进学生语言能力提升的作用。

第二节 小学课本剧创编的过程

规范有序的创编过程是高效创编课本剧的基本保障。学生在规范的操作下,才能条理清晰地完成课本剧的创编。有序操作下的创编,能为学生以后自主创编课本剧打

下基础。而创编的过程主要分为以下几个步骤:

一、解读教材文本

选择具有表演性和趣味性的课文文本后,教师应带着学生深入理解故事原文,挖掘故事要素。首先,通过阅读和分析,找出故事的场景。其次,梳理故事情节,通过对故事情节的梳理,帮助学生明白创编的思路。再次,抓住矛盾的冲突,矛盾冲突为人物与环境的冲突,人物自身内心的冲突,人与人的冲突。在指导学生进行创编时,教师要将文本中的人物、故事情节和矛盾冲突为学生进行梳理并解读到位。扫除生词和知识的障碍,为学生搭建好支架,学生在创编时就容易找到入手点,也降低创编的难度。从次,确立课本剧的故事主题。在准确把握主题的基础上才能让创编有效开展。最后,思考如何表达故事的主旨,体现创编者的思想理念和想要传达的意思。教师在课本剧创编教学中,要指导学生将文本信息进行梳理和提炼。这样做既能提高学生创编课本剧的能力,同时也能锻炼学生的概括思维,提高理解能力、表达能力和阅读能力。

二、选择适合编演的课文

选择适合编演的课文是开展课本剧教学活动的开端。良好的开端是成功的一半,选择课文尤为重要。根据课本剧和剧本的特点,最好选择一些具有叙事性、戏剧性、冲突和精彩情节的诗词、文言文、散文、小说、戏曲等课文,并根据具体的文章风格与学生的基本情况来决定是否运用课本剧形式进行教学。

具体而言,选择改编的课文必须具备以下条件:① 有强烈的戏剧冲突(戏剧性);② 有引人入胜的戏剧情节;③ 有比较鲜明的人物性格。选择的课文只有满足了以上三个基本条件,才有改编的可行性。在选择课文时,如果让学生独立选择,学生很可能不知所措,或者根据自己的喜好随意乱选一些课文,与最终要达到的教学目标不符合。这个阶段教师一定要参与其中,积极指导学生,在遵循课文选择的基本准则基础上,综合考虑学生的实际情况和兴趣,师生共同做出最终的选择。这样选出的准备编演的课文不仅在内容上是适合的,在心理上也迎合了师生的意愿,同时也提高了学生后续编写剧本和排演的积极性。

三、准备编演的相关知识

在选定好要编演的课文后,教师就要引导学生做好一系列的准备工作。为此,必须引导学生研读课文,向学生传授一些基本的编写剧本、表演戏剧等方面的知识,使学生知道接下来该如何做。首先,教师要组织学生研读课文,读文章、读作者、读背景、读相关著作。在编写剧本之前,研读课文是首要前提,师生要将选定的课文读熟、读深、读透,并了解作者的写作背景及相关著作,这样才能更好地理解作者的思想,才能编写出符合文章主题的剧本。其次,要让学生了解戏剧和剧本的特点、剧本的基本构成与格式,以及编写剧本的基本原则。通过教师讲解,学生不仅可以了解一定的戏剧文化、锻炼自身的写作能力,还可以在编写剧本时做到尊重原著的前提下进行适度的创新,从而锻炼自身的创新能力。最后,要让学生明确演出前的其他准备工作,如:布置场景、制作

道具、准备背景音乐等。学生了解了这一系列的准备工作后,可以更好地进行分工合作,根据自身的特长和兴趣,选择适合自己的任务,团结协作,共同完成课本剧活动。

四、发散思维

在理解和梳理文本的基础上,引导学生进行发散思维,开展磋商讨论,让学生进行多角度、有创意的思考,从而提出不同的创编意见,丰富故事情节,续写结尾或创编结尾。在创编过程中,针对学生提出的不同思路,教师尽量不要控制、限制或强求统一,而是要在鼓励的心态下多用鼓励和肯定的话语去支持学生。只有这样,才能充分激发学生阅读和创作创编的欲望,进而发展学生的思维能力。这也体现了课本剧创编的创造性。

五、小组合作

小组合作分组形式可以按照具有相同创编意向的学生进行组合。这样学生可以相互交流和合作,避免了因不同意见而引发的分歧和矛盾。同学之间通力合作,发挥集体智慧,做好记录,生成课本剧创编的轮廓,也可以在小组合作的时候确定好故事的场景、故事主题和主旨,矛盾冲突,故事情节和故事结尾,还可以归纳可能使用到的词汇、知识点等。

六、形成初稿

在拟好了整个故事框架后,根据创编思路,学生可以通力合作,共同形成初稿。由于学生年龄小经验少,在课本剧台词语句形成的过程中,肯定会出现很多错误,这是在所难免的,不要大惊小怪。在创编剧本的时候,教师多鼓励学生使用已经学过的词语表达,但同时也要给予学生词汇、语句和知识上的支持,让学生能大胆写。这样,学生在不断地巩固、应用和内化的过程中习得语言和知识。

七、确定定稿

在写好初稿后,可以让学生小组内部反复审读,也可以通过不同小组交换审读的方式进行检查。将不适宜场景的话语和台词进行删减,不适合人物身份的话语进行修改,累赘的舞台说明进行精简,过于夸张或死板的动作进行重新设计。教师最终审稿,对初稿进行批注和修改,最后让学生校正文字后形成定稿。这一过程有利于学生在不同的场景正确使用词汇和所学知识,提高学生的语言运用、综合表达和理解能力。

八、反复排练将剧本演出

以最终定稿的剧本为主,反复进行排练,熟悉人物台词并试演人物神情、动作;试用制作的道具,看是否方便使用,是否会出差错;在最终的演出舞台上进行排演,看整体布景及人物位置是否合理;连贯起来进行试演,找出哪些环节衔接得不自然、哪些台词容易忘记、哪些动作表现得不够到位等。排演几次后,请教师观看一遍进行现场指导,并根据教师的建议进行再次改进,力求更加完美。当然,在进行反复排练的过程中,不是照着原剧本一字一句地反复演练,因为这是一个动态的过程,在排练的过程中可以对原剧本进行适当的修改,以使其演出的效果更佳。在正式演出课本剧时,一些学生演员不免会紧张,这就容易造成部分环节及人物对话、动作的遗忘,这时"总指导者"教师和学生"导演"就要充分发挥其指导作用,及时给出必要的提示,使演员们能够顺利地演出各个环节,并过渡自然。同时,在这个过程中,学生演员也要充分发挥自身的主观能动性,当表演卡壳或脱节时,可以机智地运用巧妙的方法将表演衔接起来,如一个动作、一个表情或者一句机智幽默而恰当的台词等。在排演课本剧的过程中,需要学生互相交流、互相切磋、互相配合,在共同活动的过程中,不仅能提高学生的多种能力,也能进一步加深学生之间以及师生之间的感情。

九、多方评议看演出效果

在课本剧表演结束之后,并不意味着整堂课就结束了,教师还要组织对课本剧表演进行多方的评议。首先,要明确评议是以促进学生的发展为最终目的的;其次,评议的维度可以包括人物语言设计、人物神态和动作表现、各环节衔接、背景道具制作、主题是否突出、主题是否升华等方面;最后,评议的方式应是演员、观众、教师多方参与的。

具体而言:① 要看演员本身的评议。演员本身的评议往往是比较容易被忽视的,在表演结束后许多教师直接采取他评的手段,而忘记了演员自身的感受。演员亲身参与人物的塑造与表演,他们可能对人物特点有更深的体会,对文章主题有更准确的感悟,他们也可能通过参与表演而萌发一些具有创新意义的想法,这些都是很有价值的。通过相互交流意见的评议,学生会对人物特点、课文主题有更深刻的体会,有助于升华主题、开拓思维。② 要看观众的评议。演员是参与者,而观众即是"旁观者",有些问题演员自身是不容易觉察到的,而观众却能够看得一清二楚,这就是所谓的"当局者迷,旁观者清"。扮演观众的学生可以充分发表自己的看法,评议课本剧表演有哪些精彩的地方与不足之处,需要改进的地方如何改效果会更好,通过观看是否能体会到人物特点、文章主旨等。③ 要看教师的评议。教师要统观演员与观众两个方面的意见,再加上自身的感受对演出效果做出微观与宏观两方面相结合的评议。同时还可以根据学生演员的表现,评出一些"最佳演员""最佳导演"和"最优小组"等来肯定他们的成果,并激励他们百尺竿头更进一步。

十、教师指导应贯穿始终

课本剧活动是以学生为主体的活动,学生可以在整个活动中充分展现自我、张扬个性,但在课本剧教学"选、备、编、演、议"的每个环节中都离不开教师的"导",教师的指导贯穿于整个活动的始终。离开了教师的"指导",课本剧活动很有可能会偏离"轨道"。所以,教师要明确自己在课本剧教学活动中的责任与重要性,切不可以一句"你们自编自导吧"就把所有任务和责任都推给学生。在选择适合编演的课文时,在准备编演的相关知识时,在编写剧本时,在制作道具、背景时,在排练、演出时,在演出结束后评议时,教师都要及时给予适当的指导、鼓励和帮助。必要时,教师也要参与其中,帮助学生搜集相关资料、制作道具和背景;为学生试说一段台词、试演一个动作;引导学生从多个维

度评议演出效果等。课本剧活动表面看上去都是学生在编、在排、在演,但每一步、每一环都要有教师的指导,教师是总的指导者。教师的指导就像一盏明灯,照亮学生在课本剧中探索前行的路,不至于偏颇他道。但同时教师也要明确,指导是必要的,但也要是适度的,只有适时、适当、适度的指导才能指引学生更快、更好地发展。

第三节 小学课本剧创编的方式

一、忠实于故事文本

忠实于故事文本,就是指在小学课本剧剧本编写过程中不修改课文的主题、人物、情节和结尾。这样做的原因是,某些课文所选用的故事主旨都是对学生的道德素养和各种能力有提高作用的。在创编过程中强调和忽略部分观点,都有可能产生与原文本不同的新观点。如果增删情节或人物,可能会创编出新的主题或人物内涵,对于经典的故事文本,创编应该严谨,应该尽量忠实于原文本。

二、适当改变故事文本

在忠于故事文本的基础上,适当改变故事文本,增加或者减少次要人物,丰富图片之间情节,在原有的故事主题不变的情况下改变主旨和结局,改变表现形式等。这可以起到加强戏剧冲突,提高课本剧的舞台表现力的效果,能够吸引更多的学生参与到课本剧的表演中,从而激发学生学习的兴趣。

(一)增减次要人物

在创编时,要根据具体的剧本剧情和学生在实际表演中的需要,将没有必要的群众演员或者无意义的角色删除,剧本语言主要聚焦到主要人物身上,突出话题和主线。在需要较多同学参与表演或者需要将故事更完整地呈现时,可根据实际需要增加次要人物或背景人物的台词,增加的对话主要起推动情节发展和烘托气氛的作用。有时为了提升基础较弱学生的口语表达能力,需要增加特定人物进行辅助式表演,可以把故事里的动物、植物、物品和自然现象如风雨雪等用拟人的方式为其设置几句简单的台词,让基础较弱的同学上台表演时有话可以说。通过这种方式,激励内向的同学开口表达,为这些同学建立自信。

(二)丰富情节

丰富情节是在遵循原文框架的前提下进行创编,使情节更加生动有趣。这个环节可以更好地训练学生的创新思维,提高学生的创造力和想象力。既能培养学生搜索和处理信息的能力,还能增加语言习得。增添情节可以使剧本更有连贯性、趣味性、可看性和生活化,更突显了故事的主旨,有时在创编时可以加入小情节,让剧本的矛盾冲突更激烈,表演会更精彩。

(三) 改变主旨

通常情况下,课本剧故事都会说明一个主旨,但是有的故事主旨和结局只符合故事发生的时代。对于这种情况我们可以保留故事原来的情节,适当改变故事的主旨和结局。但改变后的故事主旨和结局须体现积极、正面、健康的一面。

(四) 改变形式

课本剧文本大都采用故事形式或者简单的对话形式,教师要指导学生将它们改编为课本剧式的语言,以人物对话加旁白的办法去刻画故事中的人物性格、讲述故事情节。在场景之间加入舞台说明,辅助和推动课本剧故事情节的发展。

四—六年级课本剧创编方式

学生随着年龄增长,心理会发生变化,四到六年级的学生分别属于不同的发展阶段。四年级学生思维还主要停留在直观和具体的内容上,喜欢模仿,在课本剧创编教学上多强调书本中人物的语言、情感和动作。让这些学生进行模仿,利用丰富的教学手段,可以提高他们学习的积极性。五年级的学生具有比较高的好奇心和探索欲,利用适当的创编课本剧方法,让学生在创编过程中进行适当的创新和创编,满足学生尝试和探索的欲望,提升学习的兴趣。六年级的学生注意能力增强,已经从具体形象思维向抽象逻辑思维过渡。但仍然习惯模仿动作,因此要启发学生的思维,进行创新性创编,同时兼顾动作的创编和添加。在课本剧创编上,多进行故事剧情衔接的补充,让剧本内容更丰富和充实。针对学生的心理发展特点,不同的年级应该采用不同的课本剧创编方式。下面结合具体案例,详细解释说明该观点。

1. **四年级阶段剧本忠于故事文本**

四年级的学生语言知识储备仍然不足,在原本的故事上进行大范围的创编几乎不太可能,学生还处于课本剧剧本创编的初级阶段。在教学过程中,教师要根据学生的思维特点(喜欢理解直观内容,模仿人物语言和动作),在指导学生进行课本剧创编时,多强调故事人物的语言、情感和动作,分析人物角色的性格特点和语言特点,同时也为以后的课本剧创编打好基础。在课本剧创编中不需要进行过多的修改,忠实于原文即可。教师尽可能让学生直接按照课本内容进行课本剧的创编和表演。某些思维灵活的学生,可能在进行课本剧表演中就会灵活使用自己的语言,有些学生在忠实于故事主旨、不删减人物的情况下,甚至对人物的语言进行适当的增加,恰当地表现出人物的情感,这都是值得鼓励的。总之,该阶段体现出课本剧剧本创编初级阶段的特点。

2. **五年级阶段适当改编文本**

五年级段的学生好奇心强,不再满足原版原照式剧本创编,他们喜欢进行新

的尝试。这个阶段的学生需要鼓励他们创造和改变,大胆依据自己的学习和生活经验进行适当创编,可以通过丰富情节、改变形式、增加次要人物台词等方式进行课本剧创编。在学生修改的剧本中,除人物、地点等基本要素没变化外,学生甚至把主要的信息都进行了替换,整体内容都进行了创新,充分体现出学生思维的迁移性。

3. 六年级阶段创新创编文本

随着六年级段学生语言知识的逐渐积累,学习能力的增强,抽象逻辑思维和自主思维的能力初步形成。这个阶段进行课本剧剧本创编教学,应当鼓励学生在原有的故事基础上发散思维进行创新性的创编。创新性可以体现在剧本故事情节,同样情境下事件发展可能出现的不同情形。在课本剧创编过程中,挖掘学生自我发展的学习潜能。学生甚至还可以进行续编故事情节,课文中原本未展开的部分,学生依据自己的经验,进行合理的设置,符合实际生活。高年级学生的思维能力提高,发散性思维增强,剧本创编可以向创新的方向进行创编。

六年级下的课文文本中有些中国传统的史实和鲜活的近代内容,并且篇幅较长。这些故事的角色都是学生非常熟悉的人物:廉颇,晏子,木兰等,因为故事本身内容丰富,情节跌宕起伏,人物性格鲜明,学生创编起来相对容易,也会有很多创新的火花在闪耀,这些文本学生也可以进行创新创编课本剧。很多故事感人肺腑,在学生创新创编故事文本的过程中,同时让学生也深入了解了故事内涵和文化承载,一举两得。

三、丰富和整合课本剧剧本资源

(一) 丰富课外剧本资源

随着学生年级的升高,他们感兴趣的创编剧本也发生了变化。为满足各个年级的创编需要,除了在各个年级进行课本的创编外,高年级学生可以增加故事性、趣味性和贴近学生生活的创编故事、经典童话类和绘本改编剧。这些剧本资源可以利用网上的资源进行收集,如一起作业的绘本故事、伴鱼 App 上的故事等。可以从网上下载后进行创编,也可以结合家校的力量,倡导学生自己在家里寻找剧本资源进行剧本创编。最后可以依据各种风格的故事,挑选适合创编成剧本的故事进行创编。这样多渠道多方位的收集创编剧本,能创编出更多更好的课本剧。

(二) 丰富校本课本剧剧本资源

依托学校自身进行的课本剧创编研究,将学校自己创编的优秀剧本集中收集,形成自己的校本课本剧资料,用于在未来的课本剧创编教学中能更好地做到引领和示范作用。将剧本排练成课本剧,将课本剧视频录像资料同样收集集中,也可以以年级、单元或者以主题的整合式分类,服务以后的课本剧创编,让课本剧创编有可持续的因素。还可以将学生的修改版和定稿版本分别进行扫描,形成电子文档,用以保存和后续研究。

四、创造课本剧创编的良好学习氛围

(一)进行常规化的评价和作品展示

在学生完成课本剧创编作品后,教师要及时进行评价。教师要认真对待学生创编的剧本,对学生的创编作品进行认真批改和及时反馈。学生也可以从中体会到教师在课本剧改编上的良苦用心,从而感染和带动学生积极对待课本剧创编,提高创编质量。在学生多次修改后的剧本中,教师可以挑选出优秀的创编作品进行评选和展示。例如,在班级教室里设立优秀课本剧剧本展示栏,并且定期更新学生创编的优秀剧本。奖励优秀的改编作者,颁发奖状和奖品,鼓励学生在课本剧创编上不断进步。定期进行年级优秀课本剧剧本创编评选,评选出校园优秀创编作者,并将作品展示在校园的展示栏,搭建相互学习和交流的平台。通过一系列的评价活动,让学生在课本剧创编方面,变被动为主动,在学习过程中获得成就感,同时也提升了学生的改编能力,丰富了校园文化生活。

教师除了要多鼓励学生参加课本剧创编外,还应将创编好的剧本搬上班级舞台或者校园舞台。让学生的剧本作品以课本剧表演的形式表现出来。并将学生的表演作品拍摄下来,作为班级文化或者班级精彩亮点进行展示。在学校的大型活动中,可以用课本剧表演的形式,将优秀的课本剧剧本表现出来。学校、教师和学生一起努力,多方位创建课本剧创编的良好氛围,促使学生的课本剧创编能力在潜移默化中得以提升。

最后,在家校合作校园广度比较深入的学校,可以邀请学生家长充当评委。选出学生的优秀课本剧剧本,进行公开奖励。这样的评价方式可以让学生家长目睹学生的风采,易于在以后的课本剧创编教学得到家长们的支持。

(二)组建课本剧社团编演课本剧

课本剧创编不仅可以用于课堂内,还可以把课本剧创编后的剧本表演出来,作为课外活动的一种形式呈现,提供更大的舞台,给孩子们展现的机会。可以设立课本剧社团,由教师进行专业指导,社团以学生自主创编剧为突破口,引导学生依据课文或课外相关读物故事,通过自己的理解和想法,创编出不同风格的课本剧,并开展相应的排演活动。学生在编写和修改的过程中不断进步,编写好的剧本变成一幕幕表演的课本剧,这些都会激发学生的课本剧创编兴趣,进而步入良性循环。

(三)丰富学校图书馆课本剧剧本资源

图书馆是学生获取知识及资料的重要渠道,学生也很喜欢在图书馆里阅读。要利用好学校已经搭建的图书馆资源平台,丰富学生的课本剧剧本资料。学生由于年龄比较小,很难通过其他途径和方式来获取有效的相关资源。这导致学生在课本剧创编过程中主要依赖以往的知识经验,没有新的灵感来源,在创编过程中学生的创造力和想象力受到极大的限制。学生需要一些课外的剧本为自己增加知识储备和灵感。丰富的剧本资源,必将拓宽学生学习的视野。所以,学校要加大图书馆建设的投入力度,为师生

营造良好的学习氛围。

根据学生的身心发展规律,引进一些戏剧编写和创编相关的理论书籍,能帮助和引导学生在课本剧创编的过程中向规范化的道路发展。选择时要适当增加基础性,并且与戏剧和课本相吻合。除了针对课本剧创编的书籍外,还要多增加绘本和故事书籍。对于一至三年级的学生来讲,图文并茂的绘本是他们的最爱。绘本故事有着精美的图片、短小有趣的情节,适合注意力不能长时间集中的低年级学生。至于四至六年级的学生,则鼓励他们尝试阅读名著书籍。学生在阅读中,不断积累语言知识,丰富词汇和表达,提升人文素养,并且在阅读中接触到了生动鲜活的语言,为自己的课本剧创编提供灵感。

第四章
小学课本剧的排演

第一节 教师前期引导

一、培养戏剧语感、积累戏剧常识

大部分学生对编演课本剧有着浓厚的兴趣,教师一旦布置任务,便跃跃欲试。但是由于写作活动本身所具有的个体性、综合性、实践性和创新性的特点,使学生拿起笔又茫然不知所措,只会干着急。再加上学生对戏剧的相关知识不是很熟悉,编演课本剧确实存在着很大的难度。这时,教师可以由兴趣入手,对学生进行适当的引导。比如,给学生提供一些电影课或戏剧小品课,结合平时影视中优秀的小品分析其成功之处或者大胆质疑其不足,培养学生的戏剧语感;同时,教师还要有意识地向学生讲解一些戏剧常识,如剧本中通常用"幕"和"场"来表示段落和情节,"幕"指情节发展的一个大段落,"一幕"可分为几场,"一场"指一幕中发生空间变换或时间隔开的情节,戏剧的最大特点是戏剧冲突等。

二、明确编演过程,做好思想准备

编演课本剧不是简单的事情,特别是刚接触的时候,尤其要注意对学生进行编演课本剧的前期指导。要让学生明白编演课本剧主要包括教师指导——学生编剧本——学生排演——师生互评四个部分。特别是对整个编演过程的难点,应让学生有充分的思想准备。学生一般都是第一次接触课本剧,心理上难免不太自信,教师可以播放一些课本剧片段,让学生认识到表演并非那么高不可攀,这样就能避免或消除一些学生的畏难情绪。无论是编剧本还是排演阶段,要让学生领悟这是集体活动,不能仅仅是"一个人的精彩",需要集体的力量,需要大家的共同合作,尽量帮助学生营造一个群体交流的良好氛围。

三、指导学生认真阅读,进行多方面交流

我国传统的教育强调多读,"书读百遍,其义自见""读书破万卷,下笔如有神"。一篇文章的妙处,是很难分析和讲解深透的,只能靠学生自己读,反复地有感情地诵读吟咏才能有所意会,才能感受到什么叫"言已尽而意无穷"。教材中确实有许多名家名篇,

它们情节强内容丰富,为运用课本剧进行语文教学提供了极好的蓝本。教师应鼓励学生认真阅读,了解背景,熟悉内容,理解主题,把握人物形象。在立足课内的前提下,鼓励学生眼光向课外延伸,发动学生到图书馆、网上查阅有关资料,教师也可多提供有关的资料和建议,师生间、学生间要多沟通多交流。现今的教学资源极其丰富,可以让学生获得的东西也很多,但课时有限,我们必须想方设法激发学生的兴趣,以有限的时间空间激发学生在无限中自求而得之。教师可以先用"吊胃口"的方法,如讲一个精彩片段、介绍一个人物命运、提供别人的阅读感受等(这项工作如由学生自主完成则激励效果更佳),然后建议学生进行课外阅读,并查找相关资料。整个过程,教师既要有大体要求又不能做具体限定。一般来说,教师要营造阅读氛围、编织活动兴趣网、给予学生必要的指导和支持。

四、鼓励大胆创新

改编课本剧是一种再创作,"一千个读者就有一千个哈姆雷特",每位学生对课文的理解都有自己独特的体会,教师应该鼓励学生大胆创新。当前,学生比较喜欢的课本剧形式有:校园搞笑剧、小品剧、舞台剧、儿童剧、独角戏等。对于小学高年级教材的编演,可以扩大课本剧的施教范围,丰富人物的语言动作,在一定程度上更能丰富学生的知识储备。在教学实践中,学生不时地涌现创新的火花。学生大胆创新,甚至可以采用男女互换角色的方法,男同学手把手教扮演男角色的女同学走路的姿势、说话的语气,提升学生的创造力和模仿力。有些课本剧需要唱歌,学生可以根据课堂上教师所介绍的资料和录音录像片段,结合自己的实际经验,出人意料地采用流行歌曲的调子,把词套进去呈现,效果都非常好。

五、必要的暗示

学生在把握课文时可能会有遗漏或偏颇过大的情况,这时就需要教师给予必要的暗示。暗示教学的关键在于创造和组织学习环境,采用音乐、语调、游戏等,使学生在舒适、自然、愉快、轻松的环境中,在无意识的情况下受到环境的熏陶。可以说,暗示教学贯穿于课本剧教学的整个过程。

第二节 学生创编剧本

在教师做了必要的指导后,学生就可以自主进行课本剧的创编。通过课堂教师对课文的讲解,甚至通过学生自主阅读教材,见仁见智,学生将自己觉得最为精彩、最有感觉的片段改编成课本剧,小组内达成共识即可。创编编课本剧一般要遵循以下几个步骤。

一、选取剧本素材

戏剧是一种综合性的舞台艺术,剧本是舞台演出的依据和基础。要想把课文中叙事性的文章改编为课本剧,首先要懂得剧本的特点,然后才能根据其特点创编出符合要求的课本剧。在选取剧本素材时必须考虑以下几点:第一,人物集中。在课本剧创作中,如果人物多了,笔力就会分散,学生精力自然也会分散,无法塑造鲜明丰满的形象,甚至会造成舞台拥挤的不良现象。因此,一出戏,即使是一出大戏也总是集中力量写好几个关键人物,不能平均分配笔墨,更不能喧宾夺主。第二,时空集中。戏剧本身不受时间和空间的限制,一幕到另一幕,一场到另一场,也许一晃就是十年二十载;一位演员在舞台上转一圈,就可以表示他从福州来到了北京;他在舞台上把剑一挥,也可以表示他指挥了千军万马,尽管我们观看的时候好像什么也没有。演出时,尤其是课本剧演出时会受到具体时间空间的限制。因此,编剧本时教师要指导学生通盘考虑,把地点和时间跨度较大的事件有意识地集中起来,构成明确的情节线索,贯穿始终。在安排副线时也力求明快,紧密配合主线,避免旁枝斜出,喧宾夺主。第三,矛盾集中。各种文学作品都要表现社会的矛盾冲突,而戏剧则要求在有限的空间和时间里反映的矛盾冲突更加尖锐突出。

追根溯源,戏剧这种文学形式是为了集中反映现实生活中的矛盾冲突而产生的,所以说没有矛盾冲突就没有戏剧。又因为剧本受篇幅长短和演出时间的限制,所以必须选择课文中那些矛盾冲突最尖锐、人物思想感情最激荡的部分,构成合情合理、层次分明而又真实可信、引人入胜的情节。编写课本剧,所选课文要求矛盾冲突激烈,情节性较强,人物性格鲜明,一般选取较生动的记叙性课文为宜。初学课本剧编写,目标不能定得太高,选用的课文篇幅不宜太长,如果内容太多,也可选取其中一个段落层次进行编写,因为学生的实践水平较为有限,驾驭不了太复杂的情节。教材中抒情味太浓,故事情节发展得较慢的课文,效果多半不太好,不适合创编成课本剧。

二、确定戏剧结构

选择好要改编的课文后,还要从整体上确定戏剧的结构,需要注意以下几点:第一,定场次。把主要事件发生地作为戏剧场景,把次要事件推到幕后,使时空集中。第二,定脉络。通盘考虑戏剧冲突的开端、发展、高潮和结局在整个剧本各场次中如何安排。第三,定人物。根据剧本的情节和结构,确定全剧及每场戏的出场人物及其上下场情况。

三、编写人物台词

剧本的语言包括台词和舞台说明两个方面。其中,台词是主要方面,就是剧中人物所说的话。人物语言包括独白、旁白、对白,它们是剧本的重要组成部分,其任务是展开情节、提示人物性格、表现主题思想。独白是剧中人物独自抒发个人情感和愿望时说的话,旁白是剧中某个角色背着台上其他剧中人从旁侧对观众说的话。对白是剧中人物之间的交流。编写台词,要求能以课文中的人物语言为基础,充分表现人物的性格、身份和思想感情,要通俗自然,简练明确,口语化,适合舞台表演。人物的心理活动、相互关系,以及幕后发生的情节等,可通过独白和旁白自然地显示出来。人物的自我介绍或抒发情感也可用独白来体现,旁白可以串联情节或点明含义。对于一些说明性的内容,则要尽可能转换成对话进行介绍,或者采用"后台台词"的方式进行处理,恰到好处地把前后情节联系起来,并将有关心理活动的内容转换成"自言自语"的台词。有的课本剧

课本剧创编

在编写时还要考虑到：课文的时代背景很重要，但又不能用人物的台词表现出来，这时可用"潜台词"进行表述；在人物的语言和动作无法推动情节发展的时候，可用"幕后音"来承上启下，进行衔接过渡。课本剧的表演，主要靠学生演员的语言和动作来推动情节的发展。因此，在编写剧本时，创作者要根据剧中人物的个性特点，认真提炼每个演员的个性化台词，设计每个演员的个性化动作。动作神情的设计，都反映出同学们对人物个性的深刻理解与领悟。这样可以使那些昔日只能寂寞地躺在课本中的古代历史人物，经过同学们大胆的演绎，活灵活现地展现在课堂上，得到同学们的理解和喜爱。

四、设计舞台说明

舞台说明，又叫舞台提示，是剧本语言不可缺少的一部分，是剧本里的一些说明性文字。舞台说明由人物表、时间、地点、服装、布景、道具、人物表情、动作、上下场构成。几种常用的舞台说明的作用是：

第一、舞台场景说明，可以交代故事发生的时间、地点及环境。

第二、服装、道具提示，可以暗示人物的身份、性格、爱好等。

第三、情绪、动作提示，可以辅助台词刻画人物，推动情节。

第四、背景音乐，可以渲染气氛。

这些舞台说明对刻画人物性格和推动、展开戏剧情节发展有一定的作用，舞台提示要求写得简练、扼要、明确，一般出现在每一幕（场）的开端、结尾和对话中间，用括号（方括号或圆括号）括起来。课本剧在编演过程中，不主张过分讲究舞台效果，但也不排除使用必要的道具和背景提示。就其本身而言，如果只是课文内容的分角色解说，没有任何舞台氛围作烘托，不仅同学们很难产生强烈的兴趣，就是表演者也很难"入戏"，这样就不会取得较理想的效果。因此，在突出强调学生演技的同时，还要有必要的舞台效果，如服装、简单的布景等。

第三节　学生排演的过程

演什么、怎么演、什么时候演，完全可以由学生自主决定。当然，课前的准备活动、教师的指导和参与必不可少且很重要。课本剧在正式表演前应进行多次排练，排练中要充分相信学生并放手发动学生，激发他们的积极性和创造性。排演过程中要完成以下准备工作：

一、确定脚本，达成共识

可以事先请每一位同学都编写了剧本，此时需要将本组最佳的剧本筛选出来，作为排练的脚本。或者博采众长，把大家的精华聚集在一起，重新修改提炼出更好的剧本。戏架确定下来后，围读剧本要解决的不仅仅是熟悉台词的问题，而是要具体分析事件冲突、主题思想、情节结构、人物和人物关系，研究其人物的性格特征、动作设计、语气服饰等。在这些方面本组同学要统一认识，达成共识。

二、确定演员，发挥所长

"戏剧艺术的中心要素和根本要素，是演员的表演艺术"。在课本剧排演之初，真正要过的正是演员这一关。校园课本剧，演员当然来源于学生，学生们真正具备课本剧舞台经验的也是微乎其微。因此，我们的工作首先是在演员的选择和角色的分派上慎重行事。夸美纽斯说："强迫孩子们去学习的人，就是大大地害了他们。"确定演员应尊重学生的意愿，一般不用指定方式确定演员。最好是采用学生自愿报名，同学投票表决的方式来确定。另外还要根据学生在化妆、表演、歌唱、朗诵等方面的不同特长，结合班里的具体情况，确定演员。一出课本剧可能只需要几个或十几个演员，但往往大部分同学都想展示自己。教师应当鼓励每一位同学都能参与其中，因此可以采取多小组演出的形式。分组可以由教师划分，也可以由同学自主结合。由于同学们思维各有特色，即使同一出剧，最后在表现形式、人物塑造、艺术处理上都会有差异，这样也有利于大家取长补短，互相学习。课本剧表演中，对于"说话"艺术的要求首当其冲，确定了演员并不能马上进入表演阶段，因为学生演员往往分不清日常说话与台词处理的区别，或者分不清朗诵与表演的区别，并且不知道在表意传情的同时如何将声音清清楚楚地送入每一位观众的耳中。因此要对演员们进行台词训练，这项工作可以由教师或学生来完成。只有让学生先过台词语言关，才能在角色台词上把戏"立"起来。

三、熟悉角色，塑造人物

在确定角色熟悉了台词后，演员基本上能听从导演调度，在剧中自然走动。然而常常又会出现这样一个问题：演员身外有戏而心中无戏，容易变成导演手中的牵线木偶。如何将角色的内心情绪外化，如何处理好角色与角色之间的刺激与反应，都是这些初出茅庐的小演员们要过的又一关口。对于演员来说，并不是把台词背熟、有语气上的抑扬顿挫再加上一些动作表现就行了。此时，导演要给演员说戏，要启发学生深刻理解剧情，分析角色的潜台词，演出角色的神韵来。也许有些教师认为排演课本剧不需要如此细致、复杂，只要同学们能把剧情串联下来就可以了。其实，这种看法是要不得的，会大大降低课本剧的综合育人价值。如果按以上要求去做，就会帮助学生打开知识外延，锻炼和提高他们的综合能力，并培养热爱知识和热爱课本剧的兴趣。

演员表演的重点在于掌握好语调、语气、速度、节奏等，最大限度地突出人物性格，推动情节发展。人物对话，一定要反复斟酌，仔细揣摩，尤其不能千篇一律地表演出拉拉调和学生腔。另外，表演要投入，演员要活跃，要充满激情地去展示和表演。为了使演员轻松活泼、没有任何心理负担地进行表演，我们要创造一个轻松自如的环境。例如在教室里演出时，可临时改变学生原本秧田式的座位安排，将桌椅靠在教室四周，同时准备好必要的简单道具，播放适宜的背景音乐等。

另外，一部优秀的课本剧是非常讲究表现形式和表现手法的。表现形式好，就会产生很好的艺术效果，对观众也就自然而然产生了吸引力。遗憾的是，有些课本剧选材不错，内容也很好，但是上台的学生演员却按照课文内容用平铺直叙的对白形式表演出来，使人感到平淡无奇，缺乏吸引力，缺乏艺术性。作为教师和指导者，我们可以引导同

学将对白、唱词、快板、道情和花鼓戏等多种艺术形式有机地结合起来,并融进去,这就给节目注入了丰富的艺术活力,使节目变得新颖有趣。根据课本剧表现形式的多样性指导学生演员根据实际情况,按照学生的心理、学生的思维、学生的眼光,以及学生的兴趣爱好和特长,自由自在地运用多种新颖的艺术手法来表现和创新。如:可以改编成话剧课本剧、戏曲课本剧、木偶课本剧、皮影课本剧,还可以改编成舞剧、哑剧、朗诵等形式来演出。同时,表演的方式不能千篇一律,要不拘一格,使广大学生都有机会参加。为此可采用以下几种不同的表演方式:

角色小会演。一个重要角色演得好坏与否,直接关系到课本剧编演的成功与否。因此,在"演"这一过程中可先进行角色小会演。这样做,不仅能让学生在切磋演技中发挥自己的个性特长,还能扩大参与面,充分调动全班学生的参与性。如在演《龟兔赛跑》时,先来个兔子小会演,比一比哪一只兔子演得最骄傲。结果有五个学生争先恐后地要求演兔子,而且这些学生在会演中个个使出浑身解数,通过自己的演技把小白兔的骄傲演得淋漓尽致。精中选精,从这五名学生中挑选出来的演得最好的学生演员,为整篇课本剧的演出打下了扎实的基础。

分组竞演。当确定剧本后,教师事先为学生分组,让他们按小组进行准备,然后进行分组竞演。在竞演中,可以发现学生们在无形中产生了一种集体荣誉感与难得的默契,而且分组竞演能达到人人参与、良性竞争的效果。不仅如此,学生还能通过分组竞演达到"取长补短,精益求精"的效果,促进自己的成长。比如,当甲、乙、丙三组学生分别演出后,同学们评鉴之后纷纷发言,赞扬乙组演得最棒。他们还说:"乙组的演出让我们知道了编演课本剧不但可以根据课文进行深化,而且对有些课文可以进行续编。"

代表会演。这种方式不同于以上两种表演方式,这一会演方式须选出每个角色表演最出色的学生,组成一支代表队在全班同学面前进行表演。毋庸置疑,这一表演方式有利于激发广大学生"好强、好胜"的天性,起到一种模范带头的作用,激起其他学生的参与欲。

四、导演细致排练,注意细节表演

排练可按照初排、细排、连排三个步骤进行。初排是粗线条勾勒出事件发展的过程,细排是集中排练"关系""潜台词""角色发展"及"节奏"等,连排是将音乐、服装等结合起来共同排练。其中,细排更为重要,每个小组首先要确定一位导演。其实,这里的导演,并不是戏剧排练中真正意义上的导演,只是起组织排练、协调关系的作用。导演在排练时要注意细节的表演,要精心设计或鼓励学生演员大胆增加角色的细节动作。因为细节往往最能体现人物的性格特征,最能体现故事的主旨。如,才露尖尖角的新荷,有了一只蜻蜓飞立其上,画面才显得灵动;壮伟的山川,有了云雾的笼罩,才显出幽深淡远;一出好的课本剧,若没有细节的点缀将全无风采。简而言之,细节能将整出戏进一步变得生动起来,排练过程中是万万不能忽略的。

经过了周密细致的排练后,课本剧就可以进行正式的表演了。虽然在表演上对学生演员不做过多要求,但课本剧的表演毕竟对会全体学生知识素养的提高起到很大的帮助。无论是排演还是欣赏课本剧,都会使参演者和观众了解到世间的真善美与假丑恶,切身感受文化的魅力,让学生去发觉美、体验美、传达美、创造美,深化他们对文本的理解,为他们的评价和再创作打下扎实的基础。因此,演出时,教师需要注意两点:第一,既要维护学生的热情,也要维持正常的秩序,使课堂"活而不乱,管而不死"。要控制好局面,因为学生年轻,情绪大都比较高昂,气氛有时太热烈容易造成课堂混乱。教师可事先告诉学生做个"文明的观众""尊重别人就是尊重自己",同时指派各组核心学生约束组员的行为,使每个学生都能遵守演出的秩序,以保证演出的顺利进行。第二,参加课本剧表演的学生,一旦演出成功,他们便会有胜利的喜悦,这种愉悦会激发他们更大的兴趣,促使他们在这方面更加努力。有成功者,自然也不乏失败者。这时的教师,应做失败者心灵的导航员,让学生从自身的朗诵、体态、知识积累及心理状态方面找原因,并给予必要的帮助,使其有所提高,从而鼓起自信的风帆,朝着下次的胜利冲刺。

第四节 关于课本剧的评价

心理学的研究表明:小学生由于受年龄和思维水平的限制,在认识能力上存在着一定的局限性,他们对自己的行为评价能力较差,但对别人的行为评价能力则较强,比较容易发现其毛病。在课本剧的学习过程中,学生不是孤立的,而是一个互动的学习群体,伴随学生学习过程的有教师、学习伙伴、家长、甚至社会。因此,我们在开展课本剧评价时,要进行学生自我评价、同学互评、教师评价、家长评价,甚至社会评价乃至于网络评价,力求通过多种渠道,让学生获得来自多角度的客观评价,帮助其认清自己的优点和不足。

一、评价内容

评判的标准,并不是看演出的排场,也不是孤立地看表演技巧和临场效果,而是侧重对课文理解的准确性和剧本创编、舞台表现手法的创造性。其他方面如台词的艺术化表达、人物内心世界和角色矛盾冲突的展现等,也应列为评分标准。在会演后,教师要趁热打铁,及时组织学生进行讨论,评论剧本的改编、演员的表演、道具是否有创意,团队之间是否团结合作,队名是否恰当,分工是否合理等。重点是指出创新和成功之处,同时提出今后努力的方向。具体评分细则如下表所示。

表4-1 课本剧综合评分表

项目	评分标准	分值
导演	协调全组演员分工,统筹全组指挥	20
编剧	剧本结构完整,改编符合课文要求,并融合自己的生活体会,富有创新	20
道具	符合课文内容及剧本要求,富有创意	20
演员	分工合理、配合到位,表演自然大方,各环节协调流畅,面部表情丰富	20
台词及动作	声音洪亮,动作到位,台词清晰,符合人物性格特征	20

在排演课本剧的过程中，学生有可能会对原著产生一些新的理解，这些创造性的发现也可以放在评价过程中提出。为了发展学生的创造性思维，教师要鼓励学生积极提出自己的新发现、新问题。

演出结束以后，教师还可以为学生评奖，评出最佳小队、最佳男女主角、最佳男女配角、最佳导演、编剧、剧务等。有时还可以让同学们为自己设立奖项，如最佳创意奖、最佳绿叶奖等，言之有理，能打动观众即可。

总的来说，学生是课本剧的主角。表演时，学生与学生之间的交流、互动实践，其最终目的是为学习服务的。课堂编演不仅是课文内容的翻版，还是学生主体感受的再现。不仅要重视"演"的训练，也要重视"评"的训练。要引导学生对人物的动作、语言、神态等方面进行自我评价和相互评价，努力创设教师、个体、小组、群体评价学习成果的时间和空间。这样，既总结了经验，又分析了不足，为以后更加成功地编演课本剧提供了一面镜子。因此，我们看课本剧编演的好坏，既要看全体学生的实际参与情况（是全员参与了，还是只有一小部分人的活跃；是学生积极主动地参与了，还是被动地接受和安排），还要关注每个活动环节学生的参与程度，要综合考查学生"知""情""意"的发展情况及"编""演"的状态，特别要考虑的是那些平时较内向、不善于表达或不肯发表见解的学生的参与情况，对症下药。教师要提供更多的机会，让这些学生也参与到课本剧的编演中来，达到真正的全员参与。而且要重视对学生在参与中的情感、行为进行积极评价，也就是要"重过程、重体验、重感受"。强调学生在自身的实践和体验中，培养情感，发展能力。教师在评价活动时，要注意抓住学生在编演中的情感和行为的细致变化，适时点评，适度点拨，这样必然能鼓励学生以更积极的心态参与课本剧编演。同时，也应重视评价的多样性，避免评价的单一性，以免挫伤学生学习的积极性。因为评价最终还是为了激发学生学习的积极性，不能让学生过早地受到打击，遏制了其人格的形成与发展。

如：有位学生在表演"乌鸦听了狐狸的话，得意极了，就唱起歌来"这一情节时，她昂起头，展开双臂作扑腾翅膀状，边转圈边用动听的歌喉唱了起来："乌鸦乌鸦真美丽，黑黑的羽毛多光滑……"教师让学生评议她的表演。学生纷纷提出了自己的观点，有的学生对她能用"昂首""拍翅""转圈"表演出乌鸦听了狐狸的恭维后的得意样表示赞赏，有的学生根据平时的生活经验提出乌鸦叫声难听，她唱得那么动听是不符合客观现实的……

如此一来，学生通过评析，再次加深对课文内容的理解，还说出了自己对作品的独特体验，有助于培养学生的语言表达能力和鉴赏能力。

总之，编剧，能让学生更深入地理解课文；排练，能让学生在活动中发展；表演，能增强学生的自信心；评价，能让学生不断地完善自我。如果学生对编演课本剧有了一种喜爱感，这种喜爱感将从根本上解决学生对课本的没兴趣或只停留在简单的机械化的"识字、写字、读书、背书、做题、答题"的状况，一改过去被动学习的局面，取而代之的是喜欢学习的积极氛围，从而带领学生走向新课程的领域。

二、评价方法

别人评价自己时，要引导学生学会倾听，学会接纳别人的意见。子曰："三人行，必有我师焉。"每个人的能力都是有限的,都会有许多不足之处,学生正处在学习阶段,接受别人的意见是非常必要的,这时不仅要勇敢自信地展示自己,更要虚怀若谷地欣赏别人,学习别人。所以对于别人提出的意见,同学们也一定要做到虚心接受,有则改之无则加勉。

在评价别人时,要注意说话的艺术,要学会委婉地评价别人。比如在别人演出后,先找别人的闪光点予以肯定,然后再说"如果你能在某某方面再注意些的话,如果你能在某某方面表演得再好些的话,我以为会更好",或者说"我谈一下我的不成熟看法,希望能和你商榷",这样效果会更好。评论要到位,要有一定的深度和广度,多挖掘文本,学会认真地思考与探索,严谨地组织语言。

三、评价效果

点评过程,是一次很好的交流过程。教师只需做简要归纳小结,这样不仅避免了长篇课文教学中一言堂的单调乏味,也使得同学们的学习积极性倍增。有同学会说:"我很喜欢这样生动活泼的课堂,让人在轻松快乐的气氛中学到了知识,场上的主角就是我们自己,希望今后有更多的机会,相信我们会做得更好。"

无论是编演过程还是欣赏过程,在评价中学生对原课文的理解已提高到另一层次,此时,再次让学生理解课文,教师可提出几个相对高要求的问题让学生讨论,以达到研究性学习的目的,实现综合水平的新飞跃。问题的设计,能充分体现学生在学习中的主体地位,激活学生学习的主观能动性,提高学生学习的兴趣。师生在讨论时情绪高昂,思维灵敏,争辩激烈,形成了很强的对抗性。也正因为如此,才能让各自的智慧在碰撞中闪光,迸射出耀眼的火花。

第五章
当前小学课本剧存在的问题分析

第一节 当前小学课本剧的现状及存在的问题

一、小学课本剧的应用现状

(一) 小学课本剧的概况

从"五四"时期课本剧的萌芽,到1986年"课本剧"的正式问世,再到后来课本剧逐渐出现于各地的校园与之后的逐渐衰落,最后随着新课改的开展又逐渐被重新重视,课本剧经历了一段起伏跌宕的历程,如今在课堂上与课下的综合实践活动中,我们又看到了课本剧的身影。学校开展课本剧教学,拥有自身的传统理念和资源优势,注重营造学习氛围,营造浓厚的学习环境,甚至倡导多学科渗透,全方位推进的教学模式。特色课程是体现学校特色的重要载体。以课本剧为特色,把其当作学校实施素质教育的突破口,有目的、有计划地开设相关课程;从短剧到经典故事的创编,甚至形成了独具特色的校本戏剧课程和教材,从而丰富学校的教育教学活动。以课本剧为突出特点的课程,以学科课程为基础,充分挖掘教材中承载的戏剧元素,将其融入学科教学中。同时,学校也在探索以戏剧课程为纽带,以语文学科中的中西经典课文为主题,把语文、音乐、英语课程与戏剧课进行跨界整合与拓展,形成戏剧综合课程体系。

在所有展演的戏剧中,不得不提英语剧《汤姆·索亚》。这是小学最受欢迎的戏剧之一,曾获奖无数。同时,该剧也是学校开设戏剧课程的开端。一出戏剧诞生了一门特色校本课程,很多相关学校的校长都曾经提到这一点,同时也结合传统文化开发了《坐井观天》《曹冲称象》等传统戏剧,以此来"孕育中国灵魂,开启世界眼光"。

首先,小学的戏剧课程,将知识学习与运用作为学校的特色活动,坚持不懈地开展下去,并不断地提升学生的学习兴趣,逐步形成了学校的"戏剧文化特色"。

其次,很多学校,充分整合校内外资源,互建图书馆,互相交换教材,一起创编戏剧。戏剧课程主张学生在课堂创设的情境下编撰故事,创编剧本,小组合作表演课本剧,形成小学课本剧教学模式。

最后,小学独具特色的新格局,对其小学特色课程的应用起到了非常重要的作用,也为小学课本剧的实施做好了环境铺垫。小学的戏剧课程逐渐演变至课堂中,学生们不但可以在戏剧演出中进行表演,还可以在课堂中学习语言与运用知识。从全国各地课本剧的精彩表现和学校一个个精彩的节目,不难看出特色课本剧课程托起了学校特色的实践。本章主要在结合了小学课本剧的概况上,分析出小学课本剧的资源,从教师群体、校本课程、校本教材以及活动项目这四个方面,分别论述小学课本剧的途径,总结实施课本剧教学活动的教学流程和不同教学活动特点。

(二) 小学课本剧的资源

教师、家长、学校、学生是课本剧编排和实施的主要主体,正确合理地应用课本剧教学模式,有助于这四个主体的互相配合,携手建立有机的课堂教学模式。从校内、校外两个维度对个案 M 小学如何应用课本剧的资源进行了分析(如下表 5-1):

表 5-1 小学应用课本剧资源表

校内小学课本剧资源	人力	特色教师群体学生	教师的教育教学水平 教学能力
			编写课本剧教学设计 学生对学习的兴趣
			学生参与课本剧的激情
	物力	师生互动	教师和学生口语交流表达的水平
			教师和学生之间情节的创设
		小学教材	人教版教材
		媒体	授课教室
			情境教学活动室
	环境	小学学习文化环境	课本剧社团
			文化长廊
校外小课本剧资源	人力	家长	家长对小学生课本剧排练的支持态度
			家长对小学生课本剧练习的辅助作用
		其他人士	文化人士
	环境	家庭及社区学习环境	小学生家庭及社区生活中创设的学习情境
			小学生家庭及社区中提供的学习途径
	物力	媒体	戏剧、音乐剧等

(三) 小学课本剧的途径

虽然课本剧的编写原则与编写流程方面资源极其有限,基于实践初步探讨小学课本剧的途径。为进一步阐述课本剧的实施详情,下文将从教师、校本课程、学校环境、活动项目这四个方面来分别介绍小学课本剧的途径。

1. 形塑特色的教师群体

鉴于小学教师的学历状况、教学水平和专业素养等都会影响到课本剧的应用效果及教学质量,形塑具有特色的教师群体,是满足课本剧实施和保证课本剧课堂效果的需要。首先,注重教师的聘任。小学应适当引进师范专业的应届毕业生,形成合理的人才结构。比如,在有了专职的教师后,每年引进1—3名优质师资,可以更好地优化师资队伍,提升师资队伍的综合素质。其次,注重分层培养教师。针对新手型教师、熟练型教师和专家型教师,运用不同的途径促进教师群体的专业发展。在教师素质方面,重视师资培养,通过送出去及请进来的方式提高教师水平,鼓励教师坚持提升基本功。总之,形塑特色的教师群体,一直是小学推进戏剧课程表演,不断给学生创设良好学习环境的一项重要举措。只有从源头上保证教师群体的专业素养,才能保证课本剧实施主体的教学水平。

2. 形成特色的戏剧校本课程

小学的校本课程包括补充类课程和扩展类课程,比如戏剧课程、影视欣赏课程和社团等非定向课程。小学在课程方面跨界整合,构建戏剧综合课程体系。课程理念基于实用主义教育学的"从做中学"理念,让学生通过课堂上的对话、模仿、表演、唱歌、游戏等教学活动诱发学习,激发潜在学习动力,从而在真实自然的情境下自如地表达交流。小学的戏剧课程的设置分为低年级和高年级两大类。低年级(1—3年级)的戏剧课程主要是背诵一些经典台词,为之后的排练和表演做铺垫;高年级(4—6年级)的戏剧课程则组织学生排练一些创编的中外经典儿童剧。结合学校教学的实际,高年级的戏剧课程大部分都是每周一课时,课程安排如下表5-2所示:

表5-2 课本剧课程安排

步骤	课堂内容	组织方式以及活动	课后作业
观看戏剧视频	了解儿童戏剧的常识,观看一些经典儿童剧	教师讲授常识并且播放视频	课下进行练习,便于以后的模仿
人物对白的训练	学校戏剧课程中含有对人物对白的专项训练,帮助学生掌握任务形象	讲授一些台词,引导学生掌握语音语调,教师进行现场纠正	由3—4位同学组成一组,进行角色扮演的对话练习
人物表情训练	特定的戏剧情境要特定的表情,在课堂上开展一系列的表情训练,比如微笑、大笑、气愤以及哭泣等	教师先做出示范,学生可以进行创造性模仿,并在表情训练时及时地加入台词	自行加入台词并放入表情之后的表演
人物动作训练	在舞台上,对动作的理解以及把握对于小学生来说有一定的难度,因此需要进行特殊的指导	负责戏剧课的教师引导学生尽可能对每个动作引导到位,在揣摩台词的过程中把握动作的表演	详细揣摩台词并进行背诵
短剧排练与表演	专项训练之后,加入表演	将短剧排练贯穿于每堂课	学生运用所学的知识练习表演短剧
戏剧排练与汇报演出	学生在前面的专项训练之后已经掌握一定的戏剧表演基础和台词背诵基础	排练一些经典剧目	学生积极报名参加演出

3. 构建特色的学校环境

所谓学校环境,就是一个由学校创建的能激发和诱导学生自觉地学习并运用的环境。学生在学校创设的环境和社团中充分感受语言和文化的魅力,还可以在各种情境下与同伴们进行即兴演出,提升综合素养、丰富课余生活。

4. 创设特色的课本剧活动

目前,很多国内小学与校外专业艺术机构建立了长期友好合作关系,开辟了学生友好交流学习的渠道,开展交流活动,举办朗诵、表演、短剧,课本剧社团等,每周有固定时段开展丰富多彩的节目排演活动,师生共同参与剧本编写、服装道具设计、背景音乐选取等课本剧活动,开展"小学新课程探索教学观摩与探讨会"等。总之,学校师生可以不断探索创新,积极设计,全力推进相关活动开展。

课本短剧已经逐渐成为学校教学发展的亮点。课本剧表演为学生提供了所学知识应用和实践的机会,学生的综合素质得到进一步提高。师生协同讨论,小组成员的默契配合,促进了课堂教学的融洽性,更好地发挥课本短剧在教学中的导向和动力作用。

(四) 小学课本剧的教学实践

不管是小学根据自身学校特色设置的戏剧校本课程,还是类似于一些学校开设的《戏剧表演》选修课或社团课等,这些活动是以课本剧为载体,用表演将课文搬上舞台,但并没有贯穿到小学课堂的每个教学环节中去,怎么样才能将其功效最优化,将是教师需要思考研究的课题。

在课本剧教学模式的指导下,按照相应的原则和流程,才能将其合理地应用在小学教学中。当前面临以下客观条件:① 教材内容不适合编排课本剧。② 教学时间不充足。③ 学生应试教育大背景。将这些不适合使用课本剧教学模式的教学情况除外,教师们也会担忧如何在课堂上应用课本剧。下文将从课本剧如何实施的角度具体阐述小学课本剧的教学流程和教学片段。

1. 课本剧的教学流程

(1) 按照教学模式的类型划分。

从教学模式的类型来说,教学模式主要有三类:① 替代型教学模式,即教师以传统的讲授法给学生呈现课本知识,让学生学习现成知识的一种教学模式。② 生成性教学模式,即在课堂上将学生看成知识意义的主要建构者,教师不再占有主体地位,反而扮演帮助者和促进者的角色。③ 指导性教学模式,即将前两种教学模式结合起来的教学产物。它在替代型教学模式和生成性教学模式中扬长避短,使两者相得益彰。课本剧应用于小学课堂所运用的教学模式属于第三类。

排演课本剧时,按照教学意义生成方式中的指导性教学模式可分成三个步骤:演出前活动、演出中活动和演出后活动。实施步骤具体如下表显示:

表 5-3 课本剧实施步骤

	演出前	演出中	演出后
实施步骤	教师利用图片、音频、视频等多媒体向学生讲解课本剧的知识背景,介绍每个角色的外貌、性格等特征	学生自己对墙镜揣摩台词、表情、动作	朗读课本:演出结束后,同学们再次朗读课本,重新体会人物性格,加深印象,提高阅读和理解能力
	讲解完剧情大意,通过图片、视频等形式启发学生想象剧情的发展情况	学生与自己扮演对手戏的同学进行对白练习,相互学习和改进	复述大意:在演出后让学生积极回忆剧情,并用对课本剧的剧情进行复述
	教师分配角色,下发该角色的台词和解说,让学生自己体会不同角色的台词和情绪	学生在教师的指导下进行当前剧目的多次排练,在演出中的过程引导学生倾情出演,模仿并创造自己角色的新意	学生发表意见:学生在复述课本剧的剧情之后,谈论自己对这出课本剧的看法,并用作与同伴进行交流
	教师带领学生朗读不同角色的台词,请同学分组合作,相互示范学习,帮助学生进入角色	进入角色	学生再创造:教师启发学生按照自己的想象排练一些课本剧延伸故事、歌曲、小品,或者角色互换等形式,让学生对剧情进行再创造

(2)按照课堂实施的主体划分。

将课本剧实施于小学课堂,教师该如何详细指导学生又如何让学生作为课堂的学习主体呢?具体操作上,课本剧的教学流程可分为以下六步:

导:学生在不了解课本剧的教学流程前,会对需要自己思考操作的课本剧产生畏难情绪,虽然有兴趣参与却增加了学习负担,影响参与课本剧的意愿。如何克服学生在组织课本剧前的畏难情绪?实践中可以这样操作:首先,分好小组,注意每个小组各层次水平的搭配,以好带差,达到全组一起融入课本剧的境界,让各个小组对整个编演过程的难点有充分的思想准备。其次,教师要扮演好指导者和引导者的角色,参照支架式教学理念,先引导学生利用手中网络资源,查找相关工具书和资料等,帮助学生排疑解惑,挑出设计错误。通过多媒体播放,让学生观看一些精彩的课本剧视频或片段,并让学生对其进行模仿与改进,培养学生的自主探究学习能力。

选:让学生充分讨论后从课本中选出要表演的篇目,根据主题编写学生喜爱、活泼新颖、积极向上、贴近学生生活、易于激发学生学习兴趣的短剧,引导学生创设情境。教师可以从课本中选择出一些故事情节出彩、便于展开想象力的内容,让学生随心所欲的构思和交流,开展头脑风暴活动,切实激发学生的活力和兴趣。这样自由展示的方式既帮助学生巩固了新知识,也一起复习了旧知识,并有可能引出因旧知识产生的新感想和新领悟,深入体验学习内容。

读:教师带领学生反复阅读课本,让学生认识到课文主要是在讲些什么。再给学生播放课文相关视频或音频材料,反复几次,然后让各小组在组内一起讨论,发现难点,教师统一给全班进行讲解,重点突破。最后,就小组分工合作交上来的剧本内容,共同读一读,调整相应的内容及动作,不断优化。

编:课本剧编写的过程中,最容易造成预设性太强的倾向。即教师全权处理,以自己编写的剧本来给学生分配角色,然后要求学生背诵角色之间的对话。这相对束缚了学生的想象力和创造力,不利于提升他们的综合素质。教师应该转换角色,把课堂主动权还给学生,让小组自己分配任务,人人出主意,几个人合作写剧本;也可以把任务带出课堂,几个小组群策群力,共同编排表演。通过让小组合作编排剧本,以小主人的身份开展学习。

演:对于这些孩子来说,课本剧是一个新鲜的事物,开始很难适应,有可能会造成课堂的混乱。为了避免这种混乱,教师不仅要放权给学生,也要在旁予以引导,一方面注意给学生营造表演前的轻松氛围,另一方面还要在学生不知不觉间管控好课堂的秩序。在课本剧表演开始前,可以做以下准备工作:安排各小组根据自己的剧本情节需要布置教室,注意小组成员的服装道具,安排好助威团,采取分小组竞赛方式等,让每个小组在表演中都能获得成就感。教师可给予动作、表情、对话上的指导,并在课堂上创造各种有利的外在条件去引发儿童对课本剧表演的兴趣与创造能力。

评:教师在各小组的课本剧表演后,带头根据表演评价量表做出客观公正的评价。引导学生进行表演后的反思,判断这出课本剧在表演后有没有完成教学目标,加入的表情动作是否反映了当下角色的真实心情,剧本是否足够精彩,还需要哪些修改,需不需要交给教师审阅等。这样形成融合了自我评价、学生互评、教师评价及家长评价为一体的评价体系。对学生的表演进行学期评价采取的是评价量表形式(如表5-4),评委成员可以由"任课教师+N名学生"的形式组成。

表5-4 小学戏剧表演评价量表

序号	戏剧表演评价	分数值
1	普通话是否标准、声音清楚,语速是否适中	
2	能有较好的台风并能有生动的肢体语言	
3	语言表达是否自然流畅,表演是否具感染力	
4	服装、道具、舞台背景准备充分,富有童趣	

2. 课本剧教学模式下的教学活动

课本剧的教学流程并非全部按照导、选、读、编、演、评这六个步骤依次实施,在教师判断当下的教材内容不适合开展课本剧教学,或课本剧教学不符合教学计划时,可相应舍弃某些烦琐的教学步骤,只应用课本剧教学模式下的其他教学活动,设计好课本剧课堂活动的穿插,以实现课堂教学效果的最优化。

从很多小学课堂可以发现,课本剧教学模式更关注学生的主体地位与教师的教学技能和教学策略的使用,促使教师不断提高专业文化知识和教学技能。小学有经验的青年教师会从网上收集大量和课本内容有关的图片、角色对话、故事、游戏、歌曲、字谜等材料做成教学幻灯片,用多媒体展示给学生,融入课堂的每一环节,更好地培养学生的综合能力,给学生提供一套行之有效的教学模式。通过介绍的小学课本剧的实施环节及其他小学课本剧的不同课型教学片段,让小学教师掌握由课本剧延伸至课堂所包含的多种多样的教学方法,再依照课本剧导、选、读、编、演、评这六个步骤设计整节的完整的课本剧表演,使学生敢于开口大胆地表达,与同伴交流,提升综合素质。

二、小学课本剧应用中存在的问题

课本剧是小学教学的一种很好的教学辅助手段,也是开展综合实践活动的一条有

课本剧创编

效途径,对于学生与教师都有良好的促进作用。但是,在开展课本剧活动的过程中仍然存在着一些不足之处,具体表现如下:

(一) 表演角色有限,多数学生缺乏参与机会

从20世纪80年代课本剧开展以来,课本剧在全国范围内如火如荼地发展起来。为贯彻落实《中共中央国务院关于进一步加强和改进未成年人思想道德建设的若干意见》,由中国青少年发展服务中心、中国少年儿童手拉手艺术团举办了全国及地方各种课本剧比赛。为了代表学校取得荣誉,及锻炼培养学生的素质,许多学校积极参加课本剧比赛,由此在小学中也应运而生了"精英化"的课本剧形式活动。

课堂中课本剧需要表演且需要观众的特点,每次只能少数同学参与,多数同学成了消极旁观的观众。教师更多地关注参与课本剧表演的少数人。我国的基础教育是全面普及的教育,课本剧教育实践更应体现这一理念。在课本剧基础上,更好地集合戏剧与教育的关系、进行互动,是必要的趋势和有益的探究。

课本剧教育实践应寻找合适的创编课文或素材,充分保留戏剧性和教育性,强调普通学生的参与性与戏剧的艺术性,保留课本剧的集体参与性。以学生发展为本,面向全体学生,突出体现义务教育的普及性、基础性和发展性。

(二) 小学课本剧选择范围狭窄,表演性不足

小学课本剧教学内容主要涉及剧本的选择,选好剧本也是实现教学目的的重要一步,选材不当直接会影响教学效果,打消学生的学习兴趣。目前,小学课本剧剧本选择比较狭窄,局限于教材,虽然在一定程度上加深了学生对课本的理解,但是却限制了学生的表现力、思考力和创造力。剧本要鲜活、真实和生活化,著名教育家杜威提到过"教育即生活"。课本剧的选材要贴近生活,既能激发学生学习兴趣,又能培养学生正确的价值观,达到教育生活化的效果。

《新语词大辞典》中,对于课本剧的解释是:指根据中小学课本中的课文(一般都是文学作品)改编的剧目,它把文学作品变成戏剧作品。无论是文学作品,还是戏剧作品,课本剧首先是一个"剧","剧"就要有一定的可表演性,必须要有一定的故事情节做支撑,甚至人物之间要有一定的矛盾冲突。因为小学生自身能力的局限性,我们并不要求小学课本剧完全成为一个戏剧作品,但是课本剧一定要有故事情节做依托。然而,许多教师由于自身对课本剧教学理念的认识不足,在课本剧的选材上缺乏一定的故事性和可表演性,学生的参与只体现在活动时的简单对话。这样简单的对话并不能称作课本剧,因为它缺乏课本剧中人物情感的表达、情节的转化以及一定的故事性。选择课本剧创编选材一定要规避缺乏表演性的文本。课文文本要转化为课本剧剧本就需要故事有情节可看,事件有起因、经过、高潮和结果,有比较尖锐的、能够吸引人的矛盾冲突。

(三) 课本剧的认识局限

小学教师的个人教学任务繁重,很少有时间自我完善职业专业素养与戏剧表演知识的学习。"学校重视升学率、学生课业负担过重",是目前普遍存在的问题。这一问题

又阻碍着课本剧活动的发展。有些学校或教师认为课本剧活动浪费时间,所以不支持开展课本剧活动;有些则认为课本剧教学活动效果滞后、课堂不好控制,同样一个教学目标采用传统"填鸭式"教学方式就能够达到。针对以上认识,可以反映出两点:第一,他们没有认识到课本剧有形式多样性、综合性和实践性,不能有效地使用课本剧丰富教学;第二,他们没有从长远来看课本剧对学生终身发展的益处,对课本剧活动缺乏认识,是目前运用课本剧进行教学思想观念上的障碍。

(四)学生自主选择权受限

在课本剧的教学实践活动中,从剧本的选择、编排到演出基本都由教师负责,且多从成人的思维角度考虑,学生参与度少,基本上以接受、听从、服从为主。比如:教师打算让学生表演寓言故事(狐狸和乌鸦)。分配完角色后,教师让学生对着改编后的台词进行表演练习。在几遍彩排之后,一个同学对教师说:"老师,我觉得那个狐狸还可以再加上几句话,那样才更显狐狸的狡猾。"教师不耐烦地说:"没关系,你说的那样太麻烦了,就按老师给你的剧本编排吧。"学生只好不作声了。

从这个案列我们可以看出,课本剧教学呈现了教师完全主导的局面,忽视了学生的主体性,限制了学生的选择权。课本剧教学追求的不是一种理想效果,课堂本身应该是一种动态生成,应该给学生更多的自主选择权。

(五)小学课本剧教学评价单一

目前小学课本剧教学评价较为单一,多是简单概括性的评价语言,教师的教学评价语言不具有针对性,容易打消学生的主动性以及课堂参与性。教师的评价语言应该对学生的具体表演、学生的表达、神态动作等具体方面给予及时有效、具有针对性的评价和反馈,更好地实现课本剧教育评价的激励以及诊断等功能。

目前,在小学课本剧教学中,教师很少为学生提供自评或者互评的机会,课堂评价一般以教师评价为主,同学间互评机会很少。新课标中要求在各类评价活动时,学生都应该是积极的参与者和主动的合作者。小学课本剧也应该突出学生的主体地位,让学生成为教学评价的参与者。小学课本剧教学评价的多元主体性有助于学生充分诊断,明确努力方向和目标,不断提升成长。小学课本剧教学评价体系要有利于促进学生综合素质的发展,同时应采用多元化的评价方式。

第二节 关于问题的分析

小学课本剧教学实践在内容、实施和评价等方面都存在一些问题,而问题的背后必然会存在相应的原因。小学课本剧教学自身的局限性、师生缺乏对课本剧教学理念的认识、师生教学负担过重以及教师缺乏对学生性格以及个性的培养等,这些都是小学课本剧在应用中产生问题的原因。

一、课本剧编排的复杂性

小学课本剧的编排是一个长期而又复杂的过程。整个编排过程大体分为三个阶段，分别是任务准备阶段、任务实施阶段、任务后阶段。任务准备阶段主要包括组长的选定、小组的成立、任务的布置、道具的制作、角色的分配等；任务实施阶段主要包括成果的展示；任务后阶段主要是教师和学生的评价。整个课本剧教学过程耗时较长，教学任务复杂，教师必须全程参与指导。学校教师往往教学负担很重，小学课本剧教学实施起来比较困难。

二、缺乏课本剧教学理念认识

现在激烈竞争的社会环境、学校之间的互相竞争、家长的期待，导致在小学阶段的学生都把成绩和分数摆在首位。虽然教育部门多次进行改革，希望学生得以减负，但实际情况并不理想，这一局面已经严重影响到学生的全面发展。部分教师缺乏对课本剧教学理念的认识，没有认识到课本剧教学形式的多样性以及课本剧教学影响的长远性，拒绝影响教学的活动，即便参加，也往往是"重在参与"式地完成任务。

事实上，课本剧创编作为一种教学形式，能激发学生基于文本故事创编成课本剧的过程。在创编的过程中学生利用已知的知识，将简单的故事语言丰富和续编，这本身就是一个充满创造性的过程，能潜移默化地培养学生的发散性思维、迁移性思维和批判性思维，提高学生写作方面的创新能力，学生的阅读能力和理解能力也得到相应的提高。所以教师和学生们都应该积极地看待课本剧创编。

三、缺乏动态生成

小学课本剧教学本身就是一个动态生成的过程。这种动态生成的教学是根据课堂中学生的表现，随时调整，让学生成为真正的主人。但是，在真正的课本剧教学中，教师往往不敢放手。即使教师想要给学生选择的权利，也往往十分谨慎。尤其是小学阶段，学生的心智并不成熟，本身处于活泼好动、不计后果的阶段，教师并不敢真正放手。

大多数的小学课本剧教学的预设太多，导致学生自由发挥的空间较少，不利于学生个性化的发展。教师过多插手课本剧的编演，就会在潜移默化中将自己的意志融入其中，不利于学生对剧情和角色的揣摩。小学课本剧的功能之一就是培养学生的兴趣、锻炼学生多方面能力的发展。教师预设只会让学生被动接受教师传授的知识，这和传统的"填鸭式"教学又有什么区别？把课本剧教学当作一种理想课堂，它展示给我们的必然也是虚假的、预设的、不真实的教学场景，严重影响小学课堂教学的有效性。

四、缺乏对学生性格的培养

人的性格并非与生俱来，而是随着人生历程逐渐发展而来。经过长期的研究，心理学家发现，儿童时期是个体性格形成的关键期，未来的各种行为习惯和行为模式都会在这时打下基础。如果在此时忽略孩子性格的培养，那么长大以后再期望孩子形成健全的性格就比较困难。除此之外，性格直接影响到学生的社会交往，因此对学生良好性格的塑造也是学校教育的重要目标之一。

由于小学课本剧自身的局限性,剧情表演不能包括全体学生,所以有些学生必然受到表扬,有些学生则必然受到冷落。然而在实际教学中,许多教师往往忽略对学生性格的引导,致使经常参与表演并受到教师表扬的同学骄傲自满,未参加表演的同学孤僻自卑。我们在教学中经常看到这样一种现象:经常爱举手的同学,他们的性格更加开朗,愿意在班级中展现自我,也经常因为回答问题受到教师表扬,因此他会越来越积极。那些性格内向不愿意表达、不爱举手的学生,一般比较胆小害羞,往往不愿意发言,渐渐地就成了班级里的边缘人。在小学课本剧教学中也存在这种现象,如果教师缺乏对学生性格的引导,对于不愿意参与表演的同学,不予理睬或者根本没有注意到,十分不利于学生性格培养。其实很多时候,这些学生们更渴望得到教师的关注,他们不是不愿意参与表演,事实上只是怕出丑,怕表现不好被其他同学嘲笑。只要教师积极鼓励、引导学生,而课本剧教学就是塑造他们性格的大舞台。

除此之外,教师缺乏对学生个性化的培养。"一千个读者就有一千个哈姆雷特""世界上也没有两片完全相同的叶子",每个学生都有差异,教师要发现学生身上不同的闪光点。教师如果对学生根本不熟悉,自然就谈不上学生个性的培养。教师如果缺乏对学生个性的了解,在选定角色时也很可能判断失误,导致原本适合演主角的学生去做了后勤(帮忙搬道具等),而适合制作道具的学生去做了主演。久而久之,学生的特长得不到发挥,课本剧教学的功能得不到展现,在日积月累中学生也就失去了对学习的兴趣,严重影响自身的成长和发展。

五、受当前评价体系影响,小学课本剧教学很难受到重视

毋庸置疑,学校对一个学生的评价仍是重视成绩,对教师的评估更多的是看该教师所教学生的总体成绩。在这种不合理的评价机制下,在中考基本上不涉及戏剧方面知识的背景下,导致了一部分教师对课本剧教学采取冷处理的方式。针对这一现实,高速高效的课本剧教学成为广大教育工作者必须深入研究的问题。那么如何开展小学课本剧教学才能更有效率且更有质量呢?需要对课本剧教学的策略进行更近一步的研究。

六、对课本剧创编认识不足

现在激烈竞争的社会环境、学校之间的互相竞争、家长的期待,导致在小学阶段的学生都把成绩和分数摆在首位。虽然教育部门多次进行改革,希望学生得以减负,但实际情况并不理想,这一局面已经严重影响到学生的全面发展。很多教师的教学工作比较功利化,拒绝一切影响教学的活动。即便必须参加,也往往是"重在参与"式地完成任务。这主要是教师没有认识到课本剧创编的作用和优势。理论认识不足,课本剧创编过程烦琐,方式和原则比较复杂,创编时间不足也是课本剧创编存在问题的影响因素。

课本剧创编是比较耗时耗力的过程,过程中需要教师不断修改和指导。很多教师不理解,这么烦琐的过程,似乎对于学生的学习成绩提高不大,为什么还要进行?因此,在日常教学中,很多教师宁愿进行传统的教学也不愿意进行新的尝试。教师对课本剧创编认识不足也是造成消极对待课本剧创编的因素之一。课本剧创编作为一种教学形

式,能激发学生基于文本故事创编成课本剧的过程。在创编的过程中学生利用已知的知识,将简单的故事语言丰富和续编,这本身就是一个充满创造性的过程,能潜移默化地培养学生的发散性思维、迁移性思维和批判性思维,提高学生写作方面的创新能力。在课本剧创编的过程中,不可避免地需要用到新的词汇和表达,学生需要查找和学习新的语言知识,开阔思维和提升水平。如此积累下去,学生的学习能力自然也就得以提升。在创编文本时,学生的阅读能力和理解能力也得到相应的提高。所以教师和学生都需要积极看待课本剧创编。

七、课本剧创编本身的烦琐性

课本剧创编过程、方式和原则的复杂性,是造成课本剧创编复杂和烦琐的主要原因。首先,过程烦琐,教师要将适合创编的课文分类和整理出来,并按照年级特点和学生的学习内容将课本剧整合后进行任务分配;然后是形成初稿,教师要逐份阅读批改、注解并反馈给学生进行修改;再进行第二次修改和第三次修改。如此循环反复,自然过程烦琐。其次,课本剧创编时要求根据不同的文本内容进行具体创编,有一定的原则和方式,并不是可以随意创编的。对于小学生来说,让他们能运用好课本剧创编的方式和原则来创作剧本,需要很多时间和训练。对于这样复杂和烦琐的教学任务,教师必须要参与指导。但是,教师本身教学任务重,学生的学习压力大,师生双方都很少有时间去创编和不断修改课本剧。烦琐的过程、复杂的方式和原则,都是导致课本剧创编不足的原因。

八、课本剧剧本创编时间不足

创编剧本的篇幅比较少和剧本创编频率比较低,原因往往是创编的时间不足。这主要由两个方面的原因造成。一是教师的教学任务比较重。教学工作耗用掉教师的大部分时间和精力,教师为了完成教育教学任务,必须兢兢业业,全力以赴。社会、学校、家长都对教师的教学质量和教学成绩非常看重,导致很多教师不敢懈怠,把大部分时间和精力都花费在如何快速提高学生的学习成绩上,教学和学习变得功利化。许多教师对于课本剧创编的理论认识不足,也常常使他们产生畏惧心理,进一步对课本剧创编敬而远之。二是小学生的学习负担过重。虽然学生对于课本剧创编是很喜欢的,学生也十分愿意按照自己的想法去创编课本剧。但是客观现状是学生的学业压力很大,创编时间不足,无法有质量的完成创编任务。这些压力主要来自学校和家庭。全部完成一次课本剧剧本创编,必须进行多次修改,这个过程必将花费教师和学生大量的时间和精力。教师和学生都要完成各项教学和学习任务,在有限的时间里,课本剧剧本创编必然会被牺牲。

第六章
小学课本剧优化的措施

第一节 丰富课本剧内容

一、重视剧本选材的多样性

一个好的剧本,是课本剧表演成功的前提条件。因此,选择合适的剧本尤为重要。课本剧的选材不仅仅局限于课文,随着学生阅读量的逐渐增加,教师对于小学课本剧剧本选择的范围也逐渐扩大。到底选何种剧本才能更好地促进学生的发展?

首先,小学课本剧选材应具有开放性。无论是课文还是课外书,供学生选择的内容各式各样,种类繁多。但并不是所有的内容都适合演出。教师应从学生的年龄特点以及现实相关能力出发,挑选适合小学生学习的内容。

其次,要想选出适合学生的剧本,教师必须扩大自身阅读量。学生要有一碗水,教师就要有一桶水,而且这一桶水也要是活水。教师需要源源不断地补充知识,才能更好地向学生传递知识。在小学课本剧选材中也是同样的道理,教师掌握丰富的知识,才能在教授的过程中,及时提取头脑中的阅读信息。很多教师习惯性地直接使用教材进行角色表演,我们不反对这种教学方式,但是简单地照搬课文表演,不利于拓展学生的阅读量以及学生表达能力的发展。小学阶段是学生养成良好阅读习惯的关键时期,因此课本剧选材也希望能够在一定程度上丰富学生的阅读。因此教师在选材中要关注内容的多样性。

二、重视剧本的表演性和教育性

小学课本剧教学作为一种辅助教学手段,剧本的选材要有一定的表演性。首先,要考虑到故事的情节性,要可以让学生在课堂中"演"出来,而不是干巴巴站在那里背台词,要通过一系列的动作表演凸显人物的特征。其次,教师要考虑到剧本中需要制作的道具必须简便、易操作,以免占用学生太多的时间。课本剧毕竟不同于一场精致的戏剧演出,对道具的制作没有太高的要求,主要目的在于发展和锻炼学生的动手操作能力。如果道具制作太难或者过于复杂,学生就会让家长代劳,反而不能达到鼓励学生制作道具的真正目的。再次,小学课本剧的选材要适当,教师要考虑到学生的实际情况,选材不宜过长,还要避免难度过大。当然,太短的选材也会让学生产生匆忙感,刚站到台上

几分钟,还没投入剧情就结束了。因此,选材要适中,不可过长,也不可过短。

在小学课本剧的选材方面,教师除了要注意选材的表演性,同时也要关注选材的教育性。教师的使命是教书育人,既要教书又要育人,在传授基本知识与基本技能的同时,要注重对学生思想道德的引导,必须慎重。

三、重视剧本的生活性和幽默性

小学课本剧的选材要注意生活性元素。正如大家知道的那样,文学作品源于生活,并且高于生活。因此,小学课本剧的选材也要以生活为原型。教师要善于捕捉剧本与生活之间的契合点,把自己的教学思想潜移默化地隐藏在课本剧的教学内容中,让学生在轻松愉悦的活动氛围中,感受生活,学习知识。教师要尽可能联系学生的生活经验、开发思维、培养兴趣。教育源于生活,同时教育也离不开生活,小学课本剧教学要重视学生真实情境的体验,才能有效地提高学生学习的积极性。

除此之外,幽默性也是剧本选择的主要参考之一。学生对于剧本的选择呈现出多样性,因此,剧本的幽默性必不可少。一场成功的课本剧演出,最吸引观众眼球的,除了它内在情感的展现,就是它的幽默性。富有幽默性的剧本可以提高学生的学习动力,增强教学的亲和力。

四、开展有效实践策略

(一) 支架范式指导下的课本剧教学实践

支架教学策略是建构主义者经常使用的教学范式。支架原本是建筑行业的脚手架,这里是一种比喻的说法。支架教学策略要求通过教师的指导和帮助,逐渐把学习任务及其学习管理工作转移给学生,让学生主动去发现知识、运用知识,和同伴们一起去完成更高水平的学习任务。支架教学策略指导下的课本剧教学环节如下:

1. 准备支架与课本剧教学

准备支架是教学开始阶段,教师将学生引入一定的问题情境。教师通过引导学生阅读,让学生深深地沉浸在情境中时,对文本产生兴趣,开始关注剧中人物。基于认识,让学生在创编剧本时有意把感情、想象融入进去,并在重点之处多多着墨等。这一过程主要是让学生进入文本情境,让他们有学习文本内容、探讨文本问题、主动探索文本学习方式的欲望。

2. 支架帮助与课本剧教学

支架帮助是教学发展阶段。在这一环节,教师帮助学生确定学习目标,选择学习方式。具体选择什么样的学习方式,教师可以在课堂上跟学生一起讨论。学生通过讨论会有许多想法,如看电视、听歌曲、讲故事、绘制连环画、创编并演出课本剧等。这时可继续引导学生讨论"哪一种方式可以让全班同学都参与其中,哪种方式更能实现教学目标"等话题。在排演课本剧之前,教师应该给学生明确呈现学习目标。为了实现目标,绝大多数同学选择具体的课本剧,根据学生的选择,教师采用课本剧的方式来教学。学生认为课本剧教学的形式新、内容新、方法新,这样便能调动学生学课文的兴趣、学习基础知识的兴趣和对创造性活动的兴趣。为了课本剧的清晰流畅,教师就需要根据学生的特长和意愿,帮助学生组成改编组、表演组、化妆组、道具组、场景组、音响组、剧务组、协调组、评委组等,让小组各司其职。改编组引导学生把叙述性的话语改编成对话、旁白的形式,来锻炼学生的文体转换能力;化妆组、服装组要选一些贴近时代的或者比较形象的头型和衣服;道具组设计一些与时代相近的道具,如坐具和发型等。为了让绝大多数同学都参加表演并形成竞争氛围,可以把课文分成几个场景,再把班级分成几个小组,把不同的场景分给不同的小组,再在每个小组里给同学分配不同的职务。教师也可以按照故事发展进行分组,这种分组方式中每个同学都能找到自己的位置并参与其中,肯定自己存在的价值。最后在呈现出来的课本剧中有的同学演道具,有的同学为自己的小组用口技的形式添加特效,有的同学给自己的定位是"专业跑龙套",有的同学组织人员,进行协调和调度,有的同学是专业摄像,有的同学是评委等,总之,每个同学都动起来了。

3. 支架撤销

支架撤销是教学高潮和结束阶段,此时教师要完全下放权力,让学生自己选择解决问题的方式,让每个小组都能独立探索问题和解决办法,将探究学习和组织活动的责任向学生转移。这一阶段教师的指导逐渐减少,最终确立学生自主学习的地位。学生会按照分工完成创编、排练、演出、组织与评价工作。把权力交给学生,学生会产生学习的主人翁意识,会自觉承担起相应的责任,体会到"责任"二字的意义。学生在排演课本剧后会激发他们主动探究一些问题的意识。如此,学生按照分工承担起相应的改编、排演、组织与评价工作,并自主学习研讨,通过合理的想象和联想对课文进行创造性理解。

(二) 参与范式指导下的课本剧实践

参与范式教学是目前国际上普遍倡导的一类教学形式。参与范式教学强调能让学生在自然轻松的学习氛围中,通过分组活动的学习方式、自由的学习思想、自主的探究精神、合作的学习态度,让学生体验参与学习过程的乐趣,体验身处民主环境的幸福,发现成功的途径与自我价值,促进每一个学生的全面发展。参与范式教学强调学习过程中学习者的主体性、创设情境、公平性、合作性、探究性、反思性。以学习者的发展为中心是参与范式学习活动的灵魂,情境设计是教学活动成功的保证,关爱弱势群体,消除自卑情绪是参与范式教学的不懈追求,智慧经验的分享、学习探究的互动、情感志趣的历练,是参与范式活动最完美的效果,在多元探究中走向创造是参与范式学习的成功之处,反思是锻炼能力的催化剂。课本剧排演,就是参与范式学习的一种具体表现形式。

参与范式指导下的课本剧教学设计有必要从目标、材料、步骤、实践等几方面提出一些具体要求:

1. 课本剧参与范式教学的目标要求

编演课本剧活动目标要体现综合性,既要有认知领域的目标,又要有知觉与动作领域的目标,更要有情感领域的目标。在排演课本剧之前,教师应该把学习目标明确给学生。活动目标要体现发展性,要设计一些体现学习者"最近发展区的目标"。目标要有针对性,针对不同学生提出不同目标。课本剧的教学目标可以细化得很具体,针对不同

学生根据"最近发展区"原理设计不同目标。例如有的同学只是对某个方面感兴趣,但并未深究,借课本剧排演这一活动可以让学生在此向深处研究,超越自我,达到更高的水平。有的学生比较自卑、性格内向孤僻,通过课本剧排演这一活动可以让他开始在大家面前表现自我,逐渐养成喜欢与人交流的良好习惯。此外,增加学生对班集体的热爱,使他们意识到团结合作的重要性,即达到课本剧教学的情感目标。

课本剧评价反思课上,获奖同学在发表获奖感言时会强调同伴、集体、合作的重要性。课后的随笔很多同学会写到课本剧的感染力量。由此看来,课本剧教学的目标需要一一落实到具体环节,才能起到更大的作用。

2. 课本剧参与范式教学的材料要求

课本剧教学中各小组使用的材料应该是不同的,但必须是围绕同一个目标指向。材料应该有适当的开放性,以便让小组在专门领域有所研究。在排演时相互磨合、相互学习共同进步。在具体排演中不同组分别截取不同的课文内容来编演,或者把课文分给不同小组采取不同的方式来编演,或者指定小组利用不同材料研究课本剧的不同内容。如利用文字材料、视频材料,研究课文的时代背景、语言特色、表演知识等。每个小组都可以有一种不同其他组的表现形式,更便于演完交流讨论。

3. 课本剧参与范式教学的步骤要求

课本剧参与范式教学强调协作学习是意义建构的关键。活动过程的设计要体现合作性,在排演课本剧时很重要的一个功能是培养学生的合作协商能力。后现代思想指出在事物的本性中合作比竞争更为基本。排演整个课本剧需要各个部分紧密配合才能有序、高效、良性地运转。要让学生认识到课本剧的成功演出需要参加课本剧的所有同学通力合作。最后会形成喜欢表演的当演员或导演;擅长画画和设计的搞布景或化妆;懂音乐的配乐伴奏;懂摄像的全程拍摄等相互配合的和谐画面。这个过程不仅加强了学生的集体观念和集体荣誉感,而且使学生彼此之间更融洽、更和谐。同时,学生还能学会处理排演中的许多细小烦琐的事务,如服饰道具的筹集、保管,海报的策划、张贴,以及相关的宣传和有关方面的联系等。

同时要重视活动过程的反思环节。学习者在反思中体验发展、感悟成功,有助于学习效率的提高。

4. 课本剧参与范式教学的时间要求

要演好一出课本剧需要进行大量的准备工作,需要很多时间,过度频繁地使用课本剧教学会增加学生负担,给学生带来疲惫感。因此,课本剧排演要根据课文的特点、课时及学生的实际情况而定,有效利用时间。学生最怕浪费时间,很多教师和学生对课本剧并不是不感兴趣,而是感觉浪费时间。很多教师和学生认为,学习不能完全自由,残酷的现实让学生和教师不敢积极组织课本剧,不敢投入太多的时间和精力。参与范式教育建议,课本剧活动要精心规划,不宜占用师生太多的时间。例如,课本剧活动时间可以设计两到三个课时,具体排练时间尽量利用假期、活动课等进行,演出时间和教学评价环节可在课堂完成。

5. 课本剧参与范式教学的组织要求

参与范式教学要求面向全体学生,提升全体学生的水平。课本剧教学是一种有效的合作学习方式,不能忽视全民参与性。不能给少数学生星光熠熠,大部分学生逃避学习的机会。教师作为排演课本剧的组织者,在足够了解学生的水平和状态下才有可能把这些协调好,达到人人有事做,事事有人做,人人有收获,人人都实现超越的目标。"具体可以把全班分成几个小组,小组一般四到六人,分组方式按照活动目标而定,小组成员都应该有一定的角色,为了关注弱势群体,组织者要不失时机地鼓励他们,努力调控活动节奏,组织者要鼓励学生创造。"在关注弱势群体方面,访谈中教师强调一定要多给平时不爱发言的同学机会,并设定角色,必要时可以"强迫"学生参与,让每个学生都有充分展现自己的机会。在鼓励创造性方面,一定要求学生忠于原文,创造在忠于原文的基础上进行,要忠于原文又有创新。

课本剧组织形式最常见的有四种形式:第一种是教师要求学生对课文中的一个片段进行表演,这种表演一般在课堂当时完成,不会对课文改动,是表演化的朗读;第二种是针对一篇篇幅较短的课文进行排演,可以把班级分成小组,评选出哪个小组演得好;第三种是针对篇幅较长的课文进行排演,把课文分为几个片段,由各小组合作完成;第四种是全班或学校社团由学生自己选择要改编的课文,创作并排演课本剧作品,给全校师生观赏或参加学校组织的活动。前三种的课本剧平台是班级,观众是本班学生,目的是直观再现课文,让学生进行趣味学习。后一种课本剧平台较大,或者代表班级在全校演出或者代表学校参加相关活动,对学生的表演水平要求较高。

(三)丰富范式指导下的课本剧实践

丰富教学范式是以"三环天才理论"和"个体—环境互动的优化教学理论"为依据的培养人才的教学范式。三环天才理论有三大要素:高于水平的能力(接受课本知识的能力)、执着精神(从事学习和工作时所具有的热情和责任感)和创造力(探究问题时表现出的独到的发现和解决问题的能力)。丰富教学策略中个体—环境互动的优化教学理论认为,学生个体的内部环境和学习的外部环境必须形成良性互动,才能达到优化教学的目的,环境提供机会,个人则利用这些机会展示自己的潜力。依据这种理论,设计多种层次、多种形式的学习活动,让每个学生都有机会进入创造者的行列。丰富教学有三类教学模式,其中第三种教学模式跟排演课本剧教学的目的相同。它的模式即为在研究活动和艺术创作中学生担任实地探究者的角色,学生的思维、情感和行动像专业人员一样。丰富教学策略指导我们在具体教学中要采取一定的教学策略让学习者以自然方式进行学习,让学习者在动态合作中学习,更多的关注学习者的能力和兴趣,从而做到因材施教。

第三类丰富教学活动需要教师在开展课本剧教学时,首先要确立排演这一课本剧的教学活动的目标,目的是为学生提供机会,发展他们的兴趣,利用他们现有的知识、创新的想法和对工作的执着精神为他们创造机会钻研自选的课题;在排演完课本剧后,学生可以对诸如创编、主持、拍摄、道具制作等方面进行进一步研究,在以后的相关活动中也会给予更多的关注。

其次,发起排演课本剧这一丰富教学活动、确定研究课题、研究方法,以便学生能够更加深入地了解特定艺术领域涉及的知识和方法。单从文学艺术方面,课本剧可以研

究的课题有很多,如作者生活的时代背景、课文的语言特色、剧本矛盾点、人物形象分析等等。在排演完课本剧之后,教师可以组织学生探讨造成剧情矛盾的原因,深入解析。

再次,注意征求学生的意见以便提高质量,在制订计划、组织研究、利用资源、安排时间、决策和自我评价等方面培养学生独立的学习技能。在活动中发现,征求学生意见往往能捕捉到亮点且能让学生感到民主。

最后,为学生排演的作品寻找发展平台,培养对工作的执着精神、自信心、成就感。在此策略的基础上,学生的角色已经从学习传统课业变成实地探究者,把学习内容、过程和个人的投入融为一体。课本剧属于课堂作品,课堂作品展示给其他班级看,可以提高学生的成就感,增强学生的自信心。

(四)情境范式指导下的课本剧实践

建构主义认为情境对意义建构有重要作用。情境范式是强调教师在不提供任何答案内容的前提下,学生在非常具体的学习问题情境中,利用多种学科的知识与技能,像教师或专家一样研究问题和解决问题,并且不需要独立于教学过程的测验,学习活动本身就是反映学习效果的教学范式。

1. 情境教学策略主张教师为学生创设一个具体的学习问题情境

传统方法中教师会把教案中的内容,如文章的场景、故事发展线索等逐渐告诉学生,而情境范式则主张完全由学生根据自己的理解去描绘或者设计一个即兴活动。学生展示设计的结构图或者在活动的过程中反映他们的学习智慧、学习效果和创造潜能水平。在课本剧排演过程中教师放手让学生自己去探索研究,他们会在自己负责的领域自觉钻研。创编组会像真正的剧作家一样认真钻研课文的时代背景、主人公的性格特点、课文的特色等;道具组会根据故事发生的背景认真研究,并在生活中寻找和制作惟妙惟肖的道具;化妆组会根据剧本内容、人物的性格特点为表演者设计造型等。

2. 情境范式主张将各个学科的知识、技能与学科结合起来,弱化学科界限

在编演课本剧的过程中已经不可能把学生拘泥于小小的天地了,从课本剧向外辐射了很多学科的知识,例如音乐知识、舞蹈知识、美术知识、数学知识、历史知识等。为了渲染人物的内心世界,可以用音乐、舞蹈来表现,才能把这些场面表现得活灵活现。

在创设情境时必须考虑学习目标、学习者的能力条件与兴趣倾向。教师在宣布任务之前要充分考虑到学生的能力、特点和兴趣,注意根据学生的能力和兴趣调动学生的积极性,才能让每个人都发光发热,得到锻炼。

根据上面的分析,可以看出这四种范式是以激励学生自主探求知识、积极参与言语实践、主动培养综合素质为目的,我们可以根据以上四种教学范式,确定课本剧教学计划,创设学习情境,组织课本剧教学活动,评价课本剧学习成果的最优策划。一般而言,以上四种教学范式指导下的课本剧教学具有以下特点:

(1)以学生的自主发展为目的。课本剧教学不是为了教师的教学而策划,而主要是为了激发学生的能动精神、学习热情和求知欲望策划。强调课本剧的内容,演出形式,演出时间,完全可以由学生自主决定,要充分相信学生,放手让学生自己创造、自己发展,充分体现学生的主体地位。

(2) 彰显学科特点。以上教学范式突出言语实践、思维磨砺、审美体验、知识积累、情感陶冶、技能训练等。这里有知识的综合运用,听说读写能力整体的发展,课程与其他课程的沟通,书本学习与实践活动的紧密结合。学生通过课本剧学习,来培养自己获取新知识的能力、分析和解决问题的能力以及交流与合作的能力,全面促进学生个性的发展。

(3) 注重过程和效果评价相结合。这四种教学范式都强调学生参与学习活动过程、产生快乐体验以及注重学习效率。这是课程设计的价值追求。课本剧排演的全过程要以学生为主体,教师起指导作用。评价标准应侧重对课文理解的深度、剧本改编的创造性、台词的表达力、剧中矛盾的冲突性、团队合作力等。在演出后,教师应及时组织学生讨论指出成功和不足之处,并制定具体的评分细则。

五、开展课本剧的反馈策略

开展课本剧反馈评价过程是必不可少的。这一环节可以让学习者在反思中体验发展、感悟成功进而有助于学习效率的提高。

学生表演过程中教师可以组织人摄像、录像,一方面给学生们留作学校生活的美好记忆,另一方面可以留作关于开展课本剧教学的珍贵资料来展示和反思。

表演结束后可组织小组讨论,启发学生针对不同问题进行讨论甚至是争论。为了使评价有指向性可按照动作台词能否体现人物形象、服装道具是否体现人物形象及背景、表演是否流畅、是否有创新、创新是否合理等方面来评价。这种评价可以帮助学生相互启发,并进一步挖掘文章内容,加深对课文的理解。

评价方式可以仿照奥斯卡颁奖典礼形式组成专门的评委会,依次评选出最佳男女主角、最佳导演、最佳编剧、最佳音乐制作、最佳服装道具等。为了锻炼学生的言语表达能力,可以设计一个颁奖词环节,让每一个获奖者谈一谈自己的获奖感言。也可以通过随笔、课堂讨论的方式,探讨本次课本剧的成功和不足之处,并要求同学提出建设性意见。当然,评价的重点应该放在强化学生参加课本剧学习的动机、改变以往的学习方式、促进学生交流、历练实践能力等方面。

反馈环节是开展课本剧教学必不可少的一部分,这一环节能培养学生的鉴赏、写作、语言表达等综合能力,切不可忽略或者省略过去。

六、教学范式指导下的课本剧教学要点

(一) 尊重开展课本剧教学的共同合作

课本剧教学提倡学习小组成员之间、小组之间、组织者与学习者之间的合作学习,这种学习理念指导下的学习形式有多种优点:可以从学习同伴身上获得一种激励,能够产生相互感染的行为和竞争的努力;在解决新的复杂的问题时,要形成并提出各种选择性的假设,以求最优的解决方案。在这种情况下,集体的努力显然要胜过个人的努力;对有争议的问题展开讨论,可以开阔学习者的视野,激发他们深入思考,从而促进智力的发展。也就是说,课本剧活动为学习者提供了发现和进入自己"最近发展区"的条件,

使学习者之间、学习者自身能力与学习要求之间的差距显露出来,并在同伴和组织者的帮助下缩小或消除这些差距。总之,开展课本剧教学时要做到"人人有事做,事事有人做"。

(二)尊重课本剧教学的多元化

这里的多元指教师尊重学生的个性差异、多种形式的表现手法以及学生对课文内容的多元理解。

现在小学生的思维较为活跃,表现力强。在课本剧教学中,教师要意识到尊重学生个性差异不仅能够推动课堂的民主性,还能拓宽大家的视野,迸发出新的思想火花;教师要尊重学生形式多样的课本剧表演,它同样能达到教学目的,如方言版的课本剧、音乐剧形式的课本剧、哑剧、舞台剧等,形式多样可以激发学习者的学习兴趣;教师要尊重他们在课文基础上的合理想象,多元解读。能够入选教材的课文,大都是经历时间的大浪淘沙之后最终留下的宝贵经典,会给读者常读常新的感觉。借此,教师可以激励学生多读文本,从不同角度分析问题,这样可以把学生的眼光从课本延伸到课堂外,主动去图书馆和互联网查阅相关资料。允许学生用不同的思考角度来丰富所编课本剧,鼓励学生大胆创新。在条件允许的情况下,可以在不同班级针对同一篇课文排演不同形式的课本剧。这样教师更容易发现学生智慧的火花,发现学生对课文的理解都很合理又各不相同。

(三)重视开展课本剧教学的知识建构

课本剧教学主要体现为知识的综合运用、听说读写能力的整体发展、书本学习与实践活动的紧密结合。课本剧就是让学生在轻松、自然、愉快的氛围中,在无意识的状况下受到课本剧多种元素的熏陶,知识学习贯穿课本剧教学过程始终。开展课本剧教学的过程中,学生可体会到的经验和知识是很多的,如编剧经验、表演经验、导演经验等,也可以是戏剧知识、文学知识和课文基本知识等。在课本剧教学过程中,要鼓励学生调动自身的潜力,在合作交流中生成新经验、新知识。

(四)重视开展课本剧教学的过程本身

课本剧教学不同于以往的传统教学方式,它对学生的影响作用不能通过简单的测验、期末考试的成绩来衡量。风物长宜放眼量,不能因为学生一时的成绩波动就断定学生的学习受到了影响。课本剧的教学目标是在课本剧教学过程中实现的,课本剧教学过程是否丰富有序直接影响到教学目标的实现。课本剧教学必须重视学习过程。在这个过程中鼓励学生在"做中学",这个过程比结果更重要。在课本剧教学过程中,要求学生不断对自己的思想行为、情感态度和学习策略进行反思,要求教师进行必要的指导,对学生的课本剧的读——编——排——演——评过程不断给予指导、暗示、引导。之所以强调课本剧的过程性,是想通过课本剧的综合性让学生全身心的投入,培养他们对艺术的表现力和感受力,从而使学生在交流中加深对自己的认识,最终实现自我超越。

（五）重视开展课本剧教学的教师指导

教师指导要贯穿于课本剧教学的始终。有很多学生是第一次接触课本剧，离开教师的指导学生定会不知所措。教师要指导和帮助学生确定改编课本剧的文章，因为并不是所有的课文都适合改编成课本剧；教师在开展课本剧过程中要做好"监督"工作。在具体的排演过程中，为了让学生能深入作者的灵魂把握文章的情感倾向，教师要监督学生进行必要的阅读，不深入阅读，学生就不能很好地把握。为了避免学生在改编过程中脱离主题，教师要明确坚持创编忠于原著的原则，让学生或模仿或改编或创新，但要注意把握好尺度，不能追新猎奇，过于简单化、庸俗化。为了避免剧本中有错误知识夹杂其中，教师要及时发现错误并及时订正错误。在最后的师生互评阶段，教师要引导学生从表演、课文学习、课文问题探讨方面进行评价；在开展课本剧教学过程中，教师要让学生明白导、选、读、编、演、评六步骤的具体要求。总之，教师在下放权力时不能走另一个极端，完全不管。当然要想课本剧教学保质保量完成，教师的指导必不可少。

（六）重视开展课本剧教学的质量和效率

教学质量和学习效率是一切教学活动和学习方式的生命线，课本剧教学自然也离不开这条生命线。新课程实验过程中，有些教师只追求课堂教学的热闹气氛，忽略了对教学质量的要求；有些教师为搞活动而搞活动，不懂得开展活动是为了提高学习效率；在课本剧教学过程中教师要时刻观察，及时发现学生学习过程中的缺陷，如编剧时知识点的错误、排演时没有恒心毅力、评价时错误的价值观导向等；及时地补偿与矫正，不能偏离教学目标与学习内容；课本剧教学中，要把教师的学习提示、反馈矫正和学生的参与相配合，为学生提示清晰的学习目标，激励学生积极参与学习过程，随时进行反馈矫正教学，这样才可以提高课本剧教学质量和效率。

第二节　以学生为本

一、突出学生的主体性价值

学生是学习的主体、教师教学的对象、课堂活动的积极参与者，因此课本剧教学也要突出学生的主体性价值。主体性是在教育的活动中逐渐形成和发展的，也可以说是活动生成课本剧教学作为小学课堂活动的一种也是实现学生主体性的一个重要途径。无论是人员的组成、角色的选择、表演的呈现，还是最终的点评，学生都应该具有充分的自主选择权和主动参与意识，因此，在小学课本剧教学中到底怎样才能更好地突显学生的主体性，培养学生的自主参与意识呢？

首先，要建立新型的师生关系，与学生平等相处。新型的师生关系需要以"爱"为核心，爱是将师生关系中的"我"与"你"，演变成"我们"的关系。教师既可以和学生分享成功的喜悦，同时又可以一起承担挫折的烦恼。其实，教育本身就是充满情感与爱的事

业,教师应该多与学生进行情感上的沟通和交流,与学生成为知心朋友,建立和谐的师生关系。学生只有从内心认为教师是他们最信任的人,消除对教师的畏惧心理,才能更好地提高学生的主体参与意识。

其次,积极鼓励,培养学生自信心。由于小学生的年龄特点,教师的表扬和鼓励可以增强他们的自信心和荣誉感。在课本剧表演中,教师要多看到学生身上的亮点,及时给予表扬,尤其是那些胆小不敢参与的同学,对他们的肯定和赞扬可以增强他们学习的信心,提高参与课堂表演的频率。

最后,相信学生,给予一定的自主权。教师是学生校园生活中接触最多的人,教师的信任,可以明显增强学生的自信心,发自内心地把自己当作班级中的一分子,积极参与到课本剧表演中。此外,在课本剧教学中,教师要给予学生充足的自主选择权利,教师作为学生学习的引导者,不需要每件事身体力行,适当的放手不仅可以减轻自己的教学压力,还可以让学生意识到自己是学习的主人,提高自主学习的积极性。

(一)关注学生性格的养成

良好的性格是事业成功的保证,也是人生幸福的决定性因素。小学阶段是学生性格形成的关键时期,教师应注意引导学生良好性格的形成,同时学生自己也应努力克服畏难情绪,提高自己的积极主动性。

由于课本剧教学自身的局限性,人员的设定方面,并不能达到全班学生共同参与,因此就会出现课堂成为少数学生表演的舞台,多数学生无奈充当观众角色的现象。因此,在这一过程中,教师更要重视对学生性格的培养。对于经常愿意表现自己的学生,教师要防止他们骄傲自满,狂妄自大,引导他们学会谦虚礼让,把更多的机会留给不经常表演的同学;对于不愿意参与的学生,教师要通过调查和访谈找到内在原因,鼓励学生展现自己,尽可能了解每个学生学习中最薄弱的环节,帮助学生克服学习中的难点,增强对于学习的信心。除此之外,教师要善于发现学生身上的闪光点,通过小组合作的方式,让善于写作的同学担任"编剧",让善于组织管理的同学做"导演",让擅长画画的同学制作头饰,让更多的学生参与其中,成为课本剧课堂的主体。教师还可根据学生的水平安排不同的表演任务,让学生在表演中逐渐克服自己的畏难情绪,提高课堂参与度。

课本剧活动的开展,也使学生们体会到了成功和失败,在这个过程中,学生要学会控制情绪,坚定信心,形成良好的心理机制。小学课本剧作为一种新的教学方式,在一次次的活动体验中锤炼大家的意志,锻炼大家的勇气。通过情境的设置,学生可以尽情施展才华。同时,教师适时的鼓励对于学生性格的养成也产生了积极的影响。对腼腆害羞学生的鼓励,可以让他们主动参与,大胆尝试;对活泼开朗学生的鼓励,可以帮助他们不断进取,精益求精。

总之,学生良好性格的培养是一个长期的过程,教师要利用小学课本剧教学活动,抓住时机,一切从学生实际出发,锻炼学生多方面的能力,培养其良好的性格。

(二)积极引导与合理组织使全体学生参与课本剧活动

课本剧活动要使全体学生都积极参与进去,最重要的是教师的积极引导、动员与合理组织。在开展课本剧活动之前,教师要做好一系列的工作。首先,教师要将课本剧这种形式介绍给学生,让学生对课本剧活动有一个大体的了解,知道"是什么"和"该怎么做",也可以借助多媒体播放一个课本剧教学活动实例让学生欣赏与学习;其次,对于性格比较内向、能力不强、平时不爱参与活动这三类学生,教师要积极引导,鼓励他们大胆尝试,对他们多加指导,使其缓解或消除畏惧、紧张的情绪;最后,对于课本剧的组织也要做出周密、合理的安排,尽量让全体学生都参与其中,有任务做。教师可以按照自愿的原则,看一看班里学生参与的积极性如何。如果积极性不高,可以采取分小组的形式,让全班学生都参与。在分组时注意将能力较强并积极参与的学生分配到各个小组,发挥"以点带面"的作用。并要求每个小组选出一个学生作为"导演",负责安排小组所有成员的任务、角色等。总之,要合理安排,保证每个成员都有一定的任务可做。无论任务大小与角色主次,学生只要能参与其中,必定会有所收获,或许今日的配角将成为明日舞台上的主角与导演。

(三)注重课本剧的过程性和生成性使学生更好地发展

教师不能只注重课本剧教学活动最后的演出效果。相对于最终的结果而言,教师更应该关注学生在整个课本剧教学活动中的具体表现。每个环节学生是如何分工、如何合作的,是如何展现自己的特长和个性的,是如何讨论、如何改写剧本的,是如何刻苦排练、互相切磋的,是如何克服困难、勇往直前的。教师更应该分析:在哪个环节锻炼了学生的哪种能力,学生是否通过参与课本剧活动发生了变化,得到了发展;是否每个学生都参与了,并完成了相应的任务;在课本剧教学活动中还存在哪些不足,下次应该如何改进等。这些参与的过程远比单纯的结果更加重要。

同时,相对于预设性来说,教师更要关注课本剧活动中的生成性。新课程要求从生命的高度、用动态生成的观点看待课堂教学。教师一手包办课本剧的所有内容是教师把课堂教学当作一种理想状态来设计的成果,它体现的不是真实的课堂,是预设的、虚假的、不符合动态生成的观点。这就要求教师在指导的基础上,学会适当放手,让学生自由地想象与创造。或许他们在排演课本剧过程中迸出的思想火花,比教师给他们设计好的更加明亮。教师要相信自己的学生,因为他们潜力无穷往往会带来惊喜。

(四)树立新教育观念引导学生在生活中学习

课本剧源于课本,而课本则源于生活。在进行教学时,教师不能仅盯着课本和教案,而是要树立新教育观念。以课堂教学为轴心,向学生生活的各个领域开拓延展,全方位地把学生的学习同他们的学校生活、家庭生活和社会生活有机结合起来,这就要求教师关注生活教育。

生活是一个"活课本",里面有取之不尽,用之不竭的教育素材。教师要明确:教学不仅仅在课堂之上,还有课堂之外的综合实践活动;学生不仅要学习课本,还要学会向生活学习、在生活中学习;引导学生关注生活,可以扩大教育空间、丰富教育内容、优化教育方法。学生通过观察生活、体验生活,可以学到课本上学不到的活生生的知识与经验,也可以搜集到生活中一些自然现象、典型的事例与各形各色的人物代表。在开展课

本剧教学活动与综合实践活动时,可以将搜集到的生活中的素材融入剧本中,这样编出的剧本会更加真实、合理,表演时也可以表演得更加逼真、形象。教师树立新教育观念,引导学生在生活中学习,不仅有利于学生编好、演好课本剧,更有利于提高学生整体的能力与素养。所以,教师可以大胆地把学生带出教室,让他们那一双双明亮的眼睛,观察我们丰富多彩的生活。

二、优化校内外课本剧教学资源

从学校内部资源方面来说,学校和教师对小学课本剧教学的重视,才是其发展和完善强有力的后盾。那么学校和教师要采取怎样的措施呢?首先,学校可以把小学课本剧教学作为一个专题,宣传课本剧教学的理念。同时也可以分享一些成功的教学案例,让不了解小学课本剧的教师进行学习。其次,学校也可以组织小学教师到课本剧教学实施比较好的学校进行观摩,了解课本剧教学的流程以及课堂教学效果。再次,也可以在学校中举行小学课本剧教学竞赛,教师可以在实践中发现课本剧教学的问题,及时改进。当然也可以鼓励有课本剧教学经验的教师将自己的教学成果发表出来,供新教师参考学习。最后,小学教师作为学校资源倾斜的重点,要不断提高自身的专业素养,提高课本剧教学的理念认识。总之,小学课本剧教学的顺利实施离不开学校和教师的支持。

虽然学校为小学课本剧教学的发展提供了多种教学资源,但是教学也离不开校外资源的支持。除了社区文化的发展,家长对于小学课本剧教学的支持也尤为重要。小学课本剧教学的开展离不开学生家长的支持,包括复杂道具的制作,学生也往往需要在家长的帮助下共同完成。总之,在小学课本剧教学的实施中,要优化整合可以利用的校内外一切教学资源,得到来自社会各方面的支持和配合,这样才能更好地实现课本剧教学效果的最大化。

(一)正确处理预设与生成的关系

小学课本剧教学是预设和生成的统一。没有预设的课堂像一盘散沙,教师不知道自己讲些什么,学生也不知道在学些什么。而没有生成的课堂,教师讲什么,学生听什么,没有情感,没有交流。所以,一切的教学都是预设和生成的统一。新课标中也强调,教学要面向全体学生,关注学习者的不同特点和个体差异。因此,小学课本剧教学的预设要充分考虑到不同个体的学习情况,展现课堂的多样性。

在小学课本剧教学中,剧本的选择、组员的设定、剧情的安排都属于预设范围,但这些也只是给课堂一个宏观上的指引,究竟会呈现怎样的表演还是取决于学生的自由发挥。所有的预设只是教师的一个理想状态,而所有的生成才是最终获得的结果。

课堂最真实的反馈。一位教师要面对几十个不同个性的学生,他们有着不同的家庭背景和成长经历,有着不同的兴趣爱好,他们不同的知识、经验和灵感使课堂精彩纷呈。因此,课堂不能只有单纯的预设,它更应该是课程的一个创生过程。

课堂的生成通常是以学生的思维参与和情感体验为重心,是师生在特定的教学情境中,互动交流,思想碰撞,激发灵感的过程。要想处理好预设和生成的关系,首先,教师要不断提高自己的专业素养。作为一名小学教师,它不但要求教师扎实的专业基础,还要具有良好的表达能力,这样教师才能更好地应对学生在表演中出现的问题。除此之外,留给学生充足的思考时间和空间有助于加深学生对表演的理解。课本剧的表演本身就不是一蹴而就的,它包括学生对于剧情的把握,对于剧中人物的揣摩以及语言的练习,所以要留给学生更多的思考,培养学生探求知识的欲望,这也是课堂生成。

总之,预设和生成都是小学课本剧教学中必不可少的两个重要因素,教师要正确处理预设和生成的关系,充分调动学生积极性,提高教学质量。

(二)根据课文类型及学生特点合理使用课本剧

课本剧活动要因时、因地、因课、因人制宜,切不可带着功利的目的进行操作,更不能把它当作包治百病的"灵丹妙药"而滥用。[①] 要根据挑选出来的课文的风格和形式,结合学生的现有水平和发展特点,灵活地选用教学方法。要切记,课本剧只是一种辅助教学的方法,不可能像讲授法、读书指导法等方法那样频繁地使用。并且课本剧有其自身使用的范围和要求,也不能随意地使用。当学习具有叙事性的故事、散文时,当学习具有鲜明人物性格特征及精彩情节的小说时等,才可以考虑使用课本剧进行辅助教学。学习其他类型的课文时,一般不使用课本剧进行教学,即使用了教学效果也不会好。所以,教师在选用教学方法时,心中要有一把"尺子",这把尺子能够衡量出哪些课文运用课本剧进行辅助教学能取得良好的教学效果,而不是丢掉那把尺子,随意地滥用课本剧进行教学。

(三)在尊重原文主旨的基础之上进行适度创新

编演课本剧的首要原则就是要尊重原文主旨。在尊重原文主旨的基础上,可进行适度创新。那么这个"度"该如何把握呢?首先,在增加或删减人物方面要坚持适度原则。主要人物不能删去,作陪衬或反面角色的配角也不能删去,为了表现主题还可以适当增加一两个辅助角色,但是万万不可让"辅助角色"喧宾夺主。人物的语言、神情、动作,要根据人物的特点设计,可以加入一些突出人物性格特征的现代语言与夸张的动作,但是决不能仅仅为了搞笑而不顾文章主题肆意滥用。其次,在情节的选择与增减方面要坚持适度原则。情节好似一个剧本的"骨架",只有丰富的人物"血肉"是无法组成一部精彩的戏剧的,所以在选择戏剧情节时要认真考虑。一般文章中呈现出来的主要情节是必须保留的,一些与主题关乎甚微的情节则可以考虑删去,同时也可以根据需要适当增加一些情节,以使主题更加鲜明。最后,在道具、布景、背景音乐的使用方面要坚持适度原则。这就要根据具体的课文进行具体处理,突出文章主题。在课本剧教学活动中,创新是值得鼓励的,但要在坚持适度原则的基础上进行创新,在尊重原著的基础上进行创新,在一切为主题服务的基础上进行创新。

---

① 乔能俊:《编演课本剧的五大误区》,载《教学与管理》,2004年第5期,第47—48页。

（四）恰当选择课本剧的类型以发挥其最大作用

一些教师没有深入了解课本剧，认为课本剧活动浪费时间，所以不敢尝试运用课本剧进行教学，这种理解是不恰当的。因为课本剧有多种形式与类型，教师在教学时可以灵活地选用某一种形式或类型。这样不仅不浪费时间，而且还可以收到更好的教学效果。根据三个不同的标准进行分类，课本剧的类型主要包括：片段表演类、独幕表演类、多幕表演类；即兴表演类、精心准备类；严格忠实原文类、基本忠实原文类、大胆突破原文类。除此之外，还有一种"统编综合类"，但这种类型在教学中基本上不使用。在教学中，使用最多的是"片段表演类"或"即兴表演类"，"多幕表演类"或"精心准备类"以及"基本忠实原文类"。当课堂上讲到某个精彩情节或某段人物对话时，教师可以采用"片段表演类"或"即兴表演类"，让学生用5分钟左右的时间分组讨论，然后将这个情节或这段对话即兴表演出来，从而体会文中的寓意与人物特点。当学习内容较多、情节丰富、结构连接紧密的课文时，教师可组织学生课下精心准备，进行"多幕表演"，这类课本剧活动需要花费一定的时间，所以教师要根据课文特点、学生实际情况决定实施次数，切不可频繁使用。当然，不管是即兴表演还是精心准备的表演，教师都应该鼓励学生在忠实原文的基础上适度创新，这样有利于学生创造能力的发展。总之，教师只有根据具体情况，灵活选用不同的课本剧类型进行辅助教学，才能使课本剧活动发挥最大的作用，才能使教学取得更好的效果。

三、发挥教师的主导作用

（一）通过多种途径获取学校领导及教师的理解和支持

课本剧活动能够实施并获得良好发展的首要前提，就是获取学校领导及广大教师的理解和支持，如何获取他们的理解和支持呢？可以通过以下途径：第一，国家或各省市在组织中小学校长或教师培训时，可以趁机宣传一些课本剧的相关知识与案例，让不了解课本剧的中小学校长和教师进行学习。第二，鼓励学校大力开展素质教育，关注学生的全面发展，为教师运用课本剧教学提供支持和方便。有条件的学校还可以根据本地、本校情况举办一些大型的"课本剧社区表演""课本剧校园表演"等综合实践活动。第三，有课本剧方面经验的教师与教育教学研究者要多下功夫，将课本剧实践案例与课本剧研究成果撰写成学术论文并发表出来，一是可以达到进一步宣传课本剧的作用，使更多学校的领导及教师认识、了解课本剧；二是可以供更多的一线教师运用课本剧进行教学、为研究者更深入地研究课本剧活动提供参考。第四，学校领导与教师要通过网络、书籍、会议等多种途径不断地进行学习，更新自己的教育观念，改变以往只重视学生智力发展的片面观念。要使学生将来能够适应社会，就要重视学生德智体美劳各方面的全面发展，更要重视培养学生的综合能力。所以，学校领导要支持教师的新尝试，教师在教学中也要敢于创新与尝试。课本剧活动就是一个既能使学生掌握知识，又能够锻炼学生多种能力的活动，学校领导应该给予支持，教师也要鼓励学生积极参与其中，鼓励他们以后做得更好，这样才更有利于学生的发展。总之，课本剧活动良好的开展与实施有赖于学校领导与教师的共同理解与支持。

（二）通过充实自身相关知识给予学生适当指导

教师首先要使自己具备渊博的知识，才有能力给予学生适当的指导。在组织课本剧活动时，教师不仅要具备教育学、心理学等专业知识和理论，还要了解戏剧、剧本、编剧、表演等方面的相关知识。同时，教师也要利用工作之余大量阅读教学大纲上要求的课外阅读作品。教师只有以身作则，才能够激起学生阅读的兴趣。如果教师只是一味地推荐与要求，而自己却不了解原文的内涵，可想而知，学生又怎么会有激情去阅读呢？而阅读文本与相关作品，恰恰又是课本剧活动的重要前提。教师充实了自身之后，也不要忘记"学生毕竟是学生"，他们需要教师的指导。特别是对课本剧一点也不了解且能力较弱的学生而言，教师更要悉心指导，要有耐心，要经常鼓励他们，在课本剧"选、备、编、演、议"的整个过程中，教师都要给予适时、适度、适当的指导。与学生一起选课文、编剧本、制作道具、排演、评议等。有教师在，会给学生无形中增加几分信心。课本剧教学活动就是一个"教师主导、学生主体"的活动，学生在教师的指导下才能充分发挥自身的主观能动性，才能得到更快的发展。

第三节 强化小学课本剧的教学功能

一、体验不同文化

语言作为文化的载体，无疑与文化有着密切的关系。由于语言的存在，人类的文明才得以传承和发扬，因此语言也成了跨文化交际中一种重要的工具。跨文化知识的获得可以拓展学生的视野，感受不同文化的差异。新课程标准中也强调：接触和了解外国文化有益于加深对中华民族优秀传统文化的认识和热爱。语言教学和文化教学二者相辅相成，相互依存。随着学生学习的深入，学生对于不同文化的了解也会进一步拓展，因此对教师提出了更高的要求。

一方面，教师要准确把握剧本中的文化因素。传统教学中，很少有教师会对文化知识进行系统的讲解，这就要求教师在课本剧教学中，充分利用课本剧的情境性，挖掘剧本中蕴含的文化因素，及时点拨，让学生了解不同文化之间的差异，尤其是中西方文化的差异所在。因此，教师无论是在常规教学还是在课本剧教学中，都要注意准确把握蕴含在其中的文化因素。

另一方面，合理利用主题进行文化渲染。课本剧源于生活，生活是课本剧的主要依托。因此，教师在课本剧教学中要有意识地给学生讲解不同国家的文化差异，让学生在情境中体会世界文化多姿多彩的魅力。

二、提高表达能力

提高学生的表达能力是小学课本剧教学的一个重要功能，学生可以在情境中逐渐

体会到表达的魅力。但是在小学阶段学习初期,尤其是性格内向和胆子较小的学生,他们害怕出错,不敢发言,不善于在同学面前表现自己。因此如何在小学课本剧教学中让学生从不敢、不愿张口到我想说、我要说,是一个值得研究的问题。

首先,教师在剧本的选择上应注意避免使用太多晦涩词汇,尽量使用学生熟悉又能理解的词语表达,缓解学生的畏难情绪。同时剧本要选择学生们比较了解、感兴趣的内容。如果他们对剧本中的角色十分感兴趣,学生的内在动力就会被激发出来,对表演就会产生强烈的向往。此外,教师要采用正确的引导方式,让更多的学生在表演中提高表达能力。对于性格开朗,表达能力较强的学生,教师应保护学生的积极性,并对他们提出更高的要求。对于表达能力相对薄弱的同学,鼓励他们积极参与,即使他们出现错误,教师也要避免严厉苛责,以免挫伤其积极性,相反应给予耐心的指导和支持。

其次,教师要注重对学生语言的规范。教师在课本剧表演的前期准备中,应先对剧本进行范读,对于个别陌生词汇要进行读音教学,尤其是低年级学生,这样才有利于学生语言的表达。同时,课本剧中的表达涉及学生情感的展现,因此教师应注意对学生进行语言的引导,其中包括到读音特殊处理及情感态度的变化。正确规范的读音不仅可以提高学生表达水平,同时也有利于展现故事情节的变化以及人物的特点。

最后,在练习中逐渐提高。熟能生巧,只有在反复的练习巩固中表达能力才会有所提高。起初,学生对于剧本中的表达难免会断断续续、结结巴巴,这都属于正常现象。台上一分钟,台下十年功,表达能力的提高也是一个从陌生到熟悉再到熟练的过程,在课本剧表演中就要求学生反复排练,在合作中提高表达能力。

三、增强角色表现能力

小学课本剧帮助学生打开了学习的新视野,学生在轻松愉快的课堂氛围中感受学习的乐趣。然而从实践和调查中,我们发现在课本剧表演中学生缺乏对人物情感态度的领悟能力,对角色的把握还有待提高。因此,要想改变现状,就必须提高学生的角色表现能力。首先,给予学生角色的选择权。学生可以饰演自己喜欢的角色,一定程度上可以提高学生表演的自信心,有助于学生对角色的了解,在表演中才能更加出色。

其次,仔细研读剧本,感受人物心理。书读百遍其义自见,对剧本进行反复阅读,剧中内容必定熟记于心。对于低年级学生来说,自己研读剧本有一定的困难性,教师要帮助学生理解剧本,体会角色特点,从角色的语言、动作、心理状态入手,感受人物在剧中的变化。此外,学生在掌握教材的基础上要扩大阅读量,尤其是相关内容的阅读量。这样,学生在表演自己读过的故事时,才会更加兴奋,才能更加突显学生的表现力。

最后,小组合作,相互协商。小组合作不仅促进团队的合作意识,同时也有助于学生对角色和剧本的研读。一个人的力量毕竟是有限的,对角色的感知能力也存在一定的局限性,而小组合作学习可以集全组智慧于一体,学生在开放的语言环境中,可以自由讨论,发表对角色的看法和认识,群策群力,在交流和谈论中逐渐深化表演。

总之,提高学生对角色的领悟能力以及表现能力是课本剧教学的重要功能之一,教师要合理有效地利用小学课本剧教学,通过研读文本、交流合作等方式了解剧中角色的心理特征,利用语言、动作、表情等展现角色的性格特点,使课本剧的教学功能实现最大化。

第四节　优化小学课本剧的教学评价

一、建立多元评价模式

从实践中我们可以看出，目前小学课本剧的教学评价主体主要以任课教师为主，评价内容也主要以教师的口头表扬和物质奖励为主，评价方式显得较为单一。要想改变现状，必须建立切实有效的多元评价模式。

新教学理念更加重视学生能力的全面提升。为了达到这一目标，必须制定出全面科学的评价体系。该体系应当关注学生的基础知识和技能水平、学习过程和学习方法以及情感观念等三方面。这也是保证教学任务得以完成的重要条件。但是，基础知识和技能的检测比较容易，是显性的，而学习过程和方法、态度等则隐藏于学生的日常学习生活之中，难以具体测量，是评价时的重点和难点，教师不应忽略，而应该积极探索有效方法。因此，多元化评价体系要求教师全面考虑学生的日常表现和考试成绩，保证评价主客体以及评价方法的多样化。真正发挥评价对发现学生潜力和提升自信的作用，推动学生的健康成长。评价是为帮助学生成长而服务，它存在的价值并不是划分学生。应当正确认识评价的意义，努力实现它对于学生成长的促进作用。在新的教学理念和新型评价观的影响下，我们发现只有采用多元化评价体系才能真正满足教育改革提出的新要求，才能加快教学改革，全面提升教学质量和教育水平。

（一）构建多元评价指标体系

小学课本剧的本质是在实践之中进行学习，它的根本出发点并不是活动本身或者活动最后的成果，而是用课本剧本身带动学生的成长和发展。因此，评价的标准应当是以学生自己为参考，看看学生比原来成长了多少。那些所谓的统一标准、科学标准，实际上并没有多少参考意义。正确的做法应当是依据学生原有的综合能力和发展程度，重点强调他们在学习过程中产生的情感和感官体验、学习态度和价值观的转变以及能力的变化，不必特别重视评价结果是否科学合理，而是始终以推动学生的进步、成长和发展为根本出发点和落脚点。

首先，要注意评价主体的多样性。新课程标准中强调，课本剧的评价要尽可能做到评价主体的多元性，充分发挥学生在评价过程中的作用。与此相适应，小学课本剧教学也需要打破传统的以任课教师为主体的课堂评价模式，让学生自评或者互评才能更好地认识自身在表演中的不足和有待改进的地方。这就要求教师要积极引导学生参与评价，让学生对评价产生兴趣，要给学生参与评价课本剧的机会和时间。在课堂教学中，教师要给学生留出比较充足的时间来参与评价。一般而言，表演者自身往往很难看到自己表演过程中出现的问题，只有通过多个评价主体的反馈，才能真正意识到自身存在的问题，提高自身的表现力。

其次，要注意教学评价语言的多样化。学生在课本剧表演中不仅涉及对剧情的掌

握和表达,同时也涉及道具的制作和成员间的合作意识等,因此,教学评价语言要具有具体针对性,充分体现评价多样性的特点。小学生正处在学习的初级阶段,教师的鼓励可以拉近与学生之间的关系,教师善意的指导也会引起学生的重视。同时,学生也可以针对教师提出的具体问题,有针对性的改进。反之,教师一味地重复表扬,只会让学生感到单调乏味,教师的评价也就失去了效果。教师在语言上转变评价方式,充分利用语言的多样化,针对学生的具体细节给予肯定或者否定性评价,这样才能达到课堂评价的真实效果。

最后,要注意评价内容的多样性。传统的课本剧评价中,教师对于学生的评价多局限于学生的表演过程,而忽略了其他方面的发展。教师在课本剧教学中不仅要培养学生的勇气和自信心,发展学生多方面的能力,更要塑造他们的担当精神和合作意识。教师要从多个角度对学生进行评价,既看到学生闪光的、独特的一面,又能发现学生身上的共性与不足,充分展现评价内容的多样性。此外,评价时还应该重点关注这些方面:教学目标的调控(清晰明确的目标,并依据实际教学状况及时改变)、开展方式(有利于提高学生参与度和学习效率)、学习氛围(课堂气氛轻松活跃,教学手段丰富,学生热情高涨而富有活力)、课堂安排(应为学生提供适当的时间和空间)、分类设计(根据学生不同的学习基础和要求进行课堂规划)、个性保护(适当肯定学生的观点,给予他们充足的空间表达自己的看法)、情感体验(学生将精力重点放在学习上,热爱学习、自主学习)、能力提高(学生学会思考、提问和讨论的方法和技巧)、知识掌握程度(学生基本教学知识和技能的熟练程度)、教学风格(教师独有的教学风格,吸引学生积极参与课堂活动)。

(二) 多元评价指标体系的特点

1. 动态性、渐进性、全程性

评价需要针对小学课本剧创作的全过程进行,以便及时反馈任课教师在教学中存在的不足和学生学习中出现的问题,便于他们做出相应的调整和改变。因此,评价对于教师的教学安排和学生的学习策略极具指导作用。

评价学生时,不应仅在课程活动结束以后给予学生评价结果,而应该更加重视学生平时在学习和生活中的具体表现,综合使用不同的方法和手段鼓励学生、肯定学生。在学生陷入困境时,教师应及时给予他们帮助,鼓励学生,增强他们克服困难的信心和决心;在学生取得好成绩和进步时,教师应认真给予他们肯定和奖励;在学生犯错误时,教师不应一味批评否定,而应该正确引导他们认识到自己的错误并及时改正。

此外,教师还应该根据学生各自的不同情况帮助他们确定最适合自己的发展方向。不同学生的成长环境、生理条件、心理素质、生活状况、价值追求等肯定是不完全相同的,这也就造成了他们在学习中拥有着各自不同的长处和不足,拥有属于自己独有的品质。所以,教师在评价学生时一定要从每个学生的实际情况出发,具体问题具体分析,综合考虑之后再给予他们适当的评价。评价时,需要特别关注那些处于弱势地位的学生,积极鼓励和帮助他们,使他们增强自信心和自我认同感,增强克服困难的决心和勇气。只有这样,学生才能从教师的评价过程中感觉到教师对自己的关心和爱护,感觉到自己获得了真正公平公正的评价,从而获得巨大的精神力量激励自己前进。

2. 多元性、多主体性

评价时,不仅需要关注学生的具体表现,还需要评价教师的教学情况、个人品德以及课程设置是否合理、高效等。参与评价的人员尽量广泛,学生自己、同学之间、同行教师和学生家长都可以参与到对学生的评价之中;对教师进行评价时,也可以从小到课堂和活动,大到整个学期对其进行综合评价;对课程进行评价时,应该同时关注教学资源和活动资源两大方面。

对推进小学课本剧的教师进行评价时,应当主要关注教师以下几个方面的表现:教学安排与设计、学习指导、课堂掌控、教学态度和教学面貌等。其中,最能反映教师表现的是课堂教学状况。对教师教学课堂进行评价时又可以从以下这些内容入手:学生课堂参与的积极性、教学目标的合理性、内容选择的科学性、教学方式的应用、课堂的具体情况(学习氛围、时间安排、课堂节奏调控、教具使用状况等)、教学效果以及教师自己的行为举止。

(三) 使用多元评价指标体系的注意事项

小学课本剧的评价可以采取多种方式进行,它们各具特色,适合不同类型的学生和各种情况,但在具体实施时应当注意以下几点:

(1) 综合使用终结性评价与形成性评价。

终结性评价与形成性评价的侧重点不同,前者主要关注教学目标的实现情况,后者主要关注学生在学习过程中的具体表现。评价时,终结性评价可以有效反映教学目标的实现程度,以及学生对所学知识与技能的掌握程度。形成性评价则可以反映教学目标实现过程中的具体状况,为终结性评价的形成提供依据,提高其准确性和有效性。形成性评价需要关注学生各个方面的情况,也需要关注学生整个学习过程的表现。教师可以通过间接观察学生或者直接与学生沟通的方式,获得学生的相关信息,并依据这些信息对学生做出合理的评价。

(2) 综合使用静态评价与动态评价。

静态评价与动态评价的评价内容有所差异,前者主要评价的是某一时间点或时间段内被评价者的实际情况,忽略了他们的背景因素和发展空间;后者主要评价的是两个时间点上被评价者的变化,侧重于关注他们的发展方向。比如及格率就是典型的静态评价,增长率则是典型的动态评价。只有同时关注这两个方面的评价,才能发挥评价的真正作用,既肯定学生的进步,增强学生的信心,又能使学生意识到自己的不足而努力进取。教师应当引导学生积极反思自己的学习和生活,综合使用静态评价与动态评价来评价自己。此外,学习成果展示也是一种十分有益的活动,它可以增进师生之间、同学之间的沟通,有助于学生通过对比发现自己和他人的优点与不足,从而完善自我。

(3) 综合使用定性评价与定量评价,并将二者融入多元评价体系之中。

小学课本剧的评价具有多元性与多主体性的特点,需要对学生、教师以及课程三者做出相应的评价。其中评价学生主要由学生本人、学生之间、教师以及家长进行,评价方案由相关教育部门统一制定;而评价教师需要关注他们在课堂、活动中以及整个学期的教学表现,评价方案可由学校教导处统一制定。

课堂评价表需要认真填写和保存,日后作为评价教师教学的重要参考资料。研修组则需每月至少开展一次对小学课本剧的评比,指出存在的不足并给出指导意见;教导处则需每个学期至少考核一位教师的一个教学活动,给出评价意见;教师需要针对评价学生的主要方面制定相应的评价方案,每堂课、每次活动、每个学期都需要认真对学生做出评价,以便帮助学生进步。

(四)多元化评价体系在教学领域的意义

从20世纪末开始,美国教学领域改革已经逐渐走向多元化评价模式,并得到了美国中小学的广泛采用,成为评价学校教学水平和学生学习状况的主要标准。

1. 将多元化评价体系作为课程评价的原则

课程是否合理科学,关键在于是否有利于学生能力的提高,应该关注学生在整个学习过程中观念、情感的变化。考核成绩在一定程度上可以反映学生对知识的掌握情况,但是他们平时的学习表现也同样重要,不能只看期末考试成绩的高低。评价学生学习情况时,最基本的固然是知识和能力水平,但人格的养成和社会化更重要。科学合理的评价体系能够让学生感受到公平公正,从而促使他们积极学习努力进步。在进行课程评价时一般应遵守以下几项原则:

(1)促进能力提高。

评价学生对知识的熟悉程度固然重要,但这是远远不够的,更需要关注他们对知识的理解、应用以及相关思维模式的培养。课本剧的教学和学习的本质,其实是寻找并帮助学生发展他们的综合实践能力。因此,课程评价需要关注其是否有利于学生实践能力的发挥和提高。

(2)实用性强。

选择课程内容、教学方式和考核方式时,一定要充分考虑学生的个性特点,只有符合这一要求,课程教学才有可能达到预期的效果。

(3)及时调整和完善。

课本剧的评价方法不是一成不变的,应当依据学生的实际情况及时做出调整。每届学生的风格各异,因此课程评价的方法也应当与时俱进,及时调整和完善。

(4)过程性评价和结果性评价并重。

课本剧的最终培养目标是使学生拥有自主学习的能力,需要将其渗透于他们平时的学习过程中。所以,我们应当意识到过程性评价的重要价值,结合使用原有的评价手段,综合评价课本剧和学生的综合能力。

2. 评价过程和评价结果并重

随着课程改革力度的加大和范围的拓宽,越来越多的教师逐渐认同过程性评价,并初步贯彻过程性的教学目标。这种评价方式的转变,要求我们重点关注学生参与教学的广度和深度,以及观念、情感的变化等。此外,还要重视学生思维能力的培养。教师可以适当延后对学生的评价,不必针对学生当时的表现立即做出评价,可以多次观察学生的情况后再综合做出评价,从而使评价更加合理、正确、可信。

3. 个性与共性并重

学生之间的学习基础、理解能力和个性特点等，都是大不相同的。相同的评价对于某个学生来说可能是积极的，而对于其他学生来说可能就是消极的。因此，必须在把握学生共性的基础上重视学生的个性发展，采取标准化评价和个性化评价并存、个性化评价为主的评价方式。面对学习成绩较好的学生时，教师需要重点培养他们的创新观念和创新能力，增强他们挑战权威、挑战自己的勇气，鼓励他们推陈出新，尝试采取多种解题思路和方法，尽可能挖掘自己的潜力。而面对成绩较差的学生，教师需要积极寻找学生的长处和优点，对于学生的进步要及时给予肯定和鼓励。此外，可以适当降低对他们的要求，保证基本学习任务完成后不做过多、过难的要求。从而减轻他们的心理压力和学习负担，使他们积极学习、乐于学习，最终实现每个学生的进步与发展。

4. 改变考试评价的垄断地位，减轻学生的课业负担

多元化评价方式改变了考试评价的垄断地位，减轻了学生的课业负担，使学生迸发出极大的活力。因为它是综合使用各种评价手段全面评价学生，而不是仅仅参考考试成绩这一数据来评价学生相关能力的高低。它保护了学生的个性特点，也承认学生之间存在不同，并支持学生的个性化成长，鼓励学生努力创造，为学生的成长提供了更为广阔的空间。多元化评价方式具有传统评价方式不具备的很多优势，灵活性强、机动性高，但是实际操作比较复杂、耗费时间长，可能会因此而与教学过程产生冲突。怎样才能让学生、家长和相关教育部门理解评价改革的困难以及支持我们的工作，需要进一步研究和积极寻找解决方案。

5. 激发学生的学习热情，提升他们自学的观念和能力

评价应该由过程性评价与终结性评价两部分组成，并侧重于前者，重点关注学生的学习主动性和信心的提高。以上这些内容已纳入课本剧教育课程新标准中。小学课本剧开设的根本目的在于促进学生的成长和发展，进行教学时需要对学生的学习过程进行评价，帮助学生提高自己。方法本身在一定程度上就可以反映评价结果。学生在理解的基础上自主选择表达方式将整个场景呈现出来，可以检测学生对知识的熟练程度。然而在实际教学过程中，大家更重视学习成果，也更加普遍地采用主要参考考试成绩的评价方式，这不符合新课程标准的理念和规定。在小学教育的开展过程中，我国一直采用标准化考试方式评估学生的学习效果，并没有重视学习过程中出现的问题，教师评价学生时主要参考其学习成绩的高低，这就使学生仅仅为了通过考试而学习，而教师也更重视教授理论知识和应试技巧，却不关注学生实践能力的培养和提高。多元化评价体系就是一种有效手段。根据课程改革的要求，评价应该充分考虑到每个学生的独特性，以学生为核心，使学生各个方面都得到进步，而不是仅仅局限于理论知识和技能的培养。为领会课程改革纲要的基本理念，需要教育工作者和学校思考我国传统评价方式的不足，从而构思出合理的解决方案，而后积极推行多元化评价方式。该评价方式紧紧围绕学生的发展，在评价目的、主客体、内容和手段等方面都采取多样化方式，使学生有机会评价自己和同学的学习情况。这样不仅有助于提高学习效率，而且可以提高学生的自学能力和沟通能力，使学生学会学习、享受学习，为他们日后的发展打下良好的基础。

教师是小学教育的主要承担者和实施者,他们应该保证评价在教学体系中的中心地位。评价改革也是课程改革的一个非常重要的组成部分。课程改革纲要中也指出,应当构建有利于学生成长和进步的评价模式,评价需要同时关注学生的成绩和潜力,尽可能满足学生的学习需要,使学生正确认识自己,相信自己。进行教学时,教师应采用多元化评价方式,学习成果和学习过程并重。只有这样,才有助于学生知识、技能等方面的提高和全面发展,也有助于教师提升自己的教学层次,更重要的是能够为专业的发展提供充分保障。

课程标准强调了教学评价必须包含的项目,评价必须能够帮助学生提升各项相关技能和形成良好的个性品德;帮助教师改进自己的教学方法;帮助学校形成科学的课程体系,使课程内容的选择更加合理。评价在教学课程中发挥着重要作用,合理的评价方式为教学任务的完成提供了有力保障。评价课本剧时应当以教学任务和要求为出发点,同时关注教学过程和教学成果。合理的评价可以帮助学生在学习的同时享受快乐,正确定位自己,相信自己的能力,有助于学生相关技能的综合提升;科学的评价为教师提供了教学过程的详细信息,有助于他们仔细分析和改变教学策略,提升自己的教学层次;恰当的评价帮助学校获得课程的具体实践情况,为学校及时改进管理和完善课程提供了依据。但是,在现实生活中,许多教师并没有十分重视评价,只关注知识的讲解和传授,实际上学生的实际操作技能更加重要。

从理论层面出发,多元化评价体系关键的价值是,它使用多样化手段,通过各种开放式课堂情景观察和评价学生的表现和学习效果,大大减少了评价的主观性,有助于发现学生的潜力并可以及时对学生取得的成绩给予鼓励。此外,也有助于激发学生的主体性,加快教学改革的步伐,促进学生的全面提升。从实践层面出发,要想落实多元化评价体系,就必须以学生为核心,丰富评价人员的类型,同时增加评价方式的种类。只有从这两方面入手,评价才能更好地发挥应有的作用。通过评价,我们可以掌握学生的发展方向以及发展可能,还可以及时了解学生的学习情况,并且可以从教师、同学、家长和学生自己四个角度全面评价学生,更加科学地了解学生的综合水平。

此外,采用多元化评价方法评价课堂教学过程,有利于发挥师生之间互相促进的作用,能够鼓励学生积极进取,提高他们的实际应用能力,同时也有利于教师发现自己的问题,不断完善自己,提升教学质量,在教育教学实践中有效实现教学相长。

(五)有助于多元化评价体系落实的举措

首先,及时或延后对学生的表现做出评价。教师执教过程中,有时需要及时肯定和鼓励学生的创新行为,也要及时发现后进生的优点,给予鼓励,指引他们向正确的方向努力。但针对不同的情况,有时则需要延后对学生的表现做出评价,以免掌握信息不全面,做出片面、错误、不可信的评价。

其次,为学生提供充足的评价机会,增加课堂轻松活跃的气氛。一直以来,评价学生的主体是教师,并且主要参考学生的期中和期末考试成绩进行,因此评价结果必然会因教师教学经验、评价方法的不同而不同。相对而言,学生更了解自己学习过程中存在的问题,也更了解身边同学的学习情况,因而能够更快更好地给出相应评价,激发学生的积极性。新型评价理念认为师生之间应当和谐相处,互相评价,交换意见,不应一味让教师承担评价的任务,应使学生拥有足够的评价空间。

最后,增加学生之间的互相评价。评价课本剧的方式很多,种类各异,同学之间的互相评价就是一种行之有效的评价方法。学生是进行学习活动的主要成员,他们具有创新性,能够创设充满活力的学习环境。评价时,要引导学生既要大方地肯定同学的长处,又要委婉指明他们的缺点和不足之处,促使他们主动学习,勇于担当。

(六) 多元化评价方式的类型

课本剧改革最终的价值追求在于提高学生的学习动力,增强学生的各项相关技能,使学生熟练掌握相关技能并能解决一些实际问题。它的出发点是积极向上的,紧紧围绕学生的发展,减轻学生的学习负担,使学生享受到自主学习的乐趣。但是,目前被广泛使用的不合理的评价机制极大阻碍了课本剧的改革,使学生和教师的目光聚焦于考试和分数。课本剧教学存在的根本意义是帮助学生发现学习的乐趣,使学生热爱学习,努力提升自己。在评价的同时,要注重使学生通过学习获得进步,享受成功的喜悦,发现自己的长处与不足,帮助学生全面提高自我。同时也有利于教师及时收集教学信息,对自己的教学方法进行改进,更好地帮助学生成长。评价应当是多种多样的,并且有一定的选择性。

1. 作业评价方式

评价学生作业的完成情况是一项很普遍的任务,是教师引导学生学习、检验教学成果、改变教学策略的必要过程。以前教师常常用对错来简单评价学生的作业,这严重打击了学生的学习积极性,也不利于教师和学生之间进行沟通和交流。因此,我们应该改变原有的评价分级方法。评价作业时,不应只关注作业是否正确,更要关注学生的思考方式和解题过程。学生的解题过程可以反映他们的思维习惯和思维方式,比如学生观察事物的习惯、分析事物的思路等。通过解题方式,更加深入地了解学生的学习行为,有利于发现学生存在的问题,有选择性和针对性地指导学生。检查作业时,如果学生正确率高且书写整齐认真,可以给予学生较高的评价;如果学生正确率高但是书写杂乱则应该相应降低;如果正确率低则需要做出进一步审核。这样可以使学生更加明确地看到自己的不足,并针对这些问题做出相应的努力。除了等级评价,评语也是一种便利有效的方式。适当的评语可以帮助学生直接发现作业中的优点和不足,增加师生间的沟通和交流,推动学生的全面进步,也有利于增加师生之间的情谊。看到简洁、明确的评语,学生就可以明白自己的问题所在,使学生目标明确并更加认真地对待学习。

2. 阶段评价方式

阶段性评价一般在每半个学期或者每个月进行,它是对评价前的一定时间段内学生的学习情况进行检测和评价,归纳获得的进步并寻找问题与不足,为教师和学生改变教学策略和学习策略提供便利。因此,阶段性评价是必不可少的。专业评价主要包括两方面内容,一是理论知识评价,一是技术能力评价。理论知识评价主要考查学生对理论知识的掌握程度,而技术能力评价主要是对学生操作能力的考核。

3. 终结性评价方式

终结性评价方式常常意味着将学生划分为不同等级，极易导致学生的紧张，所以并没有受到人们的支持和喜爱。实际上，适当的紧张和压力是能够促进学生成长和进步的。再加上终结性评价方式在一定程度上也能够反映学生的发展水平和教学质量，因此并不能完全放弃终结性评价方式。

（七）多元化评价方式的实践过程

我国教育评价领域普遍认为教育评价是一种评判价值的行为。目前，我国社会政治和经济改革的力度与范围不断加大，评价主体的多样化越来越受到广大学者的重视，人们已经逐渐发现社会、教师、家长和学生自己在评价过程中的不同价值。以前的评价方式多是在每个学期结束时给学生相应的成绩，这种评价非常片面，仅仅用分数高低或者等级的差别来判断学生的能力高低，它是一次性的评价，没有综合考虑学生的学习过程，只关注学生试卷的回答情况。这样就使教学一直局限于应试教学，对学生的评价就变成了对他们的排位过程。分数高的学生自然非常开心和满足，但这只是少数学生的感觉。大多数学生成绩一般，他们只能感受到无力甚至于自我厌弃和失望。过程性评价改变了这种状况，它和学生的学习过程是同步进行的，因此，它是不断发展和变化的。它并不要求尽快给学生做出评价，也不要求学生之间过多地重视成绩差别，而是要求教师真正关心学生和爱护学生，一方面要发挥评价对学生能力提升的促进作用，保证教学任务的顺利完成，另一方面需要寻找学生的发展方向和空间，保护学生的个性和优势，尽量满足学生的学习需要，帮助学生正确定位和相信自己。

1. 评价内容全面

多元化评价体系应用于教学时，要求必须考虑多方面因素，既要重视对学生的学习能力进行评价，比如学生对基础知识和技能的熟练度，更要关注他们其他方面的表现，比如学生的学习积极性、求知欲、意志信念、学习方法、沟通能力、合作观念等。所以，它能够全面地评价学生各个方面的情况，增加教师和家长对学生的了解。教师对评价进行设计与安排时，需要依据基本情况和现有条件对学生综合能力进行综合检测，但在这一过程中需要使评价富有趣味性。只有这样，才能让学生参与评价时能够积极动用自己多方面的能力，以便顺利通过和实现全面测评。

2. 评价主体多样

多元化评价体系主张学生、教师和家长共同参与学生的评价过程，并且需要重视他们之间的交流，支持评价者与被评价学生之间的沟通。这样可以将学生在评价中的消极被动地位转变为积极主动地位，也使教师在评价中的主导地位转变成组织人员和参与人员的一部分，家长也拥有了评价学生的机会。

（1）学生的自我评价。

帮助学生成长的最大助力其实还是学生自己，只有学生正确了解自己的现状，对自己做出合理的评价，才能真正提高他们的学习热情，实现自我的发展，养成主动学习的好习惯。教师可以根据学生对自己的评价及时获悉他们的学习要求和学习观念，带领他们向着正确的方向前进。教师可以通过以下几个方面帮助学生评价自己：给予学生一定的自由,使他们有机会自己探索前进的道路;给予学生一个恰当的环境,使他们有机会锻炼和提高自己;给予学生一些可以自由安排的时光,使他们有机会做自己想做的事情;给予学生一些难题,使他们尝试自己找到解决方案。

(2)学生间的互相评价。

学生之间的互相评价可以为学生创建更大的交流空间,增强学生的人际交往能力。通过互相评价,学生将学会尊重同学、发现同学的优点、换位思考、互相理解,更加明白自己的优势与不足,也可以学会信任他人、公平公正。这对于提高学生的品德和反思能力非常有益。

(3)家长对学生的评价。

对教学成绩进行评价时,也应充分考虑家长的评价意见。家长应该有机会评价自己的孩子,并且对评价结果负责。他们非常希望知道学校和教师对子女的看法,并且也希望有机会提出自己的想法,并与教师和学校进行交流。目前,比较方便的一种方法是填写记录表,为教师的教学及时提供反馈。比如,一直以来教师都难以了解学生作业的完成情况。此时,家长就可以发挥他们的监督和观察作用,填写记录表,帮助教师全面掌握学生的表现。

3. 评价标准灵活

多元化评价体系全面考虑学生的个性特点和价值追求,摒弃以前的统一评价标准,选择灵活性强的参考标准,用不同的评价标准评判学生。我们追求学生的全面进步,但这不等同于学生的统一进步,每个学生的潜力各不相同,使用统一评价标准并不符合现实情况,不能有效保护和促进学生的个性发展。所以,评价标准既需要保证课程任务的完成,有一定的统一性,并需要在此基础上,尽可能地为学生设立有利于他们成长的个性化标准,二者结合,才能对学生做出合理的评价。

比如,可以对学习能力不同的学生采用不同的评价标准,绩优生比较适用"常模参考",帮助他们发现自己的不足,取得更好的成绩;一般学生比较适用"目标参考",有利于他们明确自己和目标之间的距离,更加努力提升自己;成绩落后的学生比较适合"自身参考",只要他们比之前有所进步就应给予鼓励、赞美和肯定,使他们树立自信心,相信自己有能力完成学习任务,增加学习热情。应当依据学生的特点和擅长之处,设定不同等级的评判标准,以学生为核心,满足每个学生对成功的渴望。

4. 评价方式丰富

多元化评价体系丰富了评价方法,在传统方式的基础上增加了多种新的评价形式,使评价过程更加富有趣味性和吸引力。教师可以综合考虑学生的年龄段、智力差别和学习习惯等,选择合适的评价方法。我们以评价学生的学习过程和学习方案为例,年纪小的学生自我反思能力较差,需要教师的帮助和引导,并且他们的逻辑能力还不强,书面表达不清晰,采用口头表达更合适。因此,教师可以选择填写日常表现记录表和当面交流的形式或建立发展档案的办法,对他们做出相应的评价。而对于年纪较大的学生来说,他们的反思能力和书面表达能力都日趋成熟,因此,教师可以选择填写日常表现记录表和问卷或写日志的形式评价他们。

不管怎样,教学评价一定要深深立足于促进学生的成长和提高学生的自学能力上,

它的根本出发点是学生,而不是知识。保证每个学生参加评价的权力,使学生在评价过程中收获喜悦和成功,实现自我的提高和进步,而不只是科学知识的增加。只有这样,学生才能在坚定信念的支持下不断进取,最终提升综合能力。

二、注重评价的有效性

小学课本剧教学评价不仅是一种教学手段,同时也是对学生成长的一个记录。有效的教学评价可以激活课堂教学,增强学生信心,促进人格发展。那么,到底如何做才能实现课本剧教学评价的有效性呢?首先,注重评价的客观性和公平性。对于课堂评价,我们要划定一个统一标准,所有人按照标准进行评价,避免因为同学间关系亲疏不同而造成评价的不公平性。同时,评价要具有客观性,从课本剧表演本身出发进行评价,不掺杂任何个人情感和功利目的。其次,善于利用教师期待效应。心理学上的"皮格马利翁效应"和教育学上的"罗森塔尔效应"都启发我们,要善于利用教师对学生的期待促进学生的发展。小学课本剧的教学评价,自然也应该善于利用"皮格马利翁效应"和"罗森塔尔效应",充分体现学生在学习中的主体地位,促进他们的发展。

在小学课本剧的教学评价过程中,教师要积极鼓励和引导学生,充满期待,全力支持,让学生更有勇气和自信去表达和绽放自己。有效的教学评价,可以指出学生的缺点和长处,增强学生的自信心,鼓舞学生意志的风帆,促使他们百尺竿头更进一步,更好地促进学生的发展。考虑到学生的年龄特征,小学课本剧的教学评价应以鼓励引导为主,但并不代表教师要无休止的表扬。一方面,过多的表扬会使教学评价失去原有的功能,学生对于表扬也会产生无所谓的态度。另一方面,过多的表扬会让学生成为"温室里的花朵",不能够正确的认识自己的不足之处,甚至产生骄傲自满的心理。因此,在课本剧教学评价中,要坚持表扬和批评相结合的原则,对于学生呈现的问题,教师有权利也有责任要求学生改正,只有在不断的改进中,学生才能认清自我,不断成长。

三、重视过程性评价

在课本剧的教学过程中,对学生的评价主要有两种方式:终结性评价和过程性评价。

终结性评价,是一种传统的教育评价方式,注重以考试成绩来评定学生的学习能力和学业成就,是在一个学习阶段末期对学生学习结果进行的评价。所以,这种评价也被称为结果性评价。终结性评价关注的是学习内容中容易量化的部分,如知识和技能的掌握情况等,评价结果往往以相对精确的百分制的形式呈现,给人以一种盖棺定论式的感觉。这种评价是在一种正式、封闭和严肃的氛围中进行,往往排除学生的参与,只将他们当作消极被动的被评价对象。这就很容易导致学生产生焦虑感和紧张感,甚至恶化师生关系,造成评价对象与评价主体之间的矛盾和对立。

从某种意义上来讲,终结性评价就像给学生打一个合格或者不合格的戳记一样,很难起到更多的教育促进作用。由于这种评价常常在一个学习阶段末期进行,学生即便知道了自己的评价结果,也根本没有时间进行针对性的训练和弥补。也就是说,终结性评价的教学反馈功能很弱,远不如过程性评价。

过程性评价,重视学生的学习过程,不仅可以评价学生的基础知识和基本技能等可以量化的指标,还可以评价学生的情感、态度以及能力等不容易量化的指标。过程性评价不重视评价的结果和等级,重视的是在教学中发现问题、探究问题并解决问题,其目的是激励学生,帮助学生有效调控自己的学习过程,使学生获得成就感,增强自信心,培养合作精神。与终结性评价相比,过程性评价无疑更能促进学生的成长,尤其是非智力因素的成长。小学课本剧教学也应该淡化终结性评价,重视过程性评价,从关注学生全面成长的角度出发,注重表演过程中学生的综合表现。当然,这就对教师提出了更高的要求。

首先,评价理念科学化。教师的教学理念直接影响教学质量,因此教师要与时俱进,树立科学的评价理念。教师应积极参与各种学术讲座,不断增强过程性评价知识,利用书籍、网络等途径,了解过程性评价的最新发展动态,建构科学系统的评价理念。从学生主体性的角度出发,采用多元一体的科学评价方式,与小学课本剧教学实践相结合,进行综合评价。为了进一步增强评价的科学系统性,教师还要将过程性评价与终结性评价结合起来,既重视学生在课本剧表演过程中的具体表现,又重视表演的整体效果,形成合理、科学、有效的课本剧教学评价体制。

其次,因材施评,关注细节评价。每个学生的发展和成长过程都是各不相同的,由于受到种种先天条件、后天环境和教育的影响,他们形成了自己独特的个性。在课本剧的表演中,这些个性就体现为学生不同方面的天赋。例如,有些同学性格外向,每次表演都积极参与,并且主动要求当主角;有些同学性格内向,比较害羞,不愿意扮演相关角色,甚至连台词不多的配角和龙套都不愿意扮演,但是其绘画水平和动手能力很不错,擅长道具制作等。无论是主角或者是幕后工作人员,教师都要从学生表现的细节出发,对学生予以相应的评价,做到因材施评和以评促教,尽量发现学生身上的闪光点,并把这些闪光点作为教学生长点,促使学生进一步发展。此外,过程性评价不仅有反馈的作用,同时也有鼓励引导的作用。教师要引导学生在表演过程中认识到自己的长处和不足,这样更有利于学生进行针对性的学习、训练和改进,提高自己的学习效率。

最后,重视发展性原则。学生是一个个活生生的生命体,是不断发展和变化的,因此教师的评价也应该是与时俱进的,是发展的。在素质教育的大背景下,党和国家一直强调教学要促进学生的全面发展和个性发展。因此,教师首先要有促进发展的观念,意识到课本剧的教学评价是为了促进学生的发展,使学生实现更高的目标追求。此外,教师的评价要有一定的方向性和指导性,并非简单地评价好与坏,而是针对表演上的某一环节进行方向性的引导。教师不应简单地评价学生情感到没到位,而应该告诉学生怎样才能使情感更到位,引导学生细心体会和仔细揣摩。总之,教师在课本剧教学的评价中要以促进学生德智体美劳全面发展为目标,展现过程性评价的积极效果,培养社会主义的建设者和"四有"新人。

第七章
课本剧与言语塑形

扫码获取
实训资源

第一节 言语塑形的定位

言语塑形是一门有声语言表达艺术,是一种口语交际的重要形式和传情艺术,是有声语言有意识规范呈现的基本语言艺术活动,属于语言基本功实践训练,能有效提升课本剧表演能力和水平。

一、言语塑形是一门有声语言表达艺术

言语塑形是口语表达的高级形式,与一般的口语表达如说话、交谈等不同,它要求具有一定的思想性、情感性、教育性和艺术性,是教师和学生社会实践的一种必要形式,情感、教育和艺术的要求更高。

二、言语塑形是有声语言有意识规范呈现的基本语言艺术活动

言语塑形,就是发声时通过口腔肌肉有意识的运动,使有声语言更加准确、清晰和规范,并在此基础上融入情感艺术和教育元素,是有声语言有意识规范呈现塑形的基本语言艺术活动。简而言之,言语塑形是有声语言规范和有效运用的重要形式。

言语塑形不同于一般语言学习方式。一般语言仅仅是用正确、清晰的声音把内容有声呈现出来,以传达文字内容。言语塑形则是解读如何通过口腔肌肉按照要求有意识运动,才能用正确、清晰、合适的方式,呼应教学需求,承载情感和力量,合理塑形传达文字内容。言语塑形涉及层面比一般语言学习更深入,也更触及其根本。除运用声音外,还要借助气息、眼神、手势、节奏韵律等途径综合表达作品,触动内在心灵,引起情感共鸣,才能在课本剧人物塑造时更加生动、准确、有效。

三、言语塑形的特点

(一)规范性

言语塑形发声时,一般有三种基本口型,即开口音、撮口音和抿口音。按照口型要求有声发音,往往能够比较好地克服同学们固有的不良语言习惯,比如方言乡音、平翘舌不分、口腔打不开等现象。

(二) 艺术性

言语塑形是一种比较精细、精准、高级的有声语言艺术。言语者必须掌握基本发声口型,熟练运用发声技巧,具备一定语言修养。言语者要善于正确地运用音位和语调语气,这是表情达意的关键;要具备一定的表演艺术修养,要敢于在公共场合说话,要能正确地发音,有自然的神态,这是表情达意的重要条件。此外,言语者还必须具备一定的政治思想修养和社会知识修养,这是言语者表情达意的基础。言语塑形,就是以上各方面修养的综合艺术体现。

(三) 教育性

言语塑形是培养和训练学生口语表达能力的重要教学形式。其方式主要有讲读法和范读法,即教师解读有声语言的要点和技巧,示范给学生听,然后由学生进行仿读。同时,挑选朗读得特别好的学生进行范读。

我们培养的对象是未来的准教师,那么教师必然要关注和思考以下问题:我的言语方式得当吗?是否过于单调?是否太快?是否缺少流动,听上去只是生硬地传达信息?我的声调怎样,是否过高?所有这一切都会影响教学的品质,具有不可估量之力。近些年的研究已确切地表明,学习的最佳条件,也是唯一条件,就是正向的情感体验。

情感感受在学习过程中所发挥的重要作用已被当代的研究所证实。欧洲著名大脑研究专家曼弗德·斯皮策说:"不可低估情绪在学习中的作用。"研究显示,学习的内容根据学习时不同的情绪条件,被存储在大脑的不同位置。

在积极的情绪氛围中学到的东西会被成功地存储在海马体中,而在消极的情绪氛围中所学到的东西会被储存在扁桃体中……扁桃体与惊吓相关,惊吓以及当时的境况会随记忆的内容重现而被再度唤起。扁桃体活跃时,身体的脉搏变快、血压上升、肌肉紧张……从这里我们可以看到:如果想让学生和年轻人在学校里进行有效的学习,有一件事必须得处理好,那就是学习过程中的情绪氛围。我们现在不仅知道良好的氛围是学习的最佳条件,也知道了为什么如此。也唯有如此,今日所学方能在日后被用于实际生活中!

言语塑形在基本口型发声训练的基础上,引导学生全面融入情感和力量。经过研究,实践教学效果显著,能在短期内有效帮助学生克服各种固有不良有声语言习惯。

四、课本剧与言语塑形

(一) 生活语言与课本剧用语

课本剧中的台词,是经过艺术加工的语言,源于生活语言,但高于生活语言,具有表现力和感染力。生活言语处于自然状态,表情达意比较随意。而课本剧语言是一种经过戏剧加工过的语言,表演中涉及人物艺术形象的塑造,语言须清晰、优美、准确,符合课本剧中人物特点,具有强烈的表现力和艺术感染力。

(二) 言语塑形的基本训练要求

言语塑形通过三种基本口型的基本技能训练,从气、声、字的练习开始。气,指的是

运用胸腹式呼吸法、气沉丹田等;声,指寻找正确的发声位置,声音立体圆润动听;字,指的是发音标准饱满清晰、兼顾字头字腹字尾等。

绕口令是在字练习的基础上,短时间内准确完成口腔肌肉运动,能够有意识地控制吐字的速度节奏,唇、舌、齿、牙这些吐字器官要相互配合,气息、吐字、发声、情感表达等也要符合要求。音量大小的训练是指对声音音量大小的控制能力练习,主要由气息的流量和速度决定。气息流量大,速度快,则音量会放大;气息流量小,速度慢,音量就会相应地缩小。音量训练要注意,放大音量时不要调高音调;小音量吐字时,唇舌齿牙的力量相对加强,增强每个字字头的喷吐力量,将字弹掷出去,课本剧演出时利于观众听清。语言力度的强弱,即吐字发音的力量强弱变化,则能从语言表达上反映课本剧中人物的心情、态度等心理变化。比如,咬牙切齿、斩钉截铁、铿锵有力等词语,会在强烈情绪中强力度地吐字归音;而充满友善、和风细雨、倾心交谈时刻,言语表达会柔和温暖。

(三)言语塑形的角色训练要求

在课本剧实践中,学生在角色扮演过程中会面临自我定位的问题,不管饰演什么角色,都要思考揣摩自己如何把握角色呈现。学生在表演时,是一系列表演信号的发出者,过程中既有学生本人的存在,同时还必然有所饰演角色的生活,感受其心理活动与情绪情感,需要尽可能地适应角色,坚守此时此刻"我就是"的信念,融入角色,人物形象才能够最终突显出来。言语塑形教学实践的篇目练习,引导学生在学习处理作家作品时,一个重要的工作就是将深刻挖掘体会作品创作的"第二世界",展开充分的想象,用心感受规定情景,将潜藏在行文背后的"潜台词"呈现出来,找到准确、鲜明、生动的适应,创造"真实的存在"。

第二节 言语塑形的发声实训

一、语言基本功训练

(一)正音部分

B ba—巴 拔 把 罢

锅巴白米:白米煮白米锅巴,白面打白面疙瘩,喝白面疙瘩,吃白米锅巴,吃了白米锅巴,再喝白面疙瘩。

P po—坡 婆 叵 破

白伯伯,白婆婆:白须白伯伯,白发白婆婆。白伯伯搀着白婆婆,白婆婆扶着白伯伯。白伯白婆上北坡,上了北坡摘菠萝。

M mao—猫 毛 卯 帽

毛毛和苗苗追猫:毛毛和苗苗,一起追猫猫。猫猫抓破毛毛袍袍,猫猫划烂苗苗帽帽。毛毛给苗苗补帽帽,苗苗给毛毛补袍袍。

F fang—方 房 仿 放

方房和长房:长房长,方房方,长房没有方房方,方房没有长房长。长房方房,房长房方。方房长房,房方房长。

D dao—刀 叨 倒 盗

对刀:大刀对单刀,单刀对大刀。大刀斗单刀,单刀斗大刀。大刀夺单刀,单刀夺大刀。

T tong—通 铜 统 痛

铜桶碰筒桶:铜桶碰铜筒,铜筒铜桶碰。桶碰铜桶铜筒响,筒碰铜桶响铜桶。

N hiu—妞 牛 扭 拗

放牛:小妞妞,来放牛,大牛小牛共六头。六头牛,牛六头,大牛犄角顶小牛。大牛顶坏了小牛的头,急坏了放牛的小妞妞。

L liu—溜 刘 柳 六

牛和油:六十六头牛,六十六个头,六十六个牛头,挂六十六篓油。牛头挂油篓,油篓油牛头;牛头不挂油篓,油篓不油牛头。

G gua—瓜 呱 刮 挂

瓜蔓开花:瓜蔓开花,瓜花结瓜。要想吃瓜,别掐瓜花。瓜蔓开花花结瓜,瓜花结瓜圆又大。

K ke—科 咳 可 课

哥挎瓜筐:哥挎瓜筐过山沟,过沟筐漏瓜滚沟,隔沟够瓜瓜筐扣,瓜滚筐空哥怪沟。

H hu—呼 糊 虎 户

黑虎数猪:黑虎黑夜数黑猪,黑夜黑猪黑虎数。黑猪黑夜围黑虎,黑虎黑猪乱呼呼。黑虎难数黑猪数,急得黑虎呜呜哭。

J jin—今 紧 进

舅舅和妞妞:舅舅喝酒就豆不就肉,妞妞吃肉就豆不就酒。喝酒的舅舅劝妞妞,吃肉就豆别就酒。吃肉的妞妞劝舅舅,喝酒就肉又就豆。

Q qi—七 齐 起 气

巧巧瞧高桥:巧巧瞧高桥,高桥桥头翘。巧巧翘首瞧,翘桥桥姿俏。巧巧上高桥,巧巧桥上笑。

X xi—西 席 洗 戏

画像:想画像,就画像,画像不像不画像。不画像,想画像,画像又嫌画不像,画像不像再画像。

Y you—优 油 有 又

球碰油:球碰油,油碰球,球碰油油流,油碰球球油,流油油不由球,油球球不怪油

W　wu—屋　无　捂　雾

吴素夫：吴素夫，无父母，素夫诉苦不孤独，吴素夫，要互助，不入互助无出路。

zh　z　zhi—知　直　纸　至　　　　zi—姿　梓　紫　字

知道不知道：知道就是知道，不知道就是不知道。不要知道说不知道，也不要不知道装知道。

撕字纸：刚往窗上糊字纸，你就隔着窗户撕字纸。一次撕下横字纸，一次撕下竖字纸，横竖两次撕了四十四张湿字纸。窗上没有纸，风吹满屋子。是字纸你就撕字纸，不是字纸你就不要胡乱地撕一地纸。

ch　c　chi—吃　池　尺　翅　　　　ci—疵　瓷　此　次

牛槽：牛吃草，牛吃料，牛槽长长盛草料。牛俯牛槽吃牛草，牛俯牛槽吃牛料，牛草牛料盛牛槽。

sh　s　shi—湿　石　使　是　　　　si—思　死　四

四和十：四是四，十是十，十四是十四，四十是四十。谁把四十念十四，谁就说不清"四"和"十"。

（二）发音训练

1. 同声韵四声音节练习

以下十组练习除缺少 weng 外，包括全部声母和韵母。按汉语"五音""四声"的特点分为两大类。这是声、韵、调、吐字归音的基本练习，训练口腔各发音部位的活动能力。

（1）唇音：

ba	po	'miao	fang
巴拔把罢	坡婆叵破	喵苗秒妙	方房仿放

（2）舌尖音：

di	tong	nian	liu
低敌底弟	通同统痛	拈年捻念	溜刘柳六

（3）舌根音：

gu	ke	han
姑骨古顾	科咳可课	酣含喊汉

（4）舌面音：

ju	qing	xiang
居局举锯	青清请庆	香降想象

（5）翘舌音：

zhi	cheng	shen	ru
知直止至	称成逞称	申神沈甚	如乳入

（6）平舌音：

zuo	cun	sui
作(坊)昨左做	村存忖寸	虽随髓岁

(7) 开口音：
　　bai　　　　　pao　　　　　fei　　　　　lou
掰白摆拜　　抛刨跑泡　　飞肥匪费　　搂楼篓漏
(8) 齐齿音：
　　jia　　　　　qin　　　　　xie　　　　　yong
家夹甲架　　亲勤寝沁　　些鞋写谢　　拥喁永用
(9) 合口音：
　　chuang　　　wa　　　　　huan　　　　guai
窗床闯创　　蛙娃瓦袜　　欢还缓幻　　乖拐怪
(10) 撮口音：
　　xue　　　　　yun　　　　　quan
薛学雪血　　晕云允运　　圈全犬劝

2. 依调序音节练习
中国伟大　山河美丽　天然宝藏　资源满地　诗文朗诵　争先恐后
胸怀宽广　光明磊落　中流砥柱　坚强果断　身强力壮　钻研讨论
花明柳媚　青年胜览　英明领袖　深谋远虑　阴阳上去　宣传鼓励

3. 不依调序音节练习
锦绣河山　春色满园　风和日丽　欣欣向荣　百花齐放　推陈出新
艰苦奋斗　勤俭建国　古为今用　学而不厌　言行一致　气吞山河
虚心使人进步，骄傲使人落后。
学如逆水行舟，不进则退。
有志者，事竟成。
知己知彼，百战百胜。

4. 针对性辅助练习

(1)	zh	zh	庄重	正直	战争	转折
	z	z	自在	总责	最早	曾祖
	zh	z	制造	转载	种族	准则
	ch	ch	车床	长城	抽查	铲除
	c	c	层次	粗糙	猜测	摧残
	ch	c	纯粹	船舱	春蚕	锄草
	c	ch	财产	促成	操场	存车
	sh	sh	生疏	手势	闪烁	山水
	s	s	思索	琐碎	松散	色素
	sh	s	收缩	摔碎	伤损	神色
	s	sh	算术	宿舍	丧失	松树

(2) 支援—资源　　智力—自立　　知识—姿势　　主力—阻力
　　珠子—租子　　轧草—杂草　　中和—综合　　摘花—栽花
　　制止—字纸　　使命—死命　　数日—肃穆　　初步—粗布

		商业—桑叶	筛子—塞子	山歌—三哥	诗人—私人
		收集—搜集	木柴—木材	棉纸—棉籽	午睡—五岁
		仔细思索	实事求是	自始至终	认真负责

(3) j　　j　　经济　　解决　　艰巨　　将军
　　 q　　q　　请求　　亲切　　恰巧　　缺欠　　取钱
　　 x　　x　　新鲜　　学校　　形象　　相信　　虚心
　　 j　　j　　坚强　　机器　　交情　　解劝　　郊区
　　 q　　j　　奇迹　　前进　　清洁　　巧计　　起居
　　 x　　q　　稀奇　　喜气　　戏曲　　向前　　小桥
　　 x　　j　　消极　　细节　　先进　　湘江　　夏季
　　　　　　谦虚谨慎　　戒骄戒躁　　全心全意　　勤俭建国

(4) n　　n　　牛奶　　恼怒　　泥泞　　男女　　农奴
　　 l　　l　　理论　　罗列　　嘹亮　　柳林　　联络
　　 n　　l　　努力　　耐劳　　年龄　　嫩绿　　纳凉
　　　　　　男子—篮子　　脑子—老子　　大娘—大梁
　　　　　　水牛—水流　　说你—说理　　努力—鲁艺
　　　　　　烂泥—烂梨　　旅客—女客　　老路—恼怒
　　　　　　三年—三连　　难住—拦住　　男女—褴褛

(5) n　　感叹　　判断　　参观　　简单　　偏见　　婉转　　关键
　　　　转换　　源泉　　根本　　认真　　愤恨　　沉闷　　钻研
　　　　亲近　　殷勤　　分寸　　进军　　谨慎　　健全

(6) ng　　光芒　　响亮　　状况　　风筝　　生成　　宁静
　　　　评定　　命令　　情形　　隆重　　东风　　动听
　　　　风景　　轻松　　帮忙　　方向　　刚强　　榜样
　　　　一半——一磅　　开饭——开放　　讲坛——讲堂
　　　　担心——当心　　铜钱——铜墙　　新年——新娘
　　　　上船——上床　　专员——庄员　　姓陈——姓程
　　　　盆子——棚子　　红心——红星　　很近——很静
　　　　吩咐——丰富　　信服——幸福　　三根——三更
　　　　辛勤——心情　　人参——人生　　阴沉——音程

(三) 口齿训练

1. b　p 练习

(1) 八百标兵奔北坡,北坡炮兵并排跑。炮兵怕把标兵碰,标兵怕碰炮兵炮。

(2) 炮兵攻打八面坡,炮兵排排炮弹齐发射。步兵逼近八面坡,灭敌八千八百八十多。

(3) 张伯伯,李伯伯,勃勃铺里买勃勃,张伯伯买了个勃勃大,李伯伯买了个大勃勃,拿回家里喂婆婆,婆婆又去比勃勃,也不知是张伯伯买的勃勃大,还是李伯伯买的大勃勃。

2. d t 练习

(1) 白石塔,白石搭,白石搭白塔,白塔白石搭,搭好白石塔,白塔白又大。

(2) 断头台倒吊短单刀,歹徒登台偷短刀,断头台塌盗跌倒,对对短刀叮当掉。

(3) 吃葡萄要吐葡萄皮儿,不吃葡萄不吐葡萄皮儿,吃葡萄不吐葡萄皮儿,不吃葡萄倒吐葡萄皮儿。

3. b d 练习

长扁担,短扁担,长扁担比短扁担长半扁担,短扁担比长扁担短半扁担,短扁担绑在板凳上,长板凳不能绑比长扁担短半扁担的短扁担,短板凳也不能绑比短扁担长半扁担的长扁担。

4. f h 练习

粉红墙上画凤凰,红凤凰,粉凤凰,粉红凤凰,红粉凤凰,黄凤凰

5. n l 练习

(1) 门外有四辆四轮大马车,你爱拉哪两辆就拉哪两辆。拉两辆,留两辆。

(2) 你能不能把公路旁柳树下的那头老奶牛,拉到牛栏山牛奶站的挤奶房来,挤了牛奶拿到柳林村,送给岭南公社托儿所的刘奶奶。

6. z zh c ch s sh 练习

(1) 找到不念早到,遭到不念早稻,乱草不念乱吵,制造不念自造,收不念搜,流不念牛,无奈别念无赖,恼羞不念老朽。

(2) 长蛇围着砖堆转,转完了砖堆钻砖堆。

(3) 三哥三嫂子,上山摘枣子,一摘摘了三斗三升酸枣子。三哥三嫂子,请借我三斗三升酸枣子,明年我也上山摘枣子,也摘三斗三升酸枣子,再还给三哥三嫂子,三斗三升酸枣子。

7. g k h 练习

哥哥挂钩,钩挂哥哥刚洗的白小褂儿。姑姑隔着隔扇去钩鼓,鼓高姑姑难钩鼓。哥哥给姑姑去钩鼓,姑姑给哥哥把小褂儿补。

8. j q x 练习

谢老爹在街上扫雪,薛老爹在屋里打铁。薛老爹见谢老爹在街上扫雪,就急忙放下手里正在打的铁,跑到街上帮助谢老爹来扫雪;谢老爹扫完了街上的雪,就急忙进屋里帮助薛老爹打铁。二人一同扫雪,二人一同打铁。

9. n ng 练习

(1) 你也勤来我也勤,生产同心土变金。工人农民亲兄弟,心心相印团结紧。

(2) 同姓不能念成通信,通信不能念成同姓。同姓可以互相通信,通信可不一定同姓。

10. i 练习

一二三,三二一,一二三四五六七,七六五四三二一,七个姑娘来聚齐,七只花篮手中提,一齐来到果园里,摘的是槟子、橙子、橘子、柿子、李子、栗子、梨。

11. u 练习

有个老头儿本姓顾,人们叫他顾老五,顾老五上街去买布带打醋,回来碰上鹰叼兔,兔子撞倒顾老五,碰掉了他的布,打翻了他的醋,气坏了老头儿顾老五。

12. ü 练习

村里新开一条渠,弯弯曲曲上山去,河水雨水渠里流,满山庄稼一片绿。

13. o ou 练习

打南坡走过来个老婆婆,两手托着俩笸箩。左手托着的笸箩装的是菠萝,右手托着的笸箩装的是萝卜。你说说,是老婆婆左手托着的笸箩装的菠萝多?还是老婆婆右手托着的笸箩装的萝卜多?说的对送给你一笸箩菠萝,说的不对既不给菠萝也不给萝卜,罚你替老婆婆把装菠萝的笸箩和装萝卜的笸箩送到大北坡。

14. 儿话音练习

(1) 吃仁儿不吃皮儿,吐皮儿不吐仁儿。磕下皮儿,吃了仁儿。吃了仁儿,吐了皮儿。皮儿吐了一堆儿,一堆皮儿没仁儿。

(2) 进了门儿,倒杯水儿,喝了两口儿运运气儿,顺手儿拿起小唱本儿,唱一曲儿,又一曲儿,练完了嗓子我练嘴皮儿,绕口令儿,练字音儿,还有单弦牌子曲儿,小快板儿,大鼓词儿,越说越唱我越带劲儿。

(3) 有个小孩儿叫小兰儿,挑着个水桶上庙台儿,摔了个跟头拣了个钱儿。又打醋,又买盐儿,还买了一个小饭碗儿。小饭碗儿,真好玩儿,没有边儿,没有沿儿,中间有个小红点儿。

(四)绕口令综合练习

(1) 有个面铺门冲南,门上挂着蓝布棉门帘;面铺挂上蓝布棉门帘,面铺门冲南;面铺摘了蓝布棉门帘,瞧一瞧,面铺门,还冲南。

(2) 出南门,进皮铺,买了块鹿皮补皮裤,是鹿皮,补皮裤;不是鹿皮不必补皮裤。

(3) 老彭拿着一个盆,路过老陈住的棚,盆碰棚,棚碰盆,棚倒、盆碎棚压盆。老彭要赔老陈的棚,老陈要赔老彭的盆,老陈陪着老彭去补盆,老彭帮着老陈来修棚。

(4) 会炖我的炖冻豆腐,来炖我的炖冻豆腐。不会炖我的炖冻豆腐,就别炖我的炖冻豆腐。要是冒充会炖我的炖冻豆腐,弄坏了我的炖冻豆腐,那就吃不了我的炖冻豆腐。

(5) 老龙恼怒闹老农,老农恼怒闹老龙,农怒龙恼农更怒,龙恼农怒龙怕农。

(6) 新郎和新娘,柳林底下来乘凉。新娘问新郎:你是下湖去挖泥,还是下田去扶犁?新郎问新娘:你坐柳下把书念,还是下湖去采莲?

新娘抿嘴笑:我采莲,你挖泥,我拉牛,你扶犁,挖完了泥,扶完了犁,采完了莲,咱俩再来把书念。

(7) 山前有四十四棵死涩柿子树,山后有四十四只石狮子。山前的四十四棵死涩柿子树,涩死了山后的四十四只石狮子。山后的四十四只石狮子,咬死了山前的四十四棵死涩柿子树。不知是山前的四十四棵死涩柿子树,涩死了山后的四十四只石狮子,还是山后的四十四只石狮子,咬死了山前的四十四棵死涩柿子树。

(8) 满天星。

天上看,满天星。地上看,有个坑。坑里看,有盘冰。坑外长着一棵松,松上落着一架鹰,鹰下坐着一老僧,僧前点着一盏灯,灯前搁着一部经,墙上钉着一根钉,钉上挂着一张弓。说刮风,就刮风,刮的那男女老少难把眼睛睁。刮散了天上的星,刮平了地下的坑,刮化了坑里的冰,刮断了坑外的松,刮飞了松上的鹰,刮走了鹰下的僧,刮灭了僧前的灯,刮乱了灯前的经,刮掉了墙上的钉,刮翻了钉上的弓。只刮得:星散、坑平、冰化、松倒、鹰飞、僧走、灯灭、经乱、钉掉、弓翻还不停。请来玉皇大地孙悟空,治服风婆天下宁,大家听,听分明,我说的是个绕口令,我说的是个绕口令。

(9) 十道黑。

一道儿黑,两道儿黑,三四五六七道儿黑,八道儿九道儿十道儿黑。我买了一根儿烟袋乌木杆儿,我是掐着它的两头儿那么一道儿黑。二兄弟描眉来演戏,照着他的镜子那么两道儿黑。粉皮儿墙,写川字,横瞧竖瞧三道儿黑。象牙桌子乌木腿儿,把它搁着在那炕上么四道儿黑。我买了一只母鸡不下蛋,把它搁着在那笼里捂(五)道儿黑。挺好的骡子不吃草,把它牵着在那街上遛(六)道儿黑。买了一头小驴不套磨,把它备上它鞍鞯骑(七)道儿黑。二姑娘南洼去割菜,丢了她的镰刀拔(八)道儿黑。月胮儿的小孩儿得了病,团几个艾球灸(九)道儿黑。卖瓜子的打瞌睡,哗啦啦啦撒了这么一大堆,他的笤帚、簸箕不凑手,那么一个儿一个儿拾(十)道儿黑。

(10) 喇叭和哑巴。

打南边儿来了个喇嘛,手里提了着五斤鳎目,打北边儿来了个哑巴,腰里别着个喇叭。提了鳎目的喇嘛要拿鳎目换别喇叭的哑巴的喇叭,别喇叭的哑巴不拿喇叭换提了鳎目的喇嘛的鳎目,提了鳎目的喇嘛急了,拿鳎目打了别喇叭的哑巴一鳎目,别喇叭的哑巴也急了,拿喇叭打了提了鳎目的喇嘛一喇叭,也不知是提了鳎目的喇嘛拿鳎目打了别喇叭的哑巴一鳎目,还是别喇叭的哑巴拿喇叭打了提了鳎目的喇嘛一喇叭,气的喇嘛回家炖鳎目,急的哑巴滴滴哒哒吹喇叭。

(11) 姐妹二人去逛灯。

正月里,那个正月正,有姐妹二人去逛灯。大姑娘名叫粉红女,二姑娘名叫女粉红。粉红女穿着一件粉红袄,女粉红穿着一件袄粉红。粉红女抱着一瓶粉红酒,女粉红抱着一瓶酒粉红。姐儿俩走到无人处,她们推杯换盏饮刘伶。女粉红喝了粉红女的粉红酒,粉红女喝了女粉红的酒粉红。粉红女喝得酩酊醉,女粉红喝得醉酩酊。粉红女见着女粉红就打,女粉红追着粉红女就拧。女粉红撕了粉红女的粉红袄,粉红女撕了女粉红的袄粉红。姐儿俩打罢搁下手,她们自个儿买线自个儿缝。粉红女买了一绺粉红线,女粉红买了一绺线粉红。粉红女缝反缝儿缝粉红袄,女粉红缝儿反缝缝袄粉红。

(12) 六十六岁的刘老六。

在苏州,有一个六十六条胡同口,么住着一个六十六岁的刘老六。他家有六十六座好高楼,在那楼上有六十六篓桂花油,篓上蒙着六十六匹绿绉绸,绸上绣着六十六朵大绒球。楼底下钉着那六十六根儿檀木轴。在那轴上拴着六十六头大青牛。牛旁边蹲着那六十六只大马猴。这个刘老六,他坐在门口正把那牛头啃,打那南边来了这么两头狗。两头狗,抢骨头,抢成仇,碰倒了六十六座好高楼,碰洒了六十六篓桂花油,油了那

六十六匹绿绉绸,脏了那六十六个大绒球,拉躺下六十六个大马猴。这正是,狗啃油篓油篓漏,狗不啃油篓篓不漏油。

二、综合练习篇目

找春天

春天来了!春天来了!
我们几个孩子,脱掉棉袄,冲出家门,奔向田野,去寻找春天。
春天像个害羞的小姑娘,遮遮掩掩,躲躲藏藏。我们仔细地找啊,找啊。

小草从地下探出头来,那是春天的眉毛吧?
早开的野花一朵两朵,那是春天的眼睛吧?
树木吐出点点嫩芽,那是春天的音符吧?
解冻的小溪丁丁冬冬,那是春天的琴声吧?

春天来了!我们看到了她,我们听到了她,我们闻到了她,我们触到了她。
她在柳枝上荡秋千,在风筝尾巴上摇啊摇;
她在喜鹊、杜鹃嘴里叫,在桃花、杏花枝头笑……

——节选自人教版二年级下册语文 经绍珍《找春天》

春的消息

风,摇绿了树的枝条,
水,漂白了鸭的羽毛,
盼望了整整一个冬天,
你看,春天已经来到!

让我们换上春装,
像小鸟换上新的羽毛,
飞过树林,飞过山岗,
到处有春天的欢笑。

看到第一只蝴蝶飞,
它牵引着我们的双脚;
我高兴地捉住它,
又爱怜地把它放掉。

看到第一朵雏菊开放,
我会禁不住欣喜地雀跃,

小花朵，你还认得我吗？
你看我又长高了多少！

来到去年叶落的枝头
等待它吐出新的绿苞；
再去唤醒沉睡的溪流，
听它唱歌，和它一起奔跑。

跑累了，我就躺在田野上，
头顶有明丽的太阳照耀。
是谁搔痒了我的面颊？
啊，身边又钻出嫩绿的小草……
——节选自河北教育出版社三年级下册语文 金波《春的消息》

我 想

我想把小手安在桃树枝上。
带着一串花苞，牵着万缕阳光，
悠啊，悠——悠出声声春的歌唱。

我想把脚丫接在柳树根上。
伸进湿软的土地，汲取甜美的营养，
长啊，长——长成一座绿色的篷帐。

我想把眼睛装在风筝上。
看白云多柔软，瞧太阳多明亮，
望啊，望——蓝天是我的课堂。

我想把我自己种在春天的土地上。
变小草，绿得生辉，变小花，开得漂亮。
成为柳絮和蒲公英，更是我最大的愿望。

我会飞啊，飞——飞到遥远的地方。
不过，飞向遥远的地方，
要和爸爸妈妈商量商量……
——节选自人教版五年级下册语文 高洪波《我想》

燕 子

一身乌黑光亮的羽毛，一对俊俏轻快的翅膀，加上剪刀似的尾巴，凑成了活泼机灵

的小燕子。

　　才下过几阵蒙蒙的细雨。微风吹拂着千万条才展开带黄色的嫩叶的柳丝。青的草，绿的叶，各色鲜艳的花，都像赶集似的聚拢来，形成了光彩夺目的春天。小燕子从南方赶来，为春光增添了许多生机。

　　在微风中，在阳光中，燕子斜着身子在天空中掠过，唧唧地叫着，有的由这边的稻田上，一转眼飞到了那边的柳树下边；有的横掠过湖面，尾尖偶尔沾了一下水面，就看到波纹一圈一圈地荡漾开去。

　　几对燕子飞倦了，落在电线上。蓝蓝的天空，电杆之间连着几痕细线，多么像五线谱啊！停着的燕子成了音符，谱成了一支正待演奏的春天的赞歌。

　　　　　　　　——节选自人教版三年级下册语文　郑振铎《燕子》

<h3 style="text-align:center">迎接明天灿烂的黎明</h3>

主持词：

有人说童年是一首歌，回荡着欢乐美妙的旋律；
有人说童年是一幅画，充满着瑰丽梦幻的色彩。
童年的快乐，快乐的童年，
我们每个人的童年都有自己的憧憬和理想。
在我的记忆中，最大的快乐就是在皎洁的月光下，
我们围坐在妈妈身边，听妈妈讲一个个好听的故事。

是的，这些故事不仅好听，里面还有许多道理，

听着这些故事，我们懂得了做人的道理。
听着这些故事，我们懂得了做人要诚实善良。
听着这些故事，我们懂得了做事要积极认真。
听着这些故事，我们懂得了南湖的红船，延安的宝塔。
听着这些故事，我们仿佛看到了井冈山上红旗飘飘，大渡河上炮声隆隆。
听着这些故事，我们懂得了一个亘古不变的真理，没有共产党就没有新中国。
听着这些故事，我们仿佛又看到了1949年的第一天！

这一天，多么让人激动：
爷爷奶奶的生日，和共和国同龄！
这一天，实在叫人高兴：
爸爸妈妈的出生，和改革开放同行！
也是这一天啊，我才刚刚出生，
老人说，我有福气，
正赶上香港回归祖国后的第一个国庆！

从此,我们全家人对这一天,
都有着特别深的感情;
从此,老少三代人对这一天,
都要进行最隆重的家庭欢庆!
从此,每当国庆节这一天,
我都要在童年日记上,记下家庭晚会的大事情……

在家庭晚会的节目单上,
第一个节目,总是爷爷奶奶齐唱《东方红》。
爷爷说:每当唱起这支歌
他都很怀念毛主席,
奶奶说:想起毛主席,
就是想起中国人民从此站起来了,
咱们老百姓当家做主人,昂首挺起胸,
让世界看一看,东方红的天空,
永远闪亮着五颗美丽的金星!

接下来就是爸爸弹琴,妈妈的独唱,
一曲《春天的故事》,赢来了满场的喝彩和欢腾。
妈妈说:想起邓小平,
就是记住,中国人民开始富起来了,
我们老百姓更加扬眉吐气,国家更繁荣!
让天下听一听,新世纪中国永远响彻春天的歌声!

轮到第三个节目,便是我的诗歌朗诵,
一首《歌颂神舟飞船》的小诗,让全家人都激动。
爷爷奶奶说:杨利伟的航天成功,说明中国要飞起来了,
爸爸妈妈说:我国正在实施奔月的《嫦娥工程》!
我说:等我长大了,我要报考航天员,到太空飞行!
到那时,我要在天上替爷爷奶奶高唱《东方红》,
我还要把《春天的故事》从太空唱给爸爸妈妈听。
到那时,我要写一首最新最美的小诗,
朗诵给太阳、给月亮、给星星……
朗诵给长江、给黄河、给长城……
朗诵给我们亲爱的祖国,每一朵小花和每扇窗棂!

啊!国庆节的祝福,祝福国庆!
捧出所有的童心,编成一条彩虹。

课本剧创编

彩虹上系着我们美丽的梦想,
彩虹上书写我们纯真的深情——
祖国啊腾飞的祖国,
您频传的喜讯,催促我们快快成长。
看!千万条红领巾,正张开火红的翅膀,
去迎接明天灿烂的黎明!

丑小鸭

太阳暖烘烘的。鸭妈妈卧在草堆里,等她的孩子出世。

一只只小鸭子从蛋壳里钻出来了,就剩下一个特别大的蛋。过了好几天,这个蛋才慢慢裂开,钻出一只又大又丑的鸭子。他的毛灰灰的,嘴巴大大的,身子瘦瘦的,大家都叫他"丑小鸭"。

丑小鸭来到世界上,除了鸭妈妈,谁都欺负他。哥哥、姐姐咬他,公鸡啄他,连养鸭的小姑娘也讨厌他。丑小鸭感到非常孤单,就钻出篱笆,离开了家。

丑小鸭来到树林里,小鸟讥笑他,猎狗追赶他。他白天只好躲起来,到了晚上才敢出来找吃的。

秋天到了,树叶黄了,丑小鸭来到湖边的芦苇里,悄悄地过日子。一天傍晚,一群天鹅从空中飞过。丑小鸭望着洁白美丽的天鹅,又惊奇又羡慕。

天越来越冷,湖面结了厚厚的冰。丑小鸭爬在冰上冻僵了。幸亏一位农夫看见了,把他带回家。

一天,丑小鸭出来散步,看见丁香开花了,知道春天来了。他扑扑翅膀,向湖边飞去,忽然看见镜子似的湖面上,映出一个漂亮的影子,雪白的羽毛,长长的脖子,美丽极了。这难道是自己的影子吗?啊,原来我不是丑小鸭,是一只漂亮的白天鹅呀!

——根据丹麦作家安徒生创作的同名童话改编

猴吃西瓜

猴王找到了一个大西瓜,可是,怎么吃呢?这个猴啊,是从来也没有吃过西瓜。忽然,他想出了一条妙计,于是,把所有的猴都招集来了。

他清了清嗓子:"今天,我找到了一个大西瓜。至于这西瓜的吃法嘛,我当然……当然是知道的。不过,我要考验一下大伙的智慧,看看谁能说出这西瓜的吃法。如果说对了,我可以多赏他一块。如果说错了,我可要惩罚他!"

大伙你看看我,我看看你,是谁也没有吃过西瓜。

小毛猴眨巴眨巴眼睛,挠了挠腮说:"我知道,吃西瓜是吃瓢!"

"不对!小毛猴说得不对!"秃尾巴猴跳了起来:"我小的时候跟我妈去姥姥家,吃过甜瓜,吃甜瓜就是吃皮。我想,这甜瓜也是瓜,西瓜也是瓜,吃西瓜嘛,当然也是吃皮咯。"

这时候,大伙争执起来,有的说:"吃西瓜吃皮!"有的说:"吃西瓜吃瓢!"可争了半天,也没争出个结果,于是都不由的把目光集中到一只老猴的身上……

这老猴认为出头露面的机会来了,他捋了捋胡子,打扫了一下嗓子说:"这吃西瓜嘛,当然……当然是吃皮咯。我从小就爱吃西瓜,而且……而且一直都是吃皮的。我想,我之所以老而不死,就是因为吃了这西瓜皮的缘故……"

大伙都欢呼起来:"对!吃西瓜吃皮!""吃西瓜吃皮!"……

猴王认为找到了正确答案,他站起身来,上前一步,开言道:"对!大伙说得对!吃西瓜是吃皮。哼!就小毛猴崽子一个人说吃西瓜吃瓤,那就让他一个人吃吧!咱们大伙,都吃西瓜皮!"

西瓜一刀两半,小毛猴吃瓤。大伙,是共分西瓜皮……

有个猴吃了两口,就捅了捅旁边的说:"哎,我说这可不是滋味啊!"

"咳,老弟,我常吃西瓜,西瓜嘛,就是这味……"

——根据同名寓言故事改编

永远的第十一位教师

这是一个真实的故事。

在一个偏远的小山村里,有一所小学校,因为各方面条件极差,一年内已经陆续走了七八位教师。当村民和孩子们依依不舍地送走第十位教师后,就有人心寒地断言:再不会有第十一位教师留下来。乡里实在派不出人来,后来只好请了一位刚刚毕业等待分配的女大学生来代一段时间课。不知女大学生当初是出于好奇或是其他什么原因,总之很快和孩子们融洽地生活在一起。

三个月后,女大学生的分配通知到了。村民们只好像以往十次那样带着各家的孩子去送这位代课教师。谁知,无法预料的情形发生了——那天,在代课教师含泪走下山坡的那一瞬间,背后突然意外地传来她第一节课教给孩子们的古诗:

离离原上草

一岁一枯荣

野火烧不尽

春风吹又生……

那背诵的声音久久回荡,年轻的代课教师回头望去,二十几个孩子齐刷刷地跪在高高的山坡——没有谁能受得起那天地为之动容的一跪。孩子们目光中蕴含的情感,顷刻间让她明白:那是孩子对知识的渴望和纯真而无奈的挽留啊!

代课教师的脚步凝滞了。她重新把行李扛回小学校。她成了第十一位老师。往后的日子她从这所小学校里送走了一批又一批孩子去读初中、高中、大学……这一留就是整整二十年。

我听到这个故事的时候,正是女教师患病被送往北京治疗的期间。我一直想去探望她,但因为种种原因没能成行。

我终究没能见到这位乡村女教师。当我终于有机会来到这所小学校时,已有一位男教师来接她的班。新来的教师对我说:她患了绝症,从北京回来的只是她的骨灰。我看到她的骨灰装在一个红色的木匣里,上面没有照片。

临行时,这位男教师还告诉我,这所学校没有第十二位教师的说法。无论以后谁来

接班,永远都是第十一位。这是所有能在这里工作的教师的光荣,他说。还有就是这所小学校有一条不成文的规定。是什么,他没有立即告诉我,当时他只是微笑着对我说:明天早晨,你就会知道。

第2天,我早早从距小学校几里远的乡招待所起来,刚刚爬到院墙外那座高高的山坡,就远远地听到白居易那首熟悉的诗句:

离离原上草

一岁一枯荣

野火烧不尽

春风吹又生……

我想起,今天是新生开学的第一课。

中华少年

甲:从巍峨峻拔的高原走来,我是冰山上的一朵雪莲;
乙:从碧波环抱的宝岛走来,我是海风中的一只乳燕;
丙:从苍苍茫茫的草原走来,我是蓝天下翱(áo)翔的雏鹰;
丁:从七沟八梁的黄土坡走来,我是黄河边鲜嫩的山丹丹。
齐:啊!神州大地生长的希望,我们是中华的少年!

丁:九曲黄河让我懂得百折不回,
甲:莽(mǎng)莽昆仑(lún)使我学会立地顶天,
丙:教我纯洁的是北国的雪花,
乙:教我热烈的是南疆的红棉。
合:龙的故土,民族的摇篮,锦绣山川,我们的家园。

甲:到刚劲(jìn)端庄的方块字里,感受"水浒(hǔ)""三国"的英雄豪气;
乙:到如歌如画的唐诗宋词中,领略枫桥的钟声,大漠的孤烟;
丙:在外婆的歌谣里牙牙学语,女娲(wā)、大禹(yǔ)的故事萦(yíng)绕耳畔;
丁:在爷爷的臂弯下蹒(pán)跚(shān)学步,冬子、雷锋的脚印引我向前。
合:炎黄子孙,中华儿女,黑眼睛黄皮肤,不改的容颜。

丁:五月端阳,心随龙舟把诗魂追赶,
乙:八月中秋,借皎皎圆月遥寄思念。
丙:敖(áo)包会上,射箭摔跤,尽显小牧民的强悍;
甲:手捧哈(hǎ)达,欢歌劲舞,献给朋友美好的祝愿。
合:东方之美滋养着龙的传人,五千年文化植根在我们心田。

丁:我们铭(míng)记着中华母亲的功德,更不忘她承受的千灾百难。黄河纤(qiàn)夫拉不直问号般的身躯,长城的古砖挡不住洋炮的弹片。

丙:啊!是七月的星火,南湖的航船,让东方雄狮从噩梦中奋起。

甲:先驱者的热血复苏了千年冻土,神州才露出青春的笑脸,

乙:"春天的故事"响彻大江南北,中华啊!展开了崭新的画卷。

甲:今天,历史和未来将由我们焊(hàn)接,时代的接力棒要靠我们相传,站在新的起跑线上响亮回答:

合:少年要谱写中华更璀(cuǐ)璨(càn)的诗篇!

甲:不期望脚下处处阳关道,

乙:不幻想头顶一片艳阳天,

丙:不迷恋父兄给予的蜜罐温床,

丁:不忘记"最危险的时候"战歌飞旋!

甲:要做旗舰去长风破浪,

乙:要做火箭去推动飞船,

丙:要像利剑把贫穷斩断,

丁:要用爱心把世界相连

女:听,芦笙(shēng)和唢(suǒ)呐一齐吹响,

男:看,乳燕和雏鹰比翼联翩。

合:五十六朵鲜花竞(jìng)相开放,装点祖国万里大花园。

甲:让先辈的英灵自豪地惊叹:

合:啊!这就是我的中华!这就是中华的少年!

——节选自人教版六年级上册语文 李少白《中华少年》

春晓

作者:孟浩然

春眠不觉晓,处处闻啼鸟。

夜来风雨声,花落知多少。

牧童词

作者:李涉

远牧牛,绕村四面禾黍稠。

陂中饥乌啄牛背,令我不得戏垅头。

半陂草多牛散行,白犊时向芦中鸣。

隔堤吹叶应同伴,还鼓长鞭三四声。

牛群食草莫相触,官家截尔头上角。

春夜喜雨

作者:杜甫

好雨知时节,当春乃发生。

随风潜入夜,润物细无声。

野径云俱黑,江船火独明。

晓看红湿处,花重锦官城。

望庐山瀑布

作者：李白

日照香炉生紫烟，遥看瀑布挂前川。
飞流直下三千尺，疑是银河落九天。

在山的那边

小时候，我常伏在窗口痴想
————山那边是什么呢？
妈妈给我说过：海
哦，山那边是海吗？

于是，怀着一种隐秘的想望
有一天我终于爬上了那个山顶
可是，我却几乎是哭着回来了
————在山的那边，依然是山
山那边的山啊，铁青着脸
给我的幻想打了一个零分！
妈妈，那个海呢？

在山的那边，是海！
是用信念凝成的海
今天啊，我竟没想到
一颗从小飘来的种子
却在我的心中扎下了深根
是的，我曾一次又一次地失望过
当我爬上那一座座诱惑着我的山顶
但我又一次次鼓起信心向前走去
因为我听到海依然在远方为我喧腾
————那雪白的海潮啊，夜夜奔来
一次次漫湿了我枯干的心灵……

在山的那边，是海吗？
是的！人们啊，请相信——
在不停地翻过无数座山后
在一次次地战胜失望之后
你终会攀上这样一座山顶
而在这座山的那边，就是海呀
是一个全新的世界
在一瞬间照亮你的眼睛……

第八章 课本剧相关案例参考*

扫码查看
剧目资源

第一节 历史剧

滥竽充数

时　　间　　战国时期齐国
地　　点　　大殿
人　　物　　齐宣王、南郭先生、大臣二人、乐队数人

第一幕　大殿上

【旁白：齐国的大王齐宣王特别喜欢听吹竽，这天早朝，他们又议论起组建吹竽队的事。

大臣甲　　大王，我们齐国乃是当今第一强国，我们的竽队应该是天下第一！
大臣乙　　对，我建议组建一支百人大乐队，以显我大国之风采。
大臣甲　　不，一百人太少了，最少也得二百人！
齐宣王　　（高兴地说）来人那，宣本王旨意，立即组建一支三百人的竽队，以显我大国之威。
众人（齐）（磕头）大王圣明！
【画外音：大王有旨，为显我大齐风采，立即组建三百人吹竽队，有此才能者快来报名啊，待遇从优，名额有限，来晚了可没有卖后悔药的呀！
南郭先生　（出场，边走边叨咕）我的名字叫南郭，好吃懒做不干活，听说大王要建竽队，这可是个大好活。那位说了，您会吹竽吗？要说吹竽我不会，吹嘘拍马（嘿）还差不多。不过人多容易混，滥竽充数我有辙！怎么个混法，那我可不告诉你。（拿出竽，往竽眼里塞东西）
【画外音：您还别说，南郭先生还真有办法，这往竽眼里塞的是什么东西呀？
南　郭　　嘿！这是谁呀，怎么都给我说出去啦？
南　郭　　（抱着竽见大臣甲，鞠躬）大人好！

---

* 本章案例的相关视频可扫描右侧二维码查看。

大臣甲　　（傲慢的）干什么呀？
南　郭　　我想参加吹竽队，您看啊！（递上银子）
大臣甲　　啊，啊，哈哈哈，行啊行啊，（很神秘的）您一定吹得棒极了，是吗？
南　郭　　那当然了！（南郭先生走下）
大臣甲　　（洋洋得意的）谁来不是来呀。
　　　　　（回转身）启禀大王，三百人乐队已招齐，请大王御览。
齐宣王　　（高兴的）好，好，马上召见！本王要立即听他们演奏！
【乐队九人上，南郭居中。
大臣甲　　奏乐！（音乐起，一声尖厉的声音，十分刺耳）
【众人停，只有南郭仍在装腔作势的吹奏。
齐宣王　　（大怒）什么人，吹出如此刺耳的声音，还不给我拿下！
大臣乙　　（抓住南郭的脖领）大王，就是他！他用这样的声音刺伤您的龙耳，真是罪该万死！
齐宣王　　哼，好大的胆子，推出去，杀！
众　人（齐）　大王圣明！
南　郭　　（浑身发抖）大大大王，小民冤冤冤冤枉！
大臣甲　　你欺君枉上，罪该万死，还有什么冤枉的！快推出去，杀！
齐宣王　　慢，让他说，看他还能说什么！
南　郭　　大王圣明！大王容禀。刚才小人正在吹竽，忽见大王头上紫气东来，祥云缭绕，小人知道这是上天的旨意，预示着我们齐国繁荣昌盛，预示着大王万寿无疆。小人看了，内心无比激动，再也无法控制对大王的无上敬仰之情，所以才吹奏出如此高亢嘹亮的乐音，以示对大王的无限祝福，祝大王万岁万岁万万岁！
齐宣王　　（疑惑）果真如此吗？
南　郭　　大王您双目如炬，明察秋毫，小人怎敢欺骗大王呢？
齐宣王　　量你也不敢！
南　郭　　（指着大臣甲）可是他，竟然当着大王的面，诋毁大王，灭我齐国国运，损我大王威名，小人蒙冤事小，大王威名受损事大，此人不杀，上天不容，上天不容啊！
齐宣王　　大胆贼子！竟敢欺骗本王，犯上作乱，来人那，推出去，杀！
大臣甲　　小人冤枉，小人冤枉，小人冤枉！（被拉下场）
齐宣王　　南郭先生，心怀本王，忠信可嘉，赏绸缎十四，升为竽队队长！
众　人（齐）　大王圣明！
南　郭　　（转身指挥竽队，得意扬扬）奏乐！
【音乐起，南郭回到队中，装腔作势地吹竽。
齐宣王　　（大声喊）好！
【旁白：从此，南郭先生步步高升，成了齐宣王眼中的大红人，可是，几年之后，齐宣王死了，它的儿子齐湣王当了齐国的大王，这天，齐湣王召见南郭先生。

南　　郭　　大王找我有什么事吗？哦，我明白了，您一定是想组建一支更强大的乐队，这是完全应该的，以您的威望，建一支四百人，不，五百人的乐队，那才合适呢。我马上就去……

齐湣王　　不，我不喜欢合奏，我喜欢听独奏！

南　　郭　　(吃惊的)啊！您，您，您喜欢……独，独奏？啊！独奏好啊，独奏清新、悦耳，独奏最能体现我们齐国的和平安宁，您真是圣明之君啊！我，我马上就去叫人……

齐湣王　　不必了，你不是竽队第一高手吗？你吹给我听就可以了。

南　　郭　　(惊恐)啊，我，我，我不行啊……

齐湣王　　什么？你不行！你怎么了？啊！

南　　郭　　(吓得坐在地上)我，我，我……

齐湣王　　你不是挺能吹的吗？吹！

南　　郭　　(哆哆嗦嗦的)我，我，我，吹……(抱起竽吹起来)

【音乐起，堵塞物纷纷飞出落下。

【众人大笑。

齐　　王　　(大怒)啊！你这是吹竽吗？(众人安静)你这个不学无术的家伙，滥竽充数，欺骗先王，还敢邀功请赏，实在可恶！来人哪，推出去，杀！

南　　郭　　大王，您是圣明之君，明察秋毫，小人冤枉，小人冤枉！……

齐湣王　　哼，你欺骗先王在前，戏弄本王在后，你还有什么冤枉的？来人，杀！
　　　　　　(面向大家)

齐湣王　　南郭不学无术，欺上瞒下，死有余辜，希望大家不要学他，我们要实事求是，齐心协力，把齐国的事情办好！

晏子使楚

时　　间　　春秋末年
地　　点　　楚国
人　　物　　楚王、晏子、大臣、王后、士兵、强盗

第一幕

【旁白：在我国历史上的春秋时代末期，齐国和楚国都是大国。有一次，齐王派宰相晏子去访问楚国，楚王仗着自己国势强盛，准备乘机侮辱晏子，晏子针锋相对进行反驳，三次挫败楚王，机智果敢，维护了国家的尊严！

【布景：楚国城门外，城门上开了洞，几位武士站在那里看门。

【进场音乐起。

【两位大臣、宫女1、2后面跟着楚王和王后进场，入座。

两位大臣　　(齐作揖)吾皇万岁万岁万万岁，王后千岁千岁千千岁！

楚　　王　　众卿家免礼！

楚　　王　　(得意扬扬地对大臣说)听说这次齐国派的是大夫来访问我国，你们说

说，我应该怎样做呢？

大臣甲　（上前一步，作揖，对楚王）嘿嘿，大王放心，我们都办妥了。

大臣乙　听说齐国大夫很矮，我们就在城门旁边开了个洞给他！

大臣甲　（点点头）对对对，就让他从洞里进来！

王　后　嗯，不错，大王这次一定能让晏子出尽洋相，大长我楚国的威风。

大臣乙　皇后所言极是啊！

楚　王　（大笑）哈哈哈，就这么办吧！

【晏子来到城门前，士兵甲乙做出请进的手势，齐声：欢迎晏大人出使我楚国，请——

晏　子　（看了看）这是个狗洞，不是城门。只有到"狗国"去访问的人才从狗洞进去。我在这儿等一等。你们先去问一问大王，楚国到底是个什么样的国家？

士兵甲　（用轻蔑的语气）你今天进也得进，不进也得进！

晏　子　唉，谁让我来到狗国呢，只好从狗洞里进去了。（说着假装要进去）

士兵甲　慢，等一下。你，快去禀报大王。

士兵乙　（匆匆地跑到楚王面前）大王，大王，齐国的大夫说，那个小门是狗洞，如果他从那小门进来，那，那我国就是狗国，怎么办？

楚　王　（看向两旁的大臣们）你们有什么办法？

【大臣们都没主意，无话可说，你看看我，我看看你……

楚　王　（无可奈何）叫人去开城门。

士兵乙　（跑到城门前，大声说）大王有令，打开城门，迎接楚国使者。

【两个士兵打开城门，晏子大摇大摆地走进城门，脸上挂着一抹微笑。）

第二幕

【楚王清清嗓子，皇宫里安静了下来。

楚　王　（瞟瞟晏子，做蔑视状，冷笑）难道你们齐国没有人才吗？

晏　子　（严肃地）这是什么话？我国首都临淄住满了人。大伙举起袖子，就是一片云；大伙甩一把汗，就是一阵雨。街上行人肩膀擦着肩膀，脚跟擦着脚跟。大王怎么说我们齐国没有人呢？

楚　王　（一副满不在乎的样子）既然你们齐国有你所说的那么多人，那么为什么要打发你来呢？（楚王说完，一边的大臣都点头响应。）

晏　子　（装作为难的样子）大王您这一问，我实在不好回答。撒谎吧，怕犯了欺君之罪，如实说吧，又怕大王您会生气。

楚　王　（无奈地）你实话实说吧，我不会生气的。

晏　子　（拱了拱手，慢条斯理地）大王，您可能不知道敝国的规矩吧——访问上等的国家，就派上等人去；访问下等的国家，就派下等人去。我最不中用，所以就派到这儿来了。

【说完，晏子笑了笑。楚王只好尴尬地赔笑。大臣们也都只好赔着笑。

第三幕

【楚王安排酒席招待晏子,两人正吃得兴起,有两个士兵押着一个囚犯,从堂下走过去。

楚　王　那个囚犯犯的什么罪?他是哪里人?

武　士　是个强盗,齐国人。

楚　王　(皮笑肉不笑)齐国人怎么这样,没出息,干这种事情?

【大臣们得意扬扬,以为晏子这回洋相出定了。

晏　子　(面不改色)大王怎么不知道哇?淮南的柑橘,又大又甜。可是这种橘树一种到淮北,就只能结出又小又苦的枳,还不是因为水土不同吗?同样的道理,齐国人在齐国能安居乐业,一到楚国,就做起强盗来了,也许是两国的水土不同吧!

楚　王　(连连赔不是)我原来想取笑大夫,没想到反倒让大夫取笑了。

【闭幕。

西门豹

时　间　战国时期

地　点　魏国的邺地

人　物　西门豹、武士、侍卫、官绅、巫婆、百姓(老婆婆和孙女、老农夫妇、路人、新娘)

第一幕　摸清底细

【旁白:战国时候,魏国邺这个地方紧邻漳河,老百姓本该安居乐业,但是举目四望,田地荒芜、人烟稀少,为了生存,老幼妇孺纷纷逃离家园,开始了颠沛流离的生活。

【音乐准备,二泉映月。

【一位萎靡不振的老农在田地里劳作。一群破衣烂衫的饥民,从场上经过,一位饥民倒地昏厥,路人扶起下场。

【旁白:这件事传到了魏王耳中,派西门豹来治理这个地方。

【马蹄声。

【西门豹微服上。见一位老大爷立在田头,正望着田地唉声叹气。

西门豹　(自言自语)魏王说此处民不聊生,今日一见,唉!果真如此。这里紧邻漳河,灌溉田地如此便利,为何却落得这等模样?哎!前面有一老农,不如我上前问个明白。

西门豹　(走上前去)老大爷,这、这里怎么成了这副模样呢?

老大爷　(左顾右盼,小心翼翼)你不是本地人吧。

西门豹　啊……我……我路过此地。

老大爷　唉,都是河伯娶媳妇给闹的。

西门豹　哦,河伯是谁呀?

老大爷　河伯是漳河的神,每年要娶一个年轻的姑娘。要不给他送去,漳河就要

发大水,把田地全淹了。

西门豹　（惊诧）这话是谁说的?

老大爷　（叹气）是巫婆说的,官绅们每年出面给河伯办喜事,硬逼着老百姓出钱。每闹一次,他们要收几百万钱;办喜事只花二三十万,剩下的就被巫婆和官绅们分了。

西门豹　（疑惑、悲愤）那,新娘是哪儿来的?

老大爷　咳嗽了几下,哪家有年轻的女子,巫婆就带着人到那家去选。有钱的人家花点钱就过去了,没钱的只好眼睁睁地看着女儿被他们拉走。到了河伯娶媳妇哪天,他们在漳河边上放一条苇席,把女孩子打扮好了,让她坐在苇席上,顺着水漂去,到了河中心就沉下去了。有女孩子的人家都逃到外地去了,所以,人口越来越少,这地方越来越穷了。

西门豹　（试探）那么漳河发过大水没有呢?

老大爷　（又叹了一口气,摇头）没有发过,倒是夏天雨水少,年年闹旱灾。

西门豹　（双手背在腰后,来回踱步）这样说来,河伯还是灵啊！下一回他娶媳妇,请告诉我一声,我也去送送新娘。

【老农疑惑地望着西门豹离开,自己也摇摇头退场。

【幕落。

第二幕　破除迷信

【画外音:（敲锣）河伯娶亲了——河伯娶亲了——

【老百姓两边上场,巫婆和官绅头子趾高气扬在前,小官绅恭恭敬敬在后,上场。

巫　婆　今天可又是个发财的好日子呀!（低声）你说,新来的大人会不会有什么麻烦?

官绅头　不怕,当官的,塞俩钱还摆不平他?

侍　卫　（吆喝）西门大人到。

【两队侍卫出场,后面跟着西门豹,侍卫一字排开。)

官绅头子　（带着小官绅上前,拱手）参见西门大人。

巫　婆　参见西门大人。

西门豹　听说今天河伯娶亲,我也来凑凑热闹,来呀,把新娘领来让我看看!

【两个官绅搀扶新娘出场,新娘在哭,用手抹泪。

西门豹　哎,我说,这哭哭啼啼的,像什么样?这个姑娘也不漂亮!（左右观望）要不,回头让我给河伯选个漂亮的送去。

巫　婆　哎呀!大人,今天可是良辰吉日,错过了时辰,河伯怪罪下来,你——我——可担当不起呀！

西门豹　哦,是吗?要不这样吧,麻烦你去告诉河伯一声,请他再宽限几日,我一定给他送一个更漂亮的!

巫　婆　（惊慌后退,支支吾吾的）不……不要啊,我……我……

西门豹　　来呀！送巫婆上路，扔远点儿啊，省得她走太多的路。
【两侍卫赶紧上来，拖巫婆下场。
远处传来　（凄厉的）大人，饶命啊！
【落水声、议论声。官绅头子和小官绅们吓得哆哆嗦嗦，抖如筛糠。
西门豹　　（来回踱步）老巫婆去了这么长时间了，还不回来，大概和河伯聊天忘记时间了。哎，人老了，办事这么拖拖拉拉，不中用了。
西门豹　　你，（用手指着官绅头子，官绅头子立即跪倒在西门豹面前）催催巫婆去，来人哪，请他走一趟吧。
官绅头子　（哭腔，磕头如捣蒜）大人，饶命啊！大人，小人上有八十老母，下有三岁幼儿……我……大一人一
【西门豹转身面向观众，冲着官绅头子一甩手。
【侍卫拖官绅头子下场。
【落水声、议论声。
西门豹　　（转头面向官绅和使女）要不，你们……
众官绅　　（齐下跪，不住磕头）大人，饶命啊！大人，饶命啊！
西门豹　　（严厉）你们都起来吧，看样子—是河伯把他们留下来了。
【官绅退向后场，老百姓拥向前台。
百姓甲　　（振臂高呼）巫婆是骗人的！
众百姓　　（齐喊）对！巫婆是骗人的，根本没有河伯！
百姓乙　　（领头跪下）谢谢您，大人！您救了老百姓的命呀！好官！好官啊！
众百姓　　（纷纷跪倒，齐声）好官！好官！
西门豹　　（扶起百姓，登到高处）乡亲们，根本没有河神，巫婆和官绅这样做，就是为骗你们的钱财，他们已经得到了应有的惩罚。乡亲们，要想丰衣足食，安居乐业，咱们就得齐心协力，开挖渠道，引水灌苗。
众百姓　　（振臂齐呼）对，开挖渠道，引水灌苗！
【旁白：西门豹发动老百姓开凿了十二条渠道，把漳河的水引到田里。庄稼得到灌溉，年年获得好收成，邺这个地方又变成了一个物丰民康的富庶之地。
【乐曲：大生产。老百姓载歌载舞。
【闭幕。

扁鹊治病

时　间　春秋战国时期
地　点　蔡国的宫殿
人　物　蔡桓公、扁鹊、侍卫、大臣、旁白

第一幕
【大王正襟危坐，侍卫侧立一旁。
【旁白：春秋战国时期，有一位医生叫扁鹊，他医术高超，治病时，有时稍微观察一下

课本剧创编

肤色面相，就能看出病人的情况。有一天，他来到蔡国的宫殿。

蔡桓公　（正步上场，端坐）近日寡人批阅奏章，发现我国人民安居乐业，真让人高兴！

大　臣　国家如此昌盛，全是大王英明神武。大王一定福泽万年。

蔡桓公　那是自然。

【扁鹊上场。

扁　鹊　草民扁鹊，参见大王！

蔡桓公　你就是扁鹊？

扁　鹊　正是！

蔡桓公　起来吧！

扁　鹊　谢大王。（谢恩起身，抬头看向大王，忽然脸色微变，欲言又止）

蔡桓公　扁鹊，你想说什么？但说无妨。

扁　鹊　（担忧）大王……

蔡桓公　（和蔼地安抚）大胆直言，寡人脾气很好的。

扁　鹊　（犹豫了一会，坚定地说）大王，您，您有病！

蔡桓公　（怒目圆睁）你！你好大的胆子！！！

扁　鹊　（惶恐的）大王息怒！大王不要担心，您的病在腠理，稍加治疗即可痊愈。

蔡桓公　寡人位尊九五，生龙活虎，哪来什么病？念在你是关心则乱，寡人不跟你计较。没什么事，你就退下吧。

扁　鹊　大王，您的病现在治疗……

蔡桓公　（不耐烦地）退下吧！

【扁鹊摇摇头，退场。

蔡桓公　这些做大夫的，就喜欢给没病的人治病，才显得自己医术高明。唉，怎么连神医都这样？真是世风日下，人心不古。

众大臣　大王所言甚是。

第二幕

【旁白：过了十几天，扁鹊又来见蔡桓公。

侍　卫　宣扁鹊觐见。

扁　鹊　（上场，施礼）参见大王。

蔡桓公　免礼。扁鹊，你上次说寡人腠理有病，可是十几天过去了，寡人并无不适啊。

扁　鹊　（抬头，仔细端详）哎呀！大王，大王有所不知，这病无疼痛，所以人体感知较迟。现在这病已经伤及肌肉，若再不治，恐怕会更加严重。

【蔡桓公装作没有听到，背向扁鹊。

大　臣　（上前）你这庸医！仗着自己读过几本医术，就敢对大王胡言乱语，还不赶快退下！

扁　鹊　　大王!
【大王拂袖而去。扁鹊无奈退场。

第三幕
【旁白:又过了十来天,扁鹊再次进宫。
【大王与大臣做说话的样子,忽然低头咳嗽。
大　臣　　大王,您怎么了?
蔡桓公　　无事无事。
侍　卫　　(上前)启禀大王,扁鹊求见。
蔡桓公　　这庸医,不见!
大　臣　　大王,您可能偶感风寒,让他进来见一见吧。
蔡桓公　　(不情愿地)那……好吧。宣他上殿。
扁　鹊　　(刚准备施礼,忽然大惊)啊!大王!大王最近可有不适?
【蔡桓公有点不耐烦,面露不满。
大　臣　　(斥责)扁鹊!你真是得寸进尺。每次见到大王,都要卖弄学问。
扁　鹊　　(慌忙向大王施礼谢罪)大王恕罪!非是草民故意卖弄,实在是大王这病已深入肠胃,如果再不加以医治,延误治疗,就真的是无力回天了!
蔡桓公　　(大怒)真是荒唐!寡人有没有病,难道自己不清楚吗?你再在这里妖言惑众,寡人就把你逐出蔡国!(抬眼示意侍卫)
侍　卫　　(上前)扁鹊先生,请!
【扁鹊还想再次劝说,侍卫坚定地伸手请他离开,扁鹊皱眉、摇头、叹气,离开。大王咳嗽不断。
大　臣　　(上前)大王息怒,大王息怒!这扁鹊太不识时务,看把您给气得。

第四幕
【旁白:又过了十来天,蔡桓公与大臣在大殿的栏杆前谈论。
【蔡桓公好像因身体疼痛而不时皱眉,间或咳嗽,忽然身体摇晃了一下,伸手扶了一下额头。
大　臣　　大王!您怎么了?
蔡桓公　　(虚弱的)许是高楼风大,吹得久了。(忽然眼睛往下方扫了一眼,手指问大臣)楼下那是扁鹊吗?
大　臣　　(顺势看了一眼)回大王,正是。
【与此同时,楼下的扁鹊也作抬头张望状,仔细观望了一会,在大王伸出手指时,面露惊讶,扭头就跑。
蔡桓公　　咦,这扁鹊跑什么?前去问个明白。
侍　卫　　是。
侍　卫　　(做虚拟下楼状,一边作跑的样子一边喊)扁鹊神医!
【同时大王和大臣下场,扁鹊上场,站定。两人见面施礼。

扁 鹊	李侍卫。
侍 卫	神医。神医,大王着我前来询问,为何你远远见到大王要跑呢?
扁 鹊	唉!李侍卫啊,大王命不久矣。
侍 卫	(惊讶)神医!慎言。
扁 鹊	当初,我察言观色,见大王贵体有恙,不过病在皮肤,只要热敷可愈。病在肌肉,以针灸之法可愈。即使病在肠胃,用汤药调养几日可愈。如今你们大王的病已经深入骨髓,即使神仙也无能为力啊!
侍 卫	神医,你是说大王已经无药可救了?
扁 鹊	是的,在下真的无能为力了。
侍 卫	(再次挽留)还请神医再想想办法!
扁 鹊	(长叹)唉!错过了治疗的关键期,即使神仙也无力了。告辞。

【旁白:不几日,蔡桓公病入膏肓,与世长辞。

齐 说	(所有人一起上场)这正是盲目无知不听劝,讳疾忌医留祸患。后世诸君且记取,前车之覆后车鉴。

【闭幕。

将相和

第一幕　完璧归赵

时　间	春秋战国时期
地　点	1. 赵国宫里　2. 秦国皇宫里　3. 驿馆
人　物	蔺相如、秦王、赵王、廉颇、大臣、赵国仆人、秦国使者、秦国侍从

第一场

【赵国王宫内众大臣与赵王正在商议国事。

大臣1	大王,秦国使者到,是否召其晋见?
赵　王	快快有请。
大臣1	传秦国使者晋见。
秦　使	(倨傲,没有行礼)这儿有一封信,大王叫我交给你。(说完就一声不吭地走了)

【大臣们都十分生气,都在骂秦国使者的无礼。

赵　王	(看完信后)秦王说他愿意以十五座城,来换我国的镇国之宝和氏璧,能否交换呢?
大臣2	(走到殿中间,双手摇摆)万万不可!大王,臣以为秦王换璧是假,骗璧是真呀!
大臣3	大王,臣担心如果秦王以此为借口来攻打我们,怎么办?
廉　颇	(豪气干云)大王,如秦王来犯,定叫他有来无回!我愿领军抵挡,万万不能把宝物白白送给秦王呀!
大臣3	大将军万万不可!虽然你十分勇猛,但是秦军实力强大,光士兵就是我

国的十几倍,所以现在我们不能硬拼。

廉　　颇　　那怎么办？难道还真要把这和氏璧送他不成？

大臣 2　　（沉吟）现在唯一的办法只有智取。

【大臣们纷纷议论。但商量不出一点头绪。

赵　　王　　（焦急）众位爱卿,谁有良策？本王重重有赏！

大臣 4　　小臣有一主意,推荐一个人选,此人勇敢机智,我料想此事肯定难不倒他。

赵　　王　　谁？

大臣 4　　此人乃是蔺相如也。

赵　　王　　此人本王早有耳闻,确实是个人才,快传蔺相如晋见！

大臣 3　　火速去请蔺相如来宫！

【一个时辰后,蔺相如到达宫里,大臣们都在纷纷议论蔺相如。

蔺相如　　草民蔺相如参见大王。

赵　　王　　快快请起,本王有一件重要事情与你商量。

【赵王把事情的经过一五一十地告诉了蔺相如。

赵　　王　　你对此事可有什么看法？

蔺相如　　（想了片刻）草民愿意带着和氏璧到秦国去。如果秦王真的拿十五座城来换,我就把璧交给他；如果他不肯交出十五座城,我一定完璧归赵。那时候秦国理屈,不能恃强凌弱,就没有动兵的理由。不知大王意下如何？

赵　　王　　众爱卿,还有异议吗？

大臣们　　大王英明,我等拥护大王决策。

赵　　王　　如无异议,那就这么办吧！来人,把和氏璧交给蔺先生。

大臣 4　　臣在。

赵　　王　　你化装成仆人陪同前往,沿途要绝对保证和氏璧和蔺相如的安全。

大臣 4　　臣遵旨。

第二场

【过了几天,经过充分的准备后,蔺相如和大臣 4 就带着和氏璧风尘仆仆前往秦国,直接进入了秦国宫殿。

蔺相如　　小臣参见秦王。

秦　　王　　请起。

蔺相如　　小臣已把宝物带来（双手奉上和氏璧）

秦　　王　　（接到和氏璧后把玩欣赏）这真不愧是和氏璧,雪白无瑕,真是绝世无双的宝物！

【绝口不提十五座城的事。

蔺相如　　（看到这种情形后皱眉,随即心生一计）大王,在这块璧上有点小毛病,是否要我指给您看。

秦　　王　　果真有此等事？快指给本王看看。（说完就叫宦官把璧递给了蔺相如）

蔺相如　　（接到和氏璧后怒发冲冠地说）我看大王您并没有以十五城换取和氏璧的诚意！现在璧可是在我的手上，您要是强迫我，您就看不见这块璧了，我的脑袋将和这璧一起撞碎在这柱子上！

【说着，蔺相如举起和氏璧，作势就要向柱子上撞。

秦　　王　　（很着急）一切都好商量，不要急。来人把我国地图拿上来。本王一定把这十五座城划归赵国。（说着把手指的十五座城给蔺相如看）

蔺相如　　好，秦王果然守信用，但是和氏璧乃是无价之宝，岂能随随便便交付与他人，必须举行一个隆重的典礼。

秦　　王　　好，五日后，本王就为和氏璧举行一个隆重的典礼。

第三场

【蔺相如进入了驿馆后。

蔺相如　　大人，你连夜带着和氏璧速速返回我国，把璧亲自交给大王。沿途昼伏夜行，绝对不可走漏半点风声。

大臣4　　是，但您也要注意自己安全，因为您和和氏璧一样重要，没有您就没有和氏璧。（说完大臣4含泪要走）。

蔺相如　　（默默地点了点头）慢着。

大臣4　　请问先生还有什么吩咐？

蔺相如　　你这身打扮会引起秦王和秦臣们的注意，你去打扮成秦国的平民百姓，然后抄小路走。

大臣4　　多谢先生指点。

第四场

【五日后，蔺相如再次走进秦王的宫殿。

秦　　王　　本王已如期行事，应该把和氏璧交给本王了吧！

蔺相如　　和氏璧早已送回我国，您要是有诚意，就把十五座城交付于我国，我国一定把璧送回来。

秦　　王　　（大怒）大胆！你知道欺君之罪是要斩首的吗？

蔺相如　　（毫不畏惧）您杀了小臣也没有用，天下人都会知道秦国是最不讲信用的。你以后如何以诚信服天下？

秦　　王　　（做气急败坏状，手指着蔺相如，语无伦次）你、你、你……（良久，秦王控制住自己想要杀人的心思）

秦　　王　　（咬牙说道）来人呐，护送蔺大人返回赵国。

侍　　从　　是。

蔺相如　　谢大王。（鞠躬下殿）

【秦王气得双眼冒烟，但也没办法，只得客客气气把蔺相如送回赵国。蔺相如立了大功，赵王封他做上大夫。

第二幕　负荆请罪

时　　间　　春秋战国时期
地　　点　　蔺相如的府邸
人　　物　　蔺相如、廉颇、韩勃、管家、家奴、车夫

第一场

【蔺相如在渑池之会上立了大功，赵王龙颜大悦，回国之后亲自封蔺相如为上卿，职位比廉颇高。

廉　　颇　　（听说后心存嫉妒，大有不满）想我廉颇攻无不克，战无不胜，为赵国立下许多大功。他蔺相如有什么能耐？就靠一张嘴，反而爬到我头上去了。我碰见他，得给他个下不了台！

蔺相如　　（听说了廉颇所说的话后心乱如麻，在房里走来走去，一只手握拳，敲着另一只手的掌心，不知如何是好）现在廉将军对我充满敌意，若我们碰面，必会大肆争吵，到时我俩闹不和，秦兵必然乘机攻打我国。可我们同朝为官，低头不见抬头见，怎么办？今日早朝，我们必定见面，唉——（蔺相如长叹一口气，突然大叫）来人，替我向大王说一声我病了，近期无法上朝了！

【仆人立刻去办，就这样过了几天，蔺相如坐不住了，叫人备了一辆朴素的马车，坐马车出去转转。

蔺相如　　（把头探出窗外，左顾右盼，忽然他身体一疆，看见廉颇骑着高头大马向他直直冲过来，蔺相如马上不顾形象的大叫）快，快往回赶！

【车夫只得听令。

家　　奴　　（私下聚在一起小声说）我们的主子，他怎么这么无能？见了廉将军就往回跑，像老鼠见了猫似的。主子为什么怕他？真是不明白。

【韩勃听闻此言怒气冲冲地往书房走去。

第二场

【蔺相如正在聚精会神地读书，旁边站着的韩勃气呼呼的，好像受了许多委屈。

韩　　勃　　（气愤的）大人，别怪我多事，廉将军一再挡我们的道，太欺负人了，我实在咽不下这口气！

蔺相如　　（笑笑）韩勃，干吗这么生气？

韩　　勃　　大人，您是赵国的上卿，职位比廉将军高，为什么那么怕他呢？

蔺相如　　（依然笑笑）我并不是怕他。

韩　　勃　　刚才在路上，大人不是有意避让廉将军的车子吗？要是我呀，才不让他呢！

蔺相如　　还是和为贵嘛。

韩　　勃　　（不满的）我真不明白，大人您为什么变得这样胆小怕事。想当年，秦王那么厉害，您毫不惧怕，针锋相对地跟他斗，唇枪舌剑，寸步不让，多

147

 课本剧创编

解气!
蔺相如　既然秦王我都不怕,我会怕廉将军吗?
韩　勃　(不解的)那么大人为什么好几天不敢上朝?分明就是怕见到廉将军吗!
蔺相如　韩勃,你要知道,秦王不敢侵犯我国就是因为我们赵国武有廉颇老将军,文有我蔺相如。要是我跟廉将军闹翻了,就会削弱赵国的力量,秦国必然乘机来打我们。这后果你想过没有?我之所以避着廉将军,为的是我们赵国呀!
韩　勃　(若有所悟)唔,原来是这样!对,对,大人您做得对!

第三场

【韩勃听后觉得很对,就一传十,十传百,传到廉颇的耳朵里。廉颇思前想后,觉得自己做得不对。
廉　颇　(觉醒的神态)我真是太自私了,只顾自己的利益,这样不对,我要向丞相道歉。
【廉颇脱去战袍,光着膀子,背上荆条,来到蔺相如的门前。
【家奴从门缝里往外看,看到廉颇跪在门口,急忙跑回告诉管家
【蔺相如在客厅踱步。一会儿,管家匆匆走上。
管　家　(紧张地)丞相、丞相,廉将军在门口跪着,不知发生什么事?
蔺相如　(奇怪的)什么,廉将军来找我?
管　家　据报廉将军他没穿上衣,还背着一根荆条呢。
蔺相如　快请廉将军进来!(马上又道)不必了还是我亲自去迎接廉将军吧!(疾步到门前吃惊地)哎呀,廉将军,您这是干什么,快快请起!(边说边扶廉颇)
廉　颇　(不肯起来)蔺大人,请你用这根荆条狠狠地抽我一顿吧!
蔺相如　(连忙取下荆条扔在一边,伸手又去扶廉颇)廉将军,别这样,快请起,快请起。
廉　颇　(依然不肯起来)蔺大人,我实在对不住你。请你宽恕我这个老迈昏庸的人吧!
蔺相如　(笑盈盈地扶起廉颇)廉将军何出此言?快快请起,快快请起,现在初入春天,风还很冷,虽然将军老当益壮,但吹久了还是会着凉的!快请屋里坐。
廉　颇　蔺大人,我以前常常在别人面前侮辱你,您还这样为我着想,我实在不应该为了自己的利益而不顾国家的利益,真是惭愧呀!
蔺相如　哎,过去的事就别提了。
廉　颇　多谢丞相,你真是一个深明大义、宽容大度的人哪!我日后定随丞相一起保卫赵国!
蔺相如　哈哈哈,廉将军,您能明白我的心思,我实在太高兴了!日后我们便以

兄弟相称。廉兄,先入寒舍吃些东西,暖暖身吧! 韩勃,快快叫人准备宴席,我要跟廉将军痛痛快快地饮几杯!

【韩勃应声下。蔺相如拿了一件衣服替廉颇披上,两人紧紧地拉着手,坐下来亲密地交谈着。

【旁白:从此之后,蔺相如与廉颇同心协力保卫赵国,赵国也日益强盛。

【闭幕。

第二节　生活剧

可贵的沉默

第一幕

时　间　　下课
地　点　　操场
人　物　　学生们

"丁零零……"音乐响起,同学们随着音乐飞快地跑到操场上,快乐地舞蹈着、游戏着,整个操场沸腾起来……

第二幕

时　间　　课堂上
地　点　　教室
人　物　　老师、学生

【旁白:快乐的课间结束了,同学们三五成群地回到教室,开始了新的一堂课……

老　师　　(面带微笑,阔步走向教室)上课!
学　生　　(起立)老师好!
老　师　　同学们好! 大家今天真有精神!(向学生竖起大拇指)下面我请大家看一段表演

【音乐响起《生日礼物》,插入舞蹈

老　师　　今天是学生丙的生日,我们在此向他表示祝贺好不好?
学生们　　(异口同声)好,祝你生日快乐!
老　师　　那么,你知道这份特殊的生日礼物是谁给你准备的吗?
学生丙　　恩……是爸爸和妈妈。
老　师　　是的,你的爸爸和妈妈希望你有一份特殊的回忆,也希望你能快乐地成长。

【学生丙感动中。

老　师　　同学们,那你们的生日是怎么过的呢?

课本剧创编

学生们	爸爸、妈妈和我一起过生日。
老　师	那他们是怎么给你过生日的呢?
学生甲	每年我过生日的时候,爸爸妈妈都带我去照艺术照,给我留下美好的回忆!(脸上显出神气的神态)
学生乙	我过生日的时候,想要什么妈妈就给我买什么!(流露出开心的样子)我九岁时妈妈送我的生日礼物是小熊维尼。
老　师	那么大家喜欢过生日吗?
学　生	(齐)喜欢(学生两人对看)
老　师	爸爸妈妈在你生日那天向你祝贺的同学,请举手!

【学生全体举手,神气十足。

| 老　师 | (提高了语调)把手举高了,老师要点数了! 1、2、3……9,哇,这么多呀! |
| 学　生 | (被老师情绪感染)齐数:10、11……20,声音越来越大,越来越兴奋,然后开始互相交谈,内容是"生日礼物、生日聚会……" |

【老师在台前慢慢走动,双手背后,若有所思,片刻后。

老　师	(语气稍轻)你们知道爸爸妈妈的生日是在哪一天吗?
学　生	抬头看看老师(做出想的神态)
老　师	(提高语气)向爸爸妈妈祝贺的请举手!

【音乐《跪羊图》缓慢响起,可插入手语舞。
【教室里寂然无声,一片沉默,有的往窗外看,有的低头沉思,有的忽闪着大眼睛,有的托着下巴……所有的目光都躲开了……沉默一分钟后。

老　师	羔羊跪乳、乌鸦反哺,中华儿女孝父母。今天,我们以一颗感恩的心走进成长岁月中父母为我们撑起的那片天空,听到、读到父母为我们付出的点点滴滴。同学们,说到这你们想到了什么?
学生甲	我刚才想到的是:我上二年级的时候,一个下着大雨的晚上,我发高烧了,妈妈背着我到处找医院,还细心地照顾我,我躺在病床上打针的时候,爸爸对我说:"孩子,今天是你妈妈的生日!"妈妈,真对不起,我连您的生日都不知道,找个时间一定好好的给你过生日!
学生乙	前一段,我练琴的时候,遇到了一首高难度的曲子,我练了好多遍还是练不好,我想不练了,这时,妈妈走了过来,说:"孩子,不要半途而废呀"!听了妈妈的话,我又练了好多遍,最后弹好了。妈妈,我不会忘记!"坚持就是胜利!"
学生丙	记得有一天下着大雨,妈妈站在门口等着我放学,雨水打在妈妈的肩膀上,而妈妈却还一动不动地站在那里。我放学了,妈妈把雨衣给我披上,而自己淋着雨带我回家了。到了家,看着浑身湿透的妈妈的,我真想说一声:"妈妈,我爱您!"
老　师	看来同学们都已经明白了父母对自己的爱,为自己的成长付出的代价,那么你准备怎么回报自己的父母呢?
学生甲	我的妈妈身体不好,经常胃疼,我要买一个热水袋,作为生日礼物送给

150

妈妈,她一定会很高兴的!
学生乙	我现在还很小,只能为父母做一些力所能及的小事,在父母回家的时候,给他们倒一杯热茶,送上拖鞋,他们一定会感到欣慰的。
学生丙	老师,我们会从现在起孝敬父母的。
老 师	(在乐声中深情地)孩子们,沐浴着阳光的小草,无论怎样都报答不了太阳的恩情。母亲的慈爱,不就像这春天里太阳的光辉吗?我们就应该像我们背的《弟子规》里那样做。
老 师	父母呼,
众学生	应勿缓。父母命,行勿懒。父母教,须敬听。父母责,须顺承。
老 师	孩子们,你们真懂事。相信所有的同学都有自己的想法,那就把想法付诸行动吧!(握拳举起右手)
学 生	(齐)好!(握拳举起右手)
老 师	那老师就等着看啰!(双手在前方,面带笑容)
学 生	(齐)没问题!(右手在胸前晃动,然后伸向右侧上方)
老 师	下课!
学 生	(齐)老师再见!

第三幕

时 间	星期三下午
地 点	教室
人 物	老师、家长、学生

【旁白:星期三下午,我们班举行了一场别开生面的家长会……

老 师	这边请!(老师引领家长走进教室)

【家长陆续走进教室……

老 师	下午好!欢迎你们的到来!(鞠躬)
老 师	哪位是闫志广的家长?
家长甲	我是。
老 师	闫志广学习非常好,在班里成绩总是名列前茅,是同学们学习的榜样!
家长们	(齐)你家孩子真好呀!
老 师	哪位是谢佳璇的家长?
家长乙	在这里
老 师	谢佳璇非常热爱画画,在此次绘画展中获得了第一名,以后,还要代表我们班去参加更多的比赛呢!
家长们	(齐)你家孩子可真棒!
老 师	是的,孩子们慢慢长大了,也越来越懂事了,在学校里都有不同程度的进步,不知道在家中的表现如何呢?
家长甲	我的孩子总贪玩,学习很被动,放学回家就看电视,每次写作业都需要

大人催好几遍。也不知这些天怎么了,她乖了不少,放学一回到家就去书房写作业了。虽说也玩,但知道先写作业再玩了,让人省了不少的心呢!

家长乙 我来说,我的孩子从小被宠坏了,以前很懒惰,你让他干个什么都使唤不动,可是最近他可勤快了,会帮他妈妈洗碗了,还会给我捶背呢。前几天我过生日,她还送我礼物呢!

家长丙 老师,我想知道这到底是为什么?

老　师 (听到家长话后,走到家长中间,笑着说)还是让孩子们告诉你们吧!

【音乐响起《感恩的心》,学生手捧鲜花、礼物上台,随音乐舞蹈,慢慢走向自己的家长,与家长拥抱,给家长送礼物,营造一片温馨感人的场景,在音乐声中结束……

【旁白:爱是永恒的,爱也是相互的,每一位父母都知道自己孩子的生日,孩子也应该知道自己父母的生日。我们应该用实际行动去感恩回报她们,当我们懂得感恩时,便会将感恩化作一种充满爱意的行动,实践于生活中。每一个有爱心的人,都应该是一个懂得感恩的人,我们的人生也正因有了爱心、孝心和感恩而精彩起来,生动起来……

"精彩极了"和"糟糕透了"

第一幕　妈妈的表扬"精彩极了"

时　间　一天上午
地　点　巴迪的家
人　物　巴迪、妈妈

【旁白:这是一个阳光明媚的上午,在巴迪温馨的家里,阳光透过窗子,暖暖的照在地板上。七岁的巴迪正在书房里认真地写着什么。

【音乐:轻音乐

巴　迪 (认真地在一张纸上写着什么,写完了,认真地看了一下,高兴地举起纸来,唱道)啦啦啦、啦啦啦,我是一个小作家……(大喊)妈妈,快来看呀,我写了一首诗,这是我写的第一首诗呀!

妈　妈 (急匆匆地赶来)我亲爱的儿子,这是什么?

巴　迪 (把纸递给妈妈,自豪地说)妈妈,这是我写的第一首诗。您看看,我写得怎么样?

妈　妈 (一边看,一边读)
　　　　亲爱的小鱼,我多么爱你。
　　　　我会喂你面包,看着你长身体。
　　　　每天每天,我都会有一个甜蜜的吻给你,
　　　　并且向你保证,永远也不会忘记。
　　　　但有一天,我亲爱的小鱼,你长大了,
　　　　你会开心的离去,亲爱的小鱼,

但我会很想、很想你。
(兴奋地嚷道)巴迪,真是你写的吗?多美的诗呀!精彩极了!(紧紧搂住巴迪)

巴　迪　(腼腆地说)是的,妈妈,这的确是我写的!(得意扬扬的)
妈　妈　(再次拥抱巴迪)噢,我的儿子,你真是天才!太棒了!你的诗写的太棒了!我为你而骄傲!
巴　迪　(红着脸问)妈妈,爸爸下午什么时候回来?
妈　妈　(面带微笑)亲爱的儿子,他晚上七点回来。(摸摸巴迪的脑袋)你有什么事情吗?
巴　迪　(神秘地笑笑)我没有什么事情,妈妈。
妈　妈　(笑了笑)好了,儿子,准备吃饭吧,今天妈妈给你做了很多好吃的东西。
巴　迪　(高兴,拍手说道)哦,太好了。谢谢妈妈!

【母子俩开心地吃午饭。

第二幕　焦急的等待
时　间　这天下午
地　点　巴迪的家
人　物　巴迪、妈妈

【旁白:这个下午对于巴迪来说,格外漫长,他怀着一种自豪感等待着爸爸回来。
巴　迪　(手里拿着写着诗句的纸,不停地看看挂在墙上的表,不耐烦地说)怎么才四点啊!(突然想到了什么)对了,我用花体字把诗抄一遍,爸爸看了一定会更开心。(拿出笔和纸,认认真真的抄写起来)。
【旁白:巴迪还用彩笔在纸的周围画了一圈花边。
妈　妈　(端了一盘水果走进来)儿子,你为什么不去找戴维玩呢?你整个下午都没有出去(关切地问)你病了吗?(摸了摸巴迪的头)
巴　迪　不,妈妈,我没有生病,请不要担心。(焦急地问)爸爸什么时候回来呀?
妈　妈　(看看表)快了,孩子,你的爸爸他很忙。公司里有好多事要他处理。

【巴迪有些不耐烦。

第三幕　爸爸的批评"糟糕透了"
时　间　晚上
地　点　巴迪家的饭厅
人　物　巴迪、爸爸、妈妈

巴　迪　(满怀信心地说)爸爸一定会看见这首诗的,他也一定会像妈妈一样表扬我的。没准还会奖励我呢!他可是郝营绿色食品开发有限公司的重要人物呀!(心满意足地)

【旁白：一小时后

爸　爸　（夹着公文包,满脸疲惫的上场）我回来了。

巴　迪　（飞快地跑到爸爸身边,充满期待地说）爸爸,你回来了！（眼睛看向餐桌上的那张纸）

爸　爸　是的。（发现了那张纸,轻轻拿起来,问）这是什么？

巴　迪　（紧张的刚要说话）这是……

妈　妈　（走到爸爸身边,兴奋地说道）亲爱的,发生了一件奇妙的事。巴迪写了一首诗,精彩极了……

爸　爸　（打断妈妈的话说道）对不起,我自己会判断。（开始读诗）

巴　迪　（把头埋得低低的,不敢出声）

【旁白：时间仿佛停止在这一时刻,诗只有十行,可巴迪感觉爸爸读了那么久。

爸　爸　（把诗扔回原处）我看这首诗糟糕透了！

巴　迪　（不敢相信自己的耳朵,抬头看着爸爸,眼泪流了出来,低下头,不敢再看爸爸）

妈　妈　（不解地问）亲爱的,我真不懂你是什么意思！（嚷道）这不是在你的公司里。巴迪还是个孩子,这是他写的第一首诗,他需要鼓励。（几乎要哭出来）

爸　爸　（表情严肃）我不明白,难道这世界上糟糕的诗还不够多吗？

巴　迪　（再也受不了了,冲出饭厅,回到房间,痛哭起来）

妈　妈　（激动、气愤）为什么,你为什么要抹杀孩子的信心？他还那么小,你应该给他更多的鼓励,不是吗?！

爸　爸　（不容争辩）很抱歉,我有自己的判断标准。

【旁白：饭厅里,爸爸妈妈的争吵并没有停止。

第四幕　幸运的我

时　间　三十年后

地　点　颁奖典礼现场

人　物　巴迪、主持人

【旁白：转眼间,三十年过去了,当年的小巴迪如今成了著名的作家。最近他创作的一部新书获得了大奖。让我们一起走进巴迪的颁奖典礼现场吧！

主持人　欢迎各位来宾参加巴迪先生的颁奖晚会,著名作家巴迪先生获得本年度创作金奖,让我们以热烈的掌声有请巴迪先生！

【音乐：欢迎曲

巴　迪　谢谢！

主持人　作为一名优秀的作家,您能谈谈您的成名之路吗？

巴　迪　谢谢！其实我不敢说自己是一个优秀的作家,只是这些年出版了一些小说、剧本和电影剧本。在这里还要感谢各位读者对我的支持,和各位记者朋友们一直以来对我的关注!
主持人　　（鼓掌）。
巴　迪　　（郑重地说）谈到我的成名之路,我最想说的是,我越来越体会到我是幸运的。我有个慈祥的母亲,她常常对我说:"巴迪,这是你写的吗?精彩极了!"我还有个严厉的父亲,他总是皱着眉头说:"这个糟糕透了。"这些年来,我少年时代听到的两种声音一直交织在我的耳际:"精彩极了""糟糕透了";"精彩极了""糟糕透了"……它们像两股风不断地向我吹来。我谨慎地把握住我生活的小船,使它不被哪一股风刮倒。我从心底里知道,"精彩极了"也好,"糟糕透了"也好,这两个极端的断言有一个共同的出发点——那就是爱。在爱的鼓舞下,我取得了今天的成绩!感谢我的父母!感谢大家!
主持人　　从巴迪的话中,我们感觉到他是幸运的。一个作家,应该说生活中的每一个人,都需要来自母亲的力量,这种爱的力量是灵感和创作的源泉。但是仅有这个是不全面的,它可能会把人引入歧途。所以还需要警告的力量来平衡,需要有人时常提醒你:"小心、注意、总结、提高。"

桥

时　间　　黎明时分
地　点　　村子
人　物　　老支书、老支书妻子、村民们、老支书儿子（石头）

第一幕
【放雷雨声效。
【旁白:雨连续下了几天几夜,这天黎明时分,雨突然大了,像泼,像倒。
老支书　　（开始在屋子里踱步,焦急地自言自语）雨下那么大,要是山洪暴发就麻烦了,我到村口去看看水涨到哪儿了?
老支书妻子　　老头子你要去干嘛啊?
老支书　　雨下这么大,我有点不放心,到村口看看。
老支书妻子　　好,雨大,路滑,小心点。
【老汉离开后,突然一声炸雷。
村民1　　不好啦,洪水来了,洪水来了,大家快跑啊!
村民2　　啥,洪水来啦!赶紧把乡亲们叫醒,赶紧逃吧!
村民1　　（拿着喇叭在村里边跑边喊）乡亲们,快起来,洪水来啦……
村民2　　（敲着村民的门）,（敲门声急促）大妈,快起来,洪水来啦。
村民1　　（拿着喇叭,跑到各家去喊）乡亲们,起来听,洪水来啦……
【远方突然传来村民的声音,村民们集合。
老支书妻子　　洪水来了!
全　体　　洪水来了!

老支书妻子　乡亲们,快跑啊!
全　　体　　快跑啊!
村民3　　　(焦急)钱,我的钱啊!
村民4　　　(拉着村民3)要啥钱啊,逃命要紧!
【全体开始跑起来,村民5倒下。
村民6　　　(急匆匆的)快,快起来!
老支书妻子　孩子,我不行了,你快走!
老支书儿子　娘,不行,咱们一起走!
村民2　　　(急切地)东边有水,快往西走!
【立刻调转向西逃去,隆隆的雷声更近了,还没走出几步。
村民1　　　(慌张地又喊道)西边也有水,快往南走!
【接着朝着向南面奔去。
村民7　　　(走在最前端的)(极度惊慌)不好了,南面也有水!
全　　体　　(站在原地,顿时不知所措,眼神无助地望着老支书)
老支书　　　(面无表情,拳头紧握,临危不乱)乡亲们,往北跑,北面有桥!
【全体一窝蜂似的往北边跑。

第二幕

【村北边有座窄窄的桥,这时,老支书不停地挥舞着手臂,指挥大家过桥。
老支书　　　拉好孩子,快过桥。
村民2　　　嗯,老支书,你呢?
老支书　　　先别管我。
【村民1、村民7拼命挤想要过桥,老支书把他们拦下。
老支书　　　桥窄,排成一队,不要挤!党员排在后面!
村民1　　　(不满的)党员也是人呢!
老支书　　　(冷冷的,严厉地)可以退党,到我这报名。
【村民立刻安静下来,快速排成一队,有序地排成一队往前跑过桥。
(队伍靠前位置)村民7望向村民3:(坚决地)注意安全,你们先过桥!
村民3　　　(吃惊地)你干什么?
村民7　　　(往后走,铿锵有力地)我是党员!
老支书　　　(到队伍中,揪出老支书儿子)你还算是个党员吗?排到后面去!
老支书儿子　(瞪了他一眼,微微跺脚)你……(便排到后面)
【有序慢速过桥,最后剩下老支书,老支书儿子。
众村民　　　(喊)老支书,你俩快过来啊!
老支书儿子　(推着)你先走!
老支书　　　少废话,快走!(说着把儿子推上桥)
【就在他刚上桥时,突然桥轰地塌了,老支书儿子卷入了洪水中。
老支书　　　(声嘶力竭)儿(已发出)子(未发出)

【一道闪电伴着一声雷鸣,猛地一个浪头打来,"哗"地一声,老支书也淹没在洪水中,桥的那边老支书妻子跪倒在地,众村民拉着绝望的老支书妻子同时大呼老支书和小伙子。

第三幕
【旁白:五天后,洪水退去,一位老妇被村民们搀扶到河边,她是来悼念两个人的,一位是她的丈夫老支书,另一位是她的儿子。到了桥边,她的眼泪终于忍不住掉了下来。

村民6　　老支书,石头,我们活了,你们却走了,这恩情你让我们怎么报啊!
村民1　　石头爹,你说你这是为啥呀?!你儿子好好的,你应该让他走上桥啊!你放心,我们一定会好好地活下去!
【村民2走到一旁蹲下,叹气。
村民3　　对!我们要好好活下去,让他们的在天之灵感到欣慰!石头,你也别怨恨你爹,他也是为了全村人的性命。你最后还是听了你爹的,为了全村人你也走在了后面,我们一定会记住你们的!
众　人　　我们一定会记住你们的!
村民4　　您也别难过了,他们肯定也不希望您为他们哭泣。他们既然走了,就应该让他走得安心,如果看见了这一幕他们怎么能走得安心啊?
老支书妻子　没难过,我只是为他们的英雄事迹而骄傲,自豪!是他们才有现在的我们!是他们才有我们更美好的明天!只是这世间我没有了亲人,就剩我老婆子一个人呐!
众　人　　我们都是你的亲人!
【全体站立
村民2　　大娘,以后我帮你干活。
村民1　　我帮你砍柴。
村民7、村民3、村民4……　(异口同声)我帮你……
【落幕。
【旁白:你们像一座山,一座屹立不倒的山;你们更像一座桥,一座联结生命的桥;鲜红的党心,永放光芒!

金色的鱼钩

时　间　　1935年秋。
地　点　　长征路上,一望无际的草地。
人　物　　炊事班长(近四十岁,背有点儿驼,两鬓斑白,皱纹满脸)、红军战士小梁(瘦弱有病)、小战士小罗和小彭(病弱交加,疲惫不堪)

第一幕
【三根棍子支起一个架子,中间吊着一口铁锅。锅下面有木柴,可以点着火苗。

课本剧创编

【小梁在幕内喊:"同志们,快走哇!"搀扶着小彭上。

小　梁　小彭,坚持住,我们在这里先休息一下。(对内)小罗,快跟上部队!哎——我们红四方面军进入草地,你看,许多同志得了肠胃病。我和两个小同志病得实在跟不上队伍了,指导员派炊事班长照顾我们,让我们走在后面。哎——老班长呢?

小　罗　(小罗拄着一根木棍上)老班长年纪比我们都大,总是走在我们的前面。是不是又到前面挖野菜去了?

小　梁　小罗!你怎么样?腿还疼吗?

小　罗　哎——好一些。我腿疼,总走在后面,拖大家的后腿了。

小　梁　小罗,不要这么说。我们三个病号都走不快。

小　彭　你看老班长一到了宿营地就到处去找野菜,和着青稞面给我们做饭。

小　梁　不到半个月两袋青稞面就吃完了。我知道你们都很饿。老班长到处找野菜,挖草根,可是光吃这些东西怎么行呢?老班长看我们一天天瘦下去了,他整夜整夜地合不拢眼。其实这些天,他比我们瘦得还厉害呢!

【老班长提一篮野菜,一根树枝做的钓鱼竿和一条鱼上。

小　彭　看——老班长!

小梁、小罗　老班长!

班　长　小梁、小彭、小罗,你们三个走得很快嘛!

小　彭　都是我,跟不上大家。

班　长　你们都是好样的!

小　梁　班长,你钓的鱼!

班　长　哈哈,今天一早我到一个水塘边给你们洗衣服,忽然看见一条鱼跳出水面。我马上跑回来,找了一根缝衣针,烧红了,弯成个钓鱼钩。嘿,还真的把鱼钓起来了!

众　　　我们有鱼吃了!

班　长　小彭,快烧火,我们今天做鲜鱼野菜汤!

众　　　好!

【大家一起烧火,做饭。

小　梁　老班长,以后我们宿营专找有水塘的地方。

班　长　你这小鬼跟我想的一样。

小　罗　班长,我可以跟你一块儿去钓鱼。

班　长　你们是首长安排给我的病号,不能累着你们了。

班　长　好,可以吃了。

【老班长盛了三碗,给了三个战士。三人津津有味地吃着。

第二幕

【小战士们津津有味地喝着鱼汤。老班长坐在一旁慈祥地望着他们。

小　罗	太鲜了！
小　彭	真好吃！
小　梁	老班长，你怎么不吃啊？
班　长	（摸摸嘴，回味似的）吃过了，我一起锅就吃，比你们还先吃呢。你们吃吧！多吃点！吃好了好好睡一觉才有力气，有精神。我们就快走出草地了！好，我命令：红军战士现在就地宿营，睡觉！
众	是！

【旁白：这天夜里，我们吃到了新鲜的鱼汤。尽管没有作料，可我们觉得没有比这鱼汤更鲜美的了，端起碗来吃了个精光。第二天，老班长把我们安顿好，就带着鱼钩出去了。他总能端着热气腾腾的鲜鱼野菜汤给我们吃。我们的身体虽然还是一天一天衰弱下去，但是比起光吃草根、野菜来毕竟好多啦。可是老班长自己呢，我从来没见他吃过一点儿鱼。有一天——

【老班长收拾好碗筷，下，从另一边上，小梁悄悄地跟上，老班长在舞台一角坐在那里捧着搪瓷碗，艰难地嚼着几根草根和我们吃剩的鱼骨头，嚼了一会儿，就皱紧眉头硬咽了下去。犹如万根钢针扎着喉管。小梁悄悄靠近。

小　梁	（失声地）老班长，你怎么……
班　长	（支吾着）我，早吃过了。看到碗里还没吃干净……扔了怪可惜的……
小　梁	不！老班长我全知道了。
班　长	（转身朝两个小同志睡觉的地方看了一眼，一把把小梁搂到身边，轻声说）小声点儿，小梁！咱们俩是党员，你既然知道了，可不要再告诉别人。
小　梁	可是，你也要爱惜自己啊！
班　长	不要紧，我身体还结实。（抬起头，望着夜色弥漫的草地，好久，才用低沉的声音说），指导员把你们三个人交给我，他临走的时候说："他们年轻。一路上，你是上级，是保姆，是勤务员，无论多么艰苦，也要把他们带出草地。"小梁，你看这草地，无边无际，没个尽头。我估计，还要二十天才能走出去。熬过这二十天不简单啊！眼看你们的身子一天比一天衰弱，只要哪一天吃不上东西，说不定就会起不来。真有个三长两短，我怎么去向党报告呢？难道我能说"指导员，我把同志们留在草地上，我自己克服困难出来啦？"
小　梁	可是，你总该跟我们一起吃点儿呀！
班　长	唉，太少了。（轻轻摇头）小梁，弄点儿吃的太难了。有时候等了大半夜，也不见鱼上钩。为了弄条蚯蚓做鱼饵，我不知翻了多少草皮。还有，我的眼睛坏了，一到夜里，找野菜得一棵一棵地摸……
小　梁	（抢着说）老班长，以后我帮你，我看得见！
班　长	不，咱们不是早就分好工了吗？再说，你病得也不轻，不好好休息会支持不住的。
小　梁	不……

课本剧创编

班　长　（严厉地）小梁同志，共产党员要服从党的分配。你的任务是坚持走路，安定两个小同志的情绪，增强他们战胜困难的信心！

小　梁　（望着他那十分严峻的脸，一句话也说不上来，竟扑倒在他怀里哭了出来）老班长！

第三幕

【旁白：第二天，老班长端来的鱼汤特别少，每个搪瓷碗里只有小半条猫鱼，上面漂着一丁点儿野菜。战士们端起搪瓷碗，觉得这个碗有千斤重，怎么也送不到嘴边。

班　长　（笑着）吃吧，就是少了点儿。唉！一条好大的鱼已经上了钩，又跑啦！

小　梁　（端着碗就是不往嘴里送）

班　长　（看到这情况，皱起眉头）怎么了，吃不下？要是不吃，咱们就走不出这草地。同志们，为了革命，你们必须吃下去。小梁，你不要太脆弱！

小　梁　（低头含泪喝鱼汤）

【旁白：（同时）老班长最后这句话是严厉的，意思只有我知道。我把碗端到嘴边，泪珠大颗大颗地落在热气腾腾的鱼汤里。我悄悄背转身，擦擦眼睛，大口大口地咽着鱼汤。老班长看着我们吃完，脸上的皱纹舒展开了，嘴边露出了一丝笑意。可是我的心里好像塞了铅块似的，沉重极了。挨了一天又一天，渐渐接近草地边上了，我们的病却越来越重。我还能勉强挺着走路，另外两人却连直起腰力气也没有了。老班长瘦得只剩皮包骨头，眼睛深深地陷了下去，还一直用饱满的情绪鼓励着我们。我们终于走到草地边上，远处重重叠叠的山峰已经看得见了。

第四幕

【幕启，远处重重叠叠的山峰依稀可见。近处，四个衣衫褴褛的红军战士围在一起。身后，是茫茫的草地和一行踩得稀烂的路。

班　长　（快活地）同志们，咱们快走出这草地了（指指远山）。我们在这儿停一下，好好弄点儿吃的，鼓一鼓劲，一口气走出草地去。（说罢，拿针钩找水塘去了；小红军们快活地找野菜、拾干柴）

【旁白：我们的精神显得特别好，四处去找野菜，拾干草，好像过节似的。但是过了好久，还不见老班长回来。

小　梁　怎么老班长还没回来？

小罗小彭　啊？（有些慌乱）去找找！

【旁白：我们四处寻找，最后在一个水塘旁边找到了他，他已经昏迷不醒了。我们都慌了，过雪山的时候有过不少这样的例子，战士用惊人的毅力支持着自己的生命，但是一旦倒下去就再也起不来了。要挽救老班长，最好的办法是让他赶快吃些东西。我们立即分了工，我去钓鱼，剩下的一个人照料老班长，一个人生火。

小　梁　（蹲在水边，心里不停地念叨）鱼啊！快些来吧！这是挽救一个革命战士的生命啊！

【旁白：可是越性急，鱼越不上钩。等了好久，好容易看到漂在水面的芦秆动了一

160

下,赶紧扯起钓竿,总算钓上来一条两三寸长的小鱼。当小梁俯下身子,把鱼汤送到老班长嘴边的时候,老班长已经奄奄一息了。

班　长　（微微地睁开眼睛,看见小梁端着的鱼汤,头一句话就说）:小梁,别浪费东西了。我……我不行啦。你们吃吧！还有二十多里路,吃完了,一定要走出草地去！

小　梁　（几乎要哭出来）老班长,你吃啊！我们抬也要把你抬出草地去！（哭泣）

班　长　（用粗糙的手抚摸小梁的头,声音低沉地）不,你们吃吧。你们一定要走出草地去！见着指导员,告诉他,我没有完成党交给我的任务,没把你们照顾好。看,你们都瘦得……

【突然间,老班长的手垂了下去。

三个战士　（失声叫喊）老班长！老班长！你醒醒呀,醒醒呀！

【老班长的眼睛慢慢地闭上了。三人扑在老班长身上,抽噎着的小梁擦干了眼泪,把老班长留下的鱼钩小心地包起来,放在贴身的衣兜里。

小　梁　等革命胜利以后,一定要把它送到革命烈士纪念馆去,让我们的子子孙孙都来瞻仰它。在这个长满了红锈的鱼钩上,闪烁着灿烂的金色的光芒！

第三节　童话剧

美丽的公鸡

【旁白:从前有一只公鸡它自以为很美丽,整天得意扬扬地唱歌。

公　鸡　（骄傲地仰着头唱）公鸡公鸡真美丽,大红冠子花外衣,油亮脖子金黄脚,要比漂亮我第一。

【旁白:有一天,公鸡吃得饱饱的,挺着胸脯唱着歌,来到一棵大树下,看见一只啄木鸟。

公　鸡　长嘴巴的啄木鸟,咱们俩比一比到底谁最美？

啄木鸟　对不起,老树长了虫子,我要给它治病。

【旁白:公鸡听了,唱着歌,大摇大摆地走了。

公　鸡　（骄傲地仰着头）公鸡公鸡真美丽,大红冠子花外衣……

【旁白:公鸡来到一个果园里,看见一只蜜蜂。

公　鸡　鼓眼睛的小蜜蜂,咱们俩比一比,到底谁美？

小蜜蜂　对不起,果树开花了,我要去采蜜。

【旁白:公鸡听了,又唱着歌,大摇大摆地走了。

公　鸡　（骄傲地仰着头）公鸡公鸡真美丽,大红冠子花外衣……

【旁白:公鸡来到一块稻田边,看见一只青蛙。

公　鸡	大肚皮的青蛙，咱们俩比一比，到底谁美？
青　蛙	对不起，稻田里有害虫，我要去捉虫。

【旁白：公鸡见谁也不跟它比美，只好往回走。在路上，公鸡碰到一匹驮粮食的老马，向老马说了自己和啄木鸟、蜜蜂、青蛙比美的事，它伤心地问老马。

公　鸡	（难过的语气）老马伯伯，我要跟它们比美，他们为什么都不理睬我呢？
老　马	因为他们懂得，美不美不光看外表，得看能不能帮助人们做事。

【旁白：公鸡听了很惭愧，再也不去跟谁比美了。他每天天不亮就喔喔地打鸣，一遍又一遍地催人们早起。

公　鸡	（学公鸡打鸣）喔喔喔——

咕咚

时　间	很久以前的一天
地　点	森林里湖边的大木瓜树下
人　物	小白兔、小公鸡、小皮猴、小奶牛、小狗、老虎、大狮子

【旁白：湖边有棵木瓜树，树下住着小白兔。一天啊，小白兔正在草地上采野花，忽然，一只熟透了的木瓜被风一吹，"咕咚！"一声掉进湖里。

小白兔	（正在草地上采野花，听到声音，吓得赶紧回头）哎呀！什么咕咚一声？一定是怪物来了！（说着撒开腿就跑，边跑边喊）不好了！咕咚来了！咕咚来了！
小公鸡	（高高兴兴从后台走出来，边走边欣赏自己美丽的花衣服）喔——喔——喔，我是漂亮的小公鸡，穿着漂亮的新花衣，谁敢和我比一比！
小白兔	（正在奔跑的小白兔差点撞上小公鸡）别美了！咕咚、咕咚来了！快点逃命吧！
小公鸡	（急得直拍翅膀）啊？真的吗？那可怎么办？
小白兔	别说了，快跑吧！
小公鸡	（点点头）哎！（就跟着小白兔一起跑起来）
小皮猴	（边出场边说）我是灵巧的小皮猴，人人都说我最逗！
小　狗	汪汪汪，汪汪汪，我的肉骨头真香！
小白兔、小公鸡	（边跑边喊）不好了！咕咚来了！咕咚来了！
小皮猴和小狗	（东张西望，看到小白兔和小公鸡玩命跑也紧张地问）哎哎哎，我说发生了什么事了啦？你们跑什么呀？！
小白兔	（跑得顾不上回答，只顾弯着腰喘气）
小公鸡	（气喘吁吁地边跑边朝湖边指）不、不好了，咕咚来了！
小皮猴	（急得抓耳挠腮）啊？真的吗？那可怎么办？
小白兔、小公鸡	别说了，快跑吧！
小皮猴和小狗	（点点头）哎！（就跟着小白兔、小公鸡一起跑起来）
小奶牛	哞——哞！今天天气真正好，我要去把朋友找！

众动物　　（边跑边喊）不好了！咕咚来了！咕咚来了！

小奶牛　　（东张西望,看到小动物们玩命跑也紧张地问）哎哎哎,我说发生了什么事了啦？你们跑什么呀？！

小白兔、小公鸡　　（跑得顾不上回答,只顾弯着腰喘气）

小皮猴和小狗　　（气喘吁吁地边跑边朝湖边指）不,不好了,咕咚来了！

小奶牛　　（急得直跺脚）啊？真的吗？那可怎么办？

小白兔、小公鸡、小皮猴、小狗　　别说了,快跑吧！

小奶牛　　（点点头）哎！（就跟着小白兔、小公鸡、小皮猴一起跑起来）

【旁白：就这样,小白兔、小公鸡、小皮猴、小奶牛、小动物们排成一队没命地跑起来。

众动物　　（边跑边喊）不好了！咕咚来了！咕咚来了！

【旁白：湖边森林里的其他动物也听到了,都以为咕咚是个很可怕的怪物,连大老虎也吓得跟在后面跑起来。就在这时,森林之王——狮子不紧不慢地走过来。

大狮子　　（瞪大眼睛看着动物们大喝一声）停！

众动物　　（吓得一个急刹车,停了下来）

大狮子　　（不紧不慢,威严地）我说,你们这群胆小鬼,都在那儿瞎跑什么！

大老虎　　（上气儿不接下气儿,结结巴巴地说）报告大王,您,您不知道,那个咕咕咕……咕咚来了！

大狮子　　什么？咕咚？

大老虎　　（使劲儿点头）嗯！是个很吓人的东西！

大狮子　　（不解地自言自语）我在森林里当了这么多年的大王,从没听过,更没碰到过比我更厉害的动物呢,更不知道什么咕咚来了！

大老虎　　（又想跑）大王,您赶快和我们一起逃命吧！

大狮子　　（拦住老虎）老虎兄弟,你先给我站住,别再瞎跑了,先说说这咕咚到底是个啥东西啊？

大老虎　　（看着小奶牛）你,你告诉大王！

小奶牛　　（转向小皮猴）你,你来说！

小皮猴　　（转向小公鸡）我,我不知道,还是让小公鸡说吧！

小公鸡　　（看着小白兔）是你说咕咚来了,你告诉大王,咕咚是个什么东西？

小白兔　　（皱着眉,挠挠头,一时不知该说什么好）唔——唔——

众动物　　（大家一起看着小白兔）是你先跑的,你倒是说呀,咕咚到底是什么？

小白兔　　（看看大家,看看大狮子,）我也没看到咕咚是什么,它就在我家门前的小湖边。

众动物　　（瞪大眼睛,瞪向小白兔）啊！！

小白兔　　（着急地）不信你们就自己去湖边看看,那个"咕咚"就在湖边呢,我绝对没有骗你们！

众动物　　（看看对方,轻轻推推对方）你去看看,你去看看（互相摇摇头,谁也不敢去,最后看着大狮子）

大狮子　　（看一眼众动物,头一扬）我就不信还有比我更厉害的！

大老虎　　（挺了挺胸，附和）是啊，有我和狮子大哥在，这森林里看谁还敢在我们的地盘兴风作浪！去看看！（一挥手）走！

【旁白：于是大狮子领着动物们来到湖边，可是转了一大圈儿也没看到有什么怪物，湖边呀静悄悄的，什么可疑"怪物"也没有啊！这时又一阵风吹来，另一只熟透的大木瓜掉进湖里，只见大木瓜掉进水里时溅起一大片水花，同时响起一声巨大的"咕咚！"

众动物　　（恍然大悟，相互讨论）哦！原来"咕咚"它就是个大木瓜呀！哈哈哈！

大狮子　　嗨！你们这些人啊！咕咚是什么？你们既没看见，又没弄清楚，就跑成这样！真是太不应该了！

小动物们　　（不好意思地低下了头，一个一个悄悄溜走了）

老虎、狮子　　（摊着手，面对观众无奈地摇着头）唉！真拿它们没办法！

【分头背着手走下场。

【旁白：小朋友们，你们说可不可笑啊？以后呀，如果你们也碰到一时弄不明白的事，一定要搞清楚了，千万不要像小白兔那样闹得大家虚惊一场！

风娃娃

时　　间　　很久以前的一天
地　　点　　山谷里
人　　物　　风妈妈、风娃娃、大风车、秧苗、纤夫等

第一幕　背景

【风呼呼吹的音效。

【旁白：（以讲故事的口吻导入）在一个山谷里，风妈妈跟孩子们一起快乐地生活着。渐渐的，风娃娃长大了。

【风妈妈跟风娃娃们一起快乐地做游戏，风娃娃做着各种吹风的样子，风妈妈微笑着看着孩子们。

风妈妈　　孩子们，你们都长大了，该帮人们做事了。

风娃娃们　　好！

【风娃娃们散开……

第二幕　田野

【田野、风车在慢慢地抽水。

【旁白：风娃娃来到田野，看见大风车正在慢慢转动，抽上来的水断断续续地流着。

【音乐：缓慢水声

风娃娃（同时）　像风一样飘到田野，瞧了一瞧大风车。

【旁白：他深深地吸了一口气，使劲向风车吹去。

风娃娃（同时）　鼓起腮帮子，深深地吸一口气，使劲向风车吹去。

【旁白：（高兴的样子）风车一下子转得飞快！抽上来的水奔跑着，向田里流去。秧

苗喝足了水,笑着不住地点头,风娃娃也高兴极了。
【风车飞快地转动。
【秧苗大口大口地喝水,满足的样子,朝风娃娃点头感谢。
【风娃娃高兴地朝风车和秧苗挥挥手,离开了。

第三幕　河边

【纤夫正在吃力拉船。
【旁白:风娃娃又来到河边,看见许多纤夫正拉着一艘船。他们弯着腰,流着汗,喊着号子,船却走得很慢。
【旁白:风娃娃急忙跑过去,对着船帆吹起来。
【风娃娃同时动作:对着纤夫的船用力吹了一下。
【旁白:(轻快的语气)船在水面上飞快地行驶。纤夫们笑了,一边收起纤绳,一边说——

纤　夫　　（一边做抹汗的动作一边说)谢谢你风娃娃,多亏你的帮忙,我们轻松多了。

风娃娃　　（边挥手边说)不用谢,能帮到你们我很高兴。（随后飞走了)

第四幕　家里

【风妈妈正在给其他风娃娃讲故事。

风娃娃　　（很高兴地跑进来说)妈妈,我今天在田野里帮了风车和纤夫,他们很高兴,都感谢我呢。

风妈妈　　（高兴地)你做得好!

风娃娃2　（思考一般)看来帮助人们做好事,真容易,只要有力气就行,我也去帮人们做好事去!

第五幕　广场

【放风筝的几个同学在广场上开开心心地放风筝。
【旁白:风娃娃来到广场,看到小朋友在放风筝,认为自己做好事的机会来了,于是鼓起腮来,用力地朝风筝吹去。
【第二个风娃娃用力吹气的样子。
【旁白:(着急的样子)糟糕了,风筝在空中摇摇摆摆,有的还翻起了跟头,有的摔在地上。(难过失望的语气)不一会儿,风筝被吹得无影无踪,孩子们伤心极了。
【放风筝的同学,望着天空不见了的风筝,很伤心很难过的样子。

第六幕　街道

【旁白:风娃娃一点儿都不知道自己做错了事,他还很高兴,憋足了劲,东吹吹,西吹吹,衣服被吹走了,小树被吹断了。

人　们　　哎哟，这个捣蛋的风娃娃，真是破坏王，你看看你做的坏事，唉……
【旁白：风娃娃听了，很伤心，垂头丧气地回家了。
【风娃娃们难过伤心的样子慢慢地走回家。

第七幕　家里
【风妈妈和其他风娃娃看到风娃娃2难过的样子，都纷纷过来问。
风妈妈　　孩子，你怎么啦？
风娃娃2　我很积极地帮人们做事，为什么他们还责怪我呢？
风妈妈　　孩子，帮人们做事，不是有力气就行，还要看是不是真的对别人有用。

第四节　科普寓言剧

猴子种树

时　间　　春天
地　点　　猴子家
人　物　　猴子、乌鸦、喜鹊、杜鹃

【幕启音乐起，小猴子左肩扛着铁锹，右手提着水桶上场。
猴　子　　我是一只聪明、乖巧、惹人喜爱的小猴子，做事情干脆、果断，从不拖泥带水。
【猴子来到梨树旁，左瞧瞧右看看，希望梨树成活。
【旁白：猴子非常喜欢吃水果。一天，猴子种了一棵梨树，天天给梨树浇水、施肥，希望尽快吃到梨子。想到梨子那酸甜可口的滋味，心里那个美呀，就甭提啦！
猴　子　　梨树活了——（手舞足蹈，树上的灯泡亮意为梨树成活）
【旁白：当梨树成活的时候，一只乌鸦飞来。
【乌鸦飞着、叫着上场。
乌　鸦　　我是一只非常热心的乌鸦，长了一张能说会道的乌鸦嘴。哇——哇——
乌　鸦　　猴哥，猴哥，你怎么种梨树呢？（猴子做静听状）有句农谚说的好"梨五杏四"，梨树要等五年才能结果，你有这个耐心吗？
【猴子急了，做抓耳挠腮状。
猴　子　　对，对，对，（猴子点头表示赞同）五年太长了，我可等不及，我得改种杏树。
【旁白：猴子说着，就拔掉了梨树。
猴　子　　我得去集市上买棵杏树。今天我要去赶集，集市上呀人真挤，买来一棵杏树苗，累得我呀喘吁吁。（做上气不接下气状）我要选个好地方，栽上

它,一定让它结杏子。(很有信心的语气)

【旁白:猴子栽上杏树,天天去看,希望杏树成活。

猴　　子　　我的杏树活了——(手舞足蹈,树上灯泡亮表示杏树成活)

【旁白:当杏树成活的时候,一只喜鹊飞来。

【喜鹊飞着,叫着,上场。

喜　　鹊　　我是一只黑灰色的喜鹊,听说猴子种了一棵杏树,杏树可要等四年才能结果呀!不如我劝劝他种一棵桃树。

【喜鹊飞到猴子家。

喜　　鹊　　猴哥哥,猴哥哥,(猴子静听状)你怎么种杏树啊?(猴子做吃惊状)有句农谚"杏四桃三",杏树要等四年才能结杏子呀,你能等得及吗?(猴子抓耳挠腮)

猴　　子　　噢!对,对,对,(点头表示赞同)四年太长了,我也等不及(表现出猴子非常不耐烦的样子)我要改种桃树。(猴子说着,就去集市上买桃树了)

【旁白:于是,猴子拔掉杏树。

猴　　子　　今天集市上人真挤,(猴子晃一晃肩)买棵桃树真不易,扛着桃树忙回家,带上工具栽上它。

【旁白:猴子栽上桃树,天天浇水、施肥,希望桃树成活。

猴　　子　　我的桃树活喽——(猴子手舞足蹈,得意,树上的灯泡亮表示桃树成活)

【旁白:当桃树成活的时候,一只杜鹃飞来。

【杜鹃飞着上场。

杜　　鹃　　我是一只美丽的杜鹃,爱管别人的闲事。听说猴子种了一棵桃树,桃树要等三年才能结桃子啊,时间太长了,不如种一棵樱桃树。我去跟他说一说。

【杜鹃飞到猴子家。

杜　　鹃　　猴子大哥,猴子大哥,(猴子做静听状)你怎么种桃树呢?(猴子做吃惊状)常言道"桃三樱二",种桃树再短也得三年才能结果。(猴子急,做抓耳挠腮状)你不着急吗?

猴　　子　　诶,说得也是。(以非常赞同的语气)我还是等不及。

【旁白:于是,猴子拔掉桃树,改种樱桃树。(猴子走场,表示去集市上买樱桃树)

猴　　子　　我得去集市上买棵樱桃树。

【旁白:猴子种上樱桃树,还是天天浇水、施肥,巴望着樱桃树成活。日子一天天过去了,也不见樱桃树发芽。一连几年,猴子也没有栽活一棵樱桃树。

猴　　子　　(丧气地)樱桃好吃树难栽!早知道这样,还不如种别的果树呢!唉——

【旁白:小朋友们,你们想一想为什么这只猴子没有种活一棵果树呢?

陶罐和铁罐

时　　间　　古代
地　　点　　某国王的御厨房里
人　　物　　陶罐、铁罐、刀、叉、勺、筷等厨具，考古学家若干

第一幕

【旁白：深夜到了，厨师们都走了，厨房里的好戏上演了。

铁　　罐　　（轻松、骄傲地）亲爱的女士们，先生们，大家好！你们一定认识我吧？我就是大名鼎鼎的铁罐，要说能干，整个御厨房，数我最牛！要是没了我，御厨房准遭殃！

刀叉勺筷　　（嘘声一片）切，吹牛！

铁　　罐　　（轻蔑）哼，你们不信，谁敢出来较量较量？

陶　　罐　　（惊奇）伙伴们，你们在干什么呢？

刀　　　　　（生气）铁罐小子太狂妄了，脸皮真够厚的！

叉　　　　　（气愤）铁罐又吹牛了，说什么御厨房里数他最棒，离开了它，御厨房要遭殃！

勺　　　　　（恼怒）就是，就是，总往自己脸上贴金，把我们的功劳全抹杀了，哼，咱们不理它了！

筷　　子　　（冷漠）是啊是啊，我们招不起，还躲不起吗？陶罐你也别理他了。

铁　　罐　　（不满）走，走，走，你们算什么东西，我还不屑和你们待在一起呢！

陶　　罐　　（着急）别，别走，大家不要这样嘛，我们都是好兄弟啊！

勺　　　　　算了吧，陶罐，就你心眼儿好，平时铁罐多欺负你呀，你还替他说话？

叉　　　　　（赞美）陶罐，你哪点儿比它差？看你穿着花裙子，亭亭玉立，打扮得多漂亮啊！

陶　　罐　　（谦虚）大家过奖了，如果厨房里只有我自己，而少了大家，那这里不是少了很多精彩的故事吗？

陶　　罐　　（打招呼）你好，铁罐大哥，你辛苦了。

铁　　罐　　（不耐烦）去，去，你又是谁？哦，陶罐小子，想较量较量吗？

陶　　罐　　（低声）没，没有，我只是想问候一下。

铁　　罐　　（傲慢地）哼，你敢碰我吗？

陶　　罐　　（谦虚地）不敢，铁罐大哥。

铁　　罐　　（带着轻蔑的神气）我就知道你不敢，懦弱的东西！说不定你一个趔趄就会粉身碎骨！哈哈……

陶　　罐　　（不亢不卑地）我确实不敢碰你，但并不是懦弱，我们厨具本来就是为主人服务的，又不是用来互相碰撞的。说到盛东西，我不见得比你差啊。再说……

铁　　罐　　（非常恼怒，一手叉腰，一手指着陶罐）你怎么敢和我相提并论，你算哪根葱,哪棵蒜?你等着吧,要不了几天,你就会破成碎片,我却永远在这里,什么也不怕。

陶　罐　　何必这样呢?我们还是和睦相处吧,有什么好吵的呢?

铁　罐　　和你在一起,我感到羞耻,你算什么东西!我们走着瞧吧,总有一天,我要把你碰成碎片!

【旁白:陶罐觉得铁罐简直不可理喻,不再理会他了。

第二幕

【旁白:时间一天天过去了,王朝覆灭了,宫殿也倒塌了,两个罐子也被遗落在荒凉的场地上,上面覆盖了厚厚的尘土。

铁　罐　　哦,我的肚子好痛啊,好像有什么东西在燃烧,火辣辣的痛!哦,天哪,我的皮肤上怎么长出了这么多的斑点?好恐怖啊!啊……

【铁罐、刀、叉、勺、筷悄悄下场,表示氧化消失了。

【陶罐睡在地上,上面堆上泥土(大张纸画的),并且撒上一些树叶,周围摆上几棵树。

第三幕

【旁白:就这样,又过去了许多许多年。有一天,人们再次来到这里,掘开厚厚的堆积物,发现了这只陶罐。

考古学家1　　(惊讶)啊,快来看呀,这儿有一只罐子!

考古学家2　　(高兴)真的哟,是一只陶罐!

【旁白:他捧起陶罐,掏出里面的泥土,擦洗干净,和它当年在御厨房的时候一样光洁、朴素、美观。

考古学家3　　(赞叹)多美的罐子呀!小心点儿,千万别把它碰坏了,这可算得上是古老的文物了,很有研究价值的。

陶　罐　　(兴奋)谢谢你们,我的铁罐兄弟就在我身边,麻烦你们把他也找到吧,好吗?

考古学家1　　(立即)快,我们一起努力,把它挖出来!

【旁白:可是考古学家们翻来翻去,把附近都掘遍了,却怎么也不见铁罐的踪影。

考古学家2　　(恍然大悟)哎呀,我们怎么忘了?铁罐呀,它早就氧化了呀!

陶　罐　　(疑惑)什么是氧化呀?

考古学家3　　(一本正经)氧化是一种化学反应,铁在空气中停留的时间过久,就会生锈,慢慢地消失了。

陶　罐　　(伤心)呜……我的铁罐兄弟!

【旁白:原来铁罐氧化了,这个故事告诉我们一个道理:谦虚和宽容是一种美德,人要看到自己的短处并正视自己的短处,多看别人的长处,不要自以为是,骄傲自满。

揠苗助长

时　间　　春天清晨
地　点　　一户农家屋舍边
人　物　　农家老汉、儿子、老人、禾苗们、小青蛙

第一幕　第一场

【农家屋舍的一角，一片远山，一片绿草。背景音乐起。道具"太阳"从舞台后方右侧出场，制造太阳初生的景象。

【六棵小禾苗站成一团定格在舞台的右角，随着音乐声起，仿佛刚刚睡醒似的伸开懒腰，四处望，继而展开一段舞蹈——突然，"喔——"一声大公鸡的打鸣，音乐和舞蹈戛然而止，六棵小禾苗立刻停止了原先的舞蹈，回复原位，又站成一团。

【农夫从舞台左侧上场，拿着一根长绳，一头系在一棵禾苗手上，另一头围着禾苗绕一圈，系在另一棵禾苗手上。拉起长绳两头，开始在舞台上顺着音乐节奏绕圈走，小禾苗们也在长绳的包围下，跟着农夫走。绕场两圈之后，来到田边，农夫将小禾苗们拖至舞台左角，解开长绳。将小苗一棵棵抱起，再走到前台，插入田里，小秧苗们则一棵棵按照农夫插秧的位置固定蹲下。道具太阳从舞台后方右侧缓缓移动到舞台后方的中央位置。

农　夫　　（自言自语）哎——，总算是忙完了，（从左侧走到右侧打量小禾苗，再从右侧走到左侧打量小禾苗。道具太阳从舞台后方中央缓缓移动至舞台后方左侧）（擦擦汗）小禾苗呀小禾苗，你可要为我争气啊——！（走上前，看天色）哟！天色不早了，我得赶紧回去了！

【说完，拾起长绳从舞台右侧下。道具太阳缓缓从舞台右侧下场。

第一幕　第二场

【画外音：青蛙的叫声。两只小青蛙从舞台两侧跳上，在小禾苗们的身边跳来跳去。道具月亮星星从舞台后方左侧缓缓上场，移动至舞台后方中央。

禾苗甲　　（睁大了眼睛，顽皮地朝两边看看，笑）嘻嘻——！嘻嘻——！
禾苗乙　　（眼睛也四下里转了转，笑了起来）嘻嘻——！嘻嘻——！
众禾苗　　嘻嘻——！嘻嘻——！哈哈——！嘻嘻——哈哈——！
禾苗甲　　（长长地伸了个懒腰。）这里可真舒服啊！
禾苗乙　　是啊！这么新鲜的空气，这么松软的土壤！
禾苗丁　　比原先的地方舒服多啦！！！
众禾苗　　是啊！是啊！
禾苗丙　　哎——，你们说，我们得在这里待上多长时间啊？
禾苗甲　　这都不知道！从春天人们把我们插到田里，到秋天稻穗成熟，我们得在这里待上大半年的时间呢！
禾苗戊　　在这半年里，人们还得不断地给我们除草施肥，我们才能健康成长。

禾苗乙　　这就是我们小禾苗的生长规律啊！
禾苗丙　　哦,原来是这样——
禾苗甲　　哎——,时间不早了,大家快睡觉吧！
众禾苗　　恩！
【背景音乐起,小禾苗们闭上了眼睛,甜甜地睡着了,小青蛙在小禾苗之间跳来跳去。

第一幕　第三场
【画外音:大公鸡几声打鸣。道具月亮星星缓缓从舞台后方中央移动至舞台后方右侧下场。随着公鸡的打鸣,道具太阳从舞台右侧缓缓移上。小禾苗们正睁开眼睛。
农　　夫　　（快速从舞台右侧跑上）
【画外音:儿子的声音:爹——！您又是要上哪儿去啊？
农　　夫　　（听见儿子的声音,刹住脚,回头朝舞台右侧）哎哎,爹昨个儿把秧苗插好了,今儿下田去瞧瞧！（说完,走到田里,对着小禾苗们左打量、右打量,一边还用手在小秧苗头上量一量,量着量着,慢慢地皱起了眉头）哎,咋一点也没长高呢？（再比画了一下）是一丁点也没有长高！哎——,（叹了一口气,在田边找了块地坐下,对着小禾苗们抽起了旱烟袋。道具"太阳"缓缓从舞台后方中央移动至舞台左侧,农夫看看天）哎——,（站起身,回头看看小禾苗,沮丧地说）小苗儿呀小苗儿,我只有明天再来看看你们了。（说完,慢慢转身,从舞台右侧走下）
【道具太阳从舞台后方左侧移下。画外音:青蛙的叫声起。道具月亮星星从舞台后方左侧缓缓移上,直至舞台后方中央。
禾苗丙　　哎呀！熏死我了！熏死我了！今天一天可把我熏坏了！
禾苗甲　　可不是嘛！那个农夫,坐在田边,抽了一整天的旱烟袋,我也熏得不行了！
禾苗丁　　哎——,看来,他好像不太高兴啊！
禾苗丙　　是啊！是啊！为什么呢？
禾苗甲　　我知道！因为呀,他觉得咱们长得太慢了！
禾苗乙　　是啊！是啊！你们没瞧见他一个劲地说：（学着农夫的样子,皱起眉头）哎,咋一点也没长高呢？是一丁点也没有长高呀！哎——！
【众禾苗笑成一团。
禾苗丁　　他怎么那么着急啊？
禾苗丙　　是啊！难道他不知道我们禾苗生长的规律吗？
禾苗甲　　是啊！——算了,算了,别想了,大家快休息吧。
【众禾苗闭上眼睛,睡着了。小青蛙仍然在禾苗们身边跳来跳去。
农　　夫　　（一手拿着旱烟袋,一手拖着一把竹椅从舞台左侧上,然后找了块地方坐下,抽起旱烟来）
【画外音:儿子的声音;爹——,您在哪儿呀？您咋不吃晚饭呢？

课本剧创编

农　夫　　吃不下，我在后院歇歇凉！（继续抽旱烟袋，一边抽，一边想着什么事似的，喃喃自语）这是咋回事呢？咋一丁点也没长高呢？这要到啥时候才能结出谷子来呀！哎——，咋办呢？（继续抽烟，想着想着，渐渐地，眼睛里放出光来，然后突然起身，满脸兴奋）哎——有了！我可以——（高兴的，摸下巴），哎，嘿嘿，好！（陶醉状）真好！对！就这么着！我明天一早啊就下田！（说完，转身）还没吃晚饭的，不行，这明天要干活，今天得赶紧多吃点。（说着，提起竹椅，转身朝舞台左侧下场）

【道具"月亮星星"从舞台后方中央缓缓移动至舞台右侧下。大公鸡一声长鸣，道具太阳从舞台右侧缓缓移上。

第二幕　第一场

农　夫　　（肩搭一块毛巾，拿着旱烟袋，哼着小调从舞台右侧上，一边唱一边笑一边绕场走。走着走着，来到田边，笑眯眯地看着小禾苗们）小禾苗——，我又来啦！（左看看，右看看，笑着说）还是没长高哟——没关系，老汉我今天来呀，就是要帮帮你们长高呀——

农　夫　　（卷起袖子，又卷起裤腿，哈气，拍手，走到第一棵禾苗前，拉住禾苗的腰，往上扯，把小禾苗扯高了一截。可刚一松手，小禾苗又缩了回去，农夫不死心，又一次拉住小禾苗往上拔。这一次，小禾苗终于拔高了一大截，农夫停下来正要松手，又不放心的继续拔了一阵，这才小心翼翼地松开手。小禾苗虽然拔了起来，但不知为什么，脸上露出了不高兴的表情，但农夫仿佛没有看见，他停下来，左右打量小禾苗，又用自己的身子量了量，兴奋不已）嘿嘿——，嘿嘿嘿——，好，真好！一下就长这么高了！快！真快！嘿嘿嘿！

【可以在这里加背景音乐，接着，又在音乐声中费力地拔起了全部的禾苗。拔完最后一棵禾苗，农夫一下子坐到了地上，累得直喘粗气。背景音乐停。

农　夫　　（高兴地）嘿嘿！嘿嘿嘿！总算没有白忙活！小禾苗都长高啦！（他坐起身，用毛巾擦擦汗，拿出烟袋笑眯眯的抽起来，一边抽一边陶醉地看着"长"高的小禾苗们，似乎完全没看见小禾苗们脸上愤怒的表情。过了一会儿，农夫站起身，把烟袋吹熄，插在腰上，看看天）哎，小禾苗们长了这么高，我可以在家里好好歇几天喽！（哼着小调从舞台右侧晃悠悠地走下）

第二幕　第二场

【道具"太阳"从舞台后方中央缓缓移动至舞台后左侧再缓缓移下。道具"月亮星星"从舞台后方左侧缓缓移上。

禾苗丙　　（哭）呜呜呜——，呜呜呜——，我喝不到土壤里的水了！呜呜呜——。
禾苗丁　　（哭）呜呜呜——，呜呜呜——，我也吸不到土壤里的养料了！怎么办呀？呜呜呜——。

禾苗乙	（哭）呜呜呜——，呜呜呜——，我也是，怎么办啦？
禾苗甲	（哭丧着脸）哎——，都是那糊涂的农夫，怎么能硬生生把我们拔起来呢？
禾苗戊	是啊！是啊！这，这哪里是帮助我们长高，这不是要把我们害死吗？
禾苗丙	（哭）呜呜呜——，我，我，我快不行了！（说完，倒在了田里）
禾苗丁	我，我，我也不行了——（慢慢倒下）
众禾苗	呜呜呜——，呜呜呜——，呜呜呜——，我们，我们，都，不行了——（一棵棵慢慢倒下）
小青蛙	呱呱！小禾苗。小禾苗。你们怎么了？快起来，快起来。来和我一起玩啊！唉！好可怜呀！真可怜！（小青蛙们跳过来，伤心地抚摸着小禾苗。道具月亮星星从舞台后方中央缓缓移动至舞台右侧下）

第三幕　第一场

【大公鸡一声低低的打鸣，道具太阳从舞台后方右侧缓缓移上。

农　夫	（一手伸着懒腰，一手提着竹椅从舞台左侧上）哎——哟——，真舒服，昨晚做了个好梦，梦见我的小禾苗们都长高了——（忽然像想起了什么，兴奋的）哎——，不是做梦，不是做梦，昨儿，我是真的让我的小禾苗都长高啦！嘿嘿嘿！那今儿，我可得好好休息休息了。（坐下，拿出旱烟，一边抽一边哼着小曲）
儿　子	爹，您天天都下田看秧苗，今儿是怎么啦？
农　夫	（兴奋地）爹昨个儿——（忽然捂住嘴，四下里看了看，自言自语）这傻小子，我骗骗他再说——（大声）哎——，爹今儿身子不好受，儿啊——你替爹瞧瞧秧苗去，行不——？
儿　子	哎，我这就去，爹，您在家好好歇着吧！

【农夫继续跷着二郎腿，抽着旱烟，不时哼着小曲。

儿　子	（突然一个趔趄从舞台左侧冲上来，差点撞上农夫，上气不接下气的，）爹，爹，爹，不，不，不好，不好啦——！（不停地喘粗气）
农　夫	（站起身，着急的）什，什，什么？什么不好啦？
儿　子	（继续喘气——）咳咳！
农　夫	（着急）哎哟，我的好儿子啊！你知道你爹这个脾气就是着急，你，你就别急你爹了嘛！
儿　子	（喘气变慢）爹，（喘一口气）咱，咱家的秧苗，全，全——
农　夫	（瞪大了眼睛，着急）全怎么啦？
儿　子	——全死啦！！！
农　夫	啥？全死啦???（呆住）不，不，不可能——
儿　子	您要不信，您自己下田去看看——

【话没有讲完，农夫一闪，在舞台上绕场跑起来。

儿　子	（跟上，在后面一边喘气一边跑）爹——，爹你等等我啊！

【两人来到田边,农夫定睛一看——

农　夫　　哎呀——我的小禾苗,你们怎么成这样了?这是咋回事啊——!!!我的天啊!(顿时瘫倒在地,傻了眼)

儿　子　　(在身后将农夫扶住)爹——,爹——

第三幕　第二场

【一位白发苍苍的老人慢悠悠地从舞台右侧上,走到田边,左看看,右看看,笑了起来,走到丁家父子面前。

老　人　　农家师傅——?(农夫不作声,仍然待着)农家师傅——?(农夫这才缓过劲来,目光呆滞地看着老人)如果我没有猜错,你是因为太心急,把禾苗全都拔了起来,是吗?

【农夫看着老人,傻傻的点了点头。

老　人　　(笑,语重心长地)哎,做什么事都不能太心急啊!一心急,方法使用得不恰当,很容易导致意想不到坏结果啊!禾苗,和这世间的任何事情都一样,都有他们自己的生长规律啊!(说着,起了身,一边向舞台左侧台下走,一边慢悠悠地说)一分耕耘,一分收获,急不得啊,急不得!(下场)

农　夫　　(望着老人的身影,渐渐的好像明白了什么)儿子啊——

儿　子　　哎!爹,我在这儿!

农　夫　　爹这次再也不会犯糊涂啦!把死掉的秧苗除掉,赶明儿,咱再来种秧苗!

狐假虎威

时　间　　阳光明媚的一天
地　点　　森林一角,大树、大石块、山花等错落其间。
人　物　　狐狸、老虎、小猴、小马、小野猪、小松鼠、小鸟、小兔子、小鹿、小狗、小猫等

【旁白:(上场,音乐渐起,森林小鸟声依稀可闻。)朋友们,你见过大森林吗?那儿有许许多多高大的树木,有红的花,绿的草,还有各种各样的小动物,发生了很多奇奇怪怪的小故事。哎,听说过"狐假虎威"这个成语吗?今天,我来讲给大家听。

小白兔　　(在欢快的音乐中向内喊)小花鹿,小野猪,大家快来呀!
众动物　　(从四面跑上)来啦!来啦!
小白兔　　今天天气真好,咱们在一起玩,好吗?
众　　　　好,好,太好啦!
　　　　　金色的阳光照大地,大森林里真美丽。
　　　　　小鹿仰起乖乖角,小兔子点头笑嘻嘻。
　　　　　野猪胖胖扭一扭,小马姐姐踢踏踢。

　　　　　　小猴高兴地翻筋斗，小松鼠从东跳到西。
　　　　　　小伙伴们来团聚，一同唱歌做游戏，做游戏。
小　　猴　（无意间）哎，大家快来看，那边是谁来啦？
众　　　　啊，是一只大老虎，这可怎么办呢？
野　　猪　别慌，别慌，我看大家先躲起来，快快！
【众藏起。
老　　虎　今天真是糟糕透顶，转了好半天，一点好吃的东西都没找到，饿死我了！
　　　　　　嗯，我先在这里等等看。（藏起）
狐　　狸　我是一只花狐狸，
　　　　　　专门爱动坏脑筋，
　　　　　　小动物看见我就害怕，
　　　　　　今天出门散散心，散散心。
【乐停，老虎悄悄转出，突然发现狐狸，扑过去，一把逮住狐狸。
老　　虎　啊哈，我可找到美味佳肴啦。
狐　　狸　（眼珠一骨碌，扯着嗓子对老虎嚷）怎么，你敢吃我？！
老　　虎　（一愣）为什么不敢！我就要吃了你！
狐　　狸　（笑）慢！森林里面有规矩，老天爷派我来管理，今天你要是吃了我，就是把老天爷的命令来抗拒。哼哼，有多大的胆子，我看你！
老　　虎　（被蒙住了，松开了爪子）
　　　　　　不好，不好，真不好！
　　　　　　糟糕，糟糕，真糟糕！
　　　　　　到口的东西吃不到，
　　　　　　弄得我心惊又肉跳。
狐　　狸　（得意地摇了摇尾巴）怎么样，我带你到百兽面前去走一遭，也让你看看我的威风？
老　　虎　（无可奈何地）行，行，咱们走着瞧！
狐　　狸　我神气活现走在老虎的前面。
老　　虎　我半信半疑地跟在狐狸的后面。
狐　　狸　（小声地）我要借老虎的威风吓跑百兽。
老　　虎　我东张西望，心惊胆战。
【狐狸、老虎从一角先后下场。
【众动物一个接一个小心翼翼地上场，凑在一起。
小　　马　伙伴们，我看见老虎好像跟狐狸在一起。
小　　鹿　它们在一起搞什么鬼名堂？
【狐狸、老虎从一角先后上场。
小　　鸟　大家好！我是一只可爱的小鸟，在这森林里我有许多小朋友，我把它们叫出来和你们认识认识吧！朋友们，出来吧！
小动物们　来了！（小动物们出场）我们生活在一起互相帮助，我们是相亲相爱的

兄弟姐妹。

小 松 鼠　我提议让小鸟给我们跳个舞,为了防止敌人的攻击,我给大家放哨吧!

小动物们　太好了!太好了!

【音乐起,小鸟开始跳舞。

小 松 鼠　我是一只可爱的小松鼠,在森林里,就属我站得高,望得远,我可是个合格的小哨兵呢!咦!那两个人是谁呀?原来是狐狸!朋友们,狐狸来了!

小动物们　啊!狐狸来了?

小　　熊　这只可恶的狐狸,只知道骗人,还偷东西!偷了我的气球!

小　　猴　还偷了我的桃子。

小　　猫　哼!吃了我们的鱼。

小 兔 子　拔了我们的萝卜。

小　　鸟　还偷了我的鸟蛋!

小　　狗　这只臭狐狸最可恶了!有一次它偷东西被我抓住了,它打不过我,突然放屁熏我,我都被臭晕了!(小动物们做扇屁的动作)

小 松 鼠　报!狐狸身后好像还有一个人!(做听老虎的声音)是老虎,老虎来了,大家快逃呀!

小 动 物　啊!快逃呀!

小 兔 子　狐狸来了!

小 野 猪　咦,狐狸今天好威风啊,大摇大摆的样子!

小　　鹿　它肯定在搞什么鬼名堂!

小　　马　(发现大老虎)不好,大老虎来了,快跑哇!

众 动 物　(惊慌地)救命呀,救命呀!

狐　　狸　(狡猾地笑着对老虎)怎么样,你该服气了吧?看看,它们见了我就跑!

老　　虎　(开始深深地佩服),狐狸大人,这回我服你啦!我有眼不识泰山,请你原谅!(又向狐狸作揖)

狐　　狸　是呀,你以后得听我指挥!

老　　虎　(又鞠一躬)以后,我一切都听你的!

狐　　狸　(又东张西望地,对台下轻声说)见好就收吧!嘿嘿,我找机会得赶快跑呀,别等它琢磨过味儿,一口把我给吃了!

【狐狸趁老虎不注意,狡猾地逃跑了。

老　　虎　它怎么跑了?(忽然恍然大悟)原来,这狡猾的狐狸是借着我大老虎的威风,才把百兽吓跑的呀!我上当了,还以为它们怕的是狐狸呢!(咬牙切齿地)花狐狸——看我怎么能饶恕你!

【旁白:小伙伴们,看了小朋友们的表演,你一定对"狐假虎威"这句成语有了更深刻的理解吧!狡猾的狐狸就是凭借大老虎的威风,吓跑百兽的。告诉大家,咱们可不能像老虎那样上坏人的当,更不能像狐狸那样倚仗别人的势力来欺压他人啊!

第五节 小学课本剧创编和排演的注意事项

一、熟悉课本内容及其相关背景

熟悉课本内容是演好课本剧的前提。在课堂阅读中,教师应首先立足课本,放眼课外,指导学生通过各种形式在课前广泛搜集相关的背景资料,在班级交流课上进行分析、交流,处理所搜集到的信息。这样,既激发了学生对课文内容探讨的热情,也拓展了在演剧前的想象空间。

二、根据课文内容进行编写剧本

在课文中往往只会出现简单的人物对话,而课文的篇幅也不长,对于学生也不能像要求专业演员那样,演得出神入化,但掌握好简单的台词对白及人物出场的先后顺序,是演剧必要的基本条件。教师必须同时当好导演和编剧这两个角色。哪个人物在什么时候说什么话,说话时的语气、动作、表情都要一一兼顾、仔细揣摩,这样演出来才有味,才不会死板,才有模有样。设计台词时,为了自然合理,可以不用照搬课本中的人物对话;可以考虑在班中分组,每个小组设计一个或几个人物对白;可以在原有人物对话的基础上适当增加细节。

三、课本剧角色的分配

剧本有了,就应该有演员来演。角色的挑选是否合理,对能否演好人物有一定的影响,不求形似但求神似,这是起码的要求。所以,在挑选演员时,可以根据文中人物的性格特征、外形特点与班中各个学生的形象进行比较,力求挑出最符合文中人物特点的学生。如演晏子的演员,可挑选矮小、机灵的学生;演楚王的演员就挑选身材高大、相貌威严点的学生。同时,教师必须努力给每个学生提供参与的机会,在角色分配的时候可以加大角色的数量。班级人数在35人以下的可以全班参与,人数多的可以轮换进行。

四、课本剧道具的准备

有了剧本演员,简单的道具准备也是必要的。这样学生们演起来才会有滋有味。准备道具可以根据人物的身份特征,分组制作简单的表演道具。材料可以是身边随手可取的玩具、面具、纱巾、纸盒、报纸等等。在动手时,可以参照平时在电视、书本上所见的物体形状来进行制作,并根据特定的人物来做特定的造型。通过道具的准备和制作,不但拓展了学生的想象力、锻炼了动手能力,还很好地调动了他们的学习积极性、协调性,促进了学生间的合作交流,让学生在充分表现自我的同时,也培养了他们发现美、创造美和审视美的能力。

五、课本剧的表演

一切具备,只欠东风。做好了各项准备工作后,就是正式的表演了。一般来说,在

课本剧创编

正式表演前,还要尽可能地彩排一两次。彩排和正式表演的过程中,教师要起到组织协调和指挥的作用,否则就会乱成一锅粥。如:表演中的演员过场、催场工作要做好,学生观众的情绪要控制好等等,都需要教师一一指挥协调。指挥协调得当,就会收到事半功倍的效果。否则,大家就只是嘻嘻哈哈的走过场了事,浪费了大量的时间和精力,却没有发挥应有的教育价值,实为可惜。

六、课本剧的评价

演后的评价与反思,是演课本剧的最终目的。正确的评价可以促使学生进步,激励学生的学习,让学生认识到自己在学习策略、思维、语言表达等方面存在的优点和不足。此外,正确的评价还可以帮助学生认识自我、建立自信,促进学生在原有的基础上不断发展,并有助于学生自我表现的发展与优势潜能的发掘,同时使学生自身感受到被赏识的快乐和来自教师与同学的信任和认可。评价的形式是多种多样的,如分小组进行讨论评价、学生代表评价、教师直接评价等。这样既让学生加深了对课文的熟悉和理解,也达到了演剧的效果。实践证明,通过演课本剧,可以加深学生对教材的理解。让学生学得轻松、学得扎实,在实践体验中增长了知识,丰富了想象力和表现力,加强了同学间的合作交流,促进了友谊的发展,让课堂充满快乐,让每一个学生都体验到成功的快乐。这种美好的体验,会对同学们今后积极参与课堂教学,尤其是课本剧活动,起到很好的激励作用。

参考文献

[1] 张晓华.教育戏剧跨学科教学课程设计与实践[M].北京:中国戏剧出版社,2017.

[2] 六一艺术团.儿童戏剧表演一级教程少儿(7—14岁)[M].北京:清华大学出版社,2019.

[3] 约翰·杜威.民主主义与教育[M].王承绪,译.北京:人民教育出版社,2001:92.

[4] 雷礼,林朝.朗诵语言表演艺术考级辅导教程儿童卷[M].上海:上海音乐出版社,2017.

[5] 雷礼,林朝.朗诵语言表演艺术考级辅导教程青少年卷[M].上海:上海音乐出版社,2017.

[6] 宋欣桥.普通话语音训练教程[M].北京:商务印书馆,2016.

[7] 段素菊.师范学前戏剧教育课程的理论与实践[M].石家庄:河北大学出版社,2018.

[8] 房伟.课本剧创作艺术[M].济南:济南出版社,2011.

[9] 王添强.戏剧教学法:小学教案与实务[M].北京:北京语言大学出版社,2018.

[10] 陈世明.儿童戏剧的多元透视[M].上海:复旦大学出版社,2018.

[11] 金蕾.中小学戏剧排演指导[M].福州:福建教育出版社,2017.

[12] 徐筱婷.项目教学法在课本剧编演中的应用——以《三打白骨精》的编演为例[J].佳木斯职业学院学报,2020,36(01):110,112.

[13] 刘波.让课本剧打开语文教改的一扇窗[N].黔西南日报,2020-01-10(007).

[14] 韩冬梅.浅析"课本剧"在小学语文教学中的应用[J].黑河教育,2019(12):71-72.

[15] 付小强.小学课本剧编排演评的实践与思考探析[J].基础教育论坛,2019(28):20-21.

[16] 李生福.课本剧编演的教学方法在小学语文课中的运用研究[J].课程教育研究,2019(30):146-147.

[17] 石明山.课本剧在农村小学语文高段教学中的价值探索[J].科教文汇(中旬刊),2019(07):130-131.

[18] 沈雪梅.英语课本剧在小学英语教学中的应用[J].海外英语,2019(13):105-106.

[19] 陈万保.小学语文课本剧编演的实践与反思[J].教育观察,2019(18):47-72.

[20] 张永泰.小学语文课本剧编演的有效策略[J].学周刊,2019(21):58.

[21] 龚艳.如何让课本剧表演成为小学语文课堂的一抹亮色[J].名师在线,2019(17):14-15.

[22] 沈映玲."课本剧"在小学语文教学中的应用探讨[J].当代教研论丛,2019(06):42.

[23] 胡梦瑶.课本剧在小学音乐教学中的运用[D].黄冈师范学院,2019.

[24] 刘钦腾.小学语文课本剧七环节教学模式的构建[J].基础教育参考,2019(07):49-51.

[25] 张倩倩.小学语文课本剧浅谈[J].中国校外教育,2019(04):131-132.

[26] 袁秀芳.新课改背景下小学英语课堂开展课本剧的教学探究[J].科学咨询(教育科研),2019(01):89.

[27] 齐雪松.浅谈课本剧在小学英语课堂教学中的应用[J].基础教育论坛,2018(35):40-41.

[28] 汪海荣.课本剧表演在小学语文教学中的有效应用[J].基础教育研究,2018(13):49-51.

[29] 张蕊.课本剧在农村小学语文教学中的实验研究[D].贵州师范大学,2018.

[30] 杨蕊.小学英语课本剧教学的案例研究[D].湖南师范大学,2018.

[31] 杨楚莺.课本剧在小学语文教学中的应用[J].江西教育,2018(09):6-7.

[32] 何彩连.课本剧教学方法在小学英语课中的运用研究[D].华中师范大学,2017.

[33] 左永娟.课本剧:"演"出语文之美——谈小学语文课堂中如何编演课本剧[J].语文知识,2017(12):67-68.

[34] 缪旻丹.课本剧在小学英语教学中的应用[J].科学大众(科学教育),2017(05):71.

[35] 邹菲菲.论利用课本剧促进小学生阅读能力的提升[D].湖南师范大学,2017.

[36] 冯颖.浅析课本剧在小学语文教学中的有效应用[J].中国校外教育,2017(11):59.

[37] 苏囡囡.小学英语课堂通过课本剧表演培养学生的艺术素养[J].课程教育研究,2017(15):96-97.

[38] 杨双.小学英语情景课本剧对提高学生英语学习能力的意义[J].中国校外教育,2017(07):87,89.

[39] 朱雅婷.课本剧,语文课堂的一朵奇葩——浅谈小学语文课本剧的编演[J].江西教育,2016(30):44.

[40] 唐子涵.上海中小学课本剧调研与思考[D].上海戏剧学院,2014.

[41] 刘晓东.编演课本剧——激活小学语文教学源头之水[J].华夏教师,2014(02):33-34.

[42] 张晓玲."课本剧"让小学语文课堂充满活力[J].中国校外教育,2011(S1):286.

[43] 余雷.小学课本剧的改编探究[J].小学教学研究(教师版),2009(08):26-27.

[44] 徐霜叶.小学中高年级开展语文课本剧活动的实践与思考[J].教育实践与研究,2006(05):26-27.